# 4歳の僕はこうしてアウシュヴィッツから生還した

マイケル・ボーンスタイン＆デビー・ボーンスタイン・ホリンスタート
森内薫＝訳

SURVIVORS CLUB

THE TRUE STORY OF A VERY YOUNG PRISONER OF AUSCHWITZ

NHK出版

SURVIVORS CLUB:
THE TRUE STORY OF A VERY YOUNG PRISONER OF AUSCHWITZ
by Michael Bornstein and Debbie Bornstein Holinstat

Published in agreement with the author,
c/o BAROR INTERNATIONAL, INC., Armonk, New York, U.S.A.
through Tuttle-Mori Agency, Inc., Tokyo

装幀／城所潤＋大谷浩介（ジュン・キドコロ・デザイン）
装画／agoera

イズラエル・ボーンスタインと
サミュエル・ボーンスタインへ

目次

・本文中の〔　〕内は訳注を表す。＊番号は巻末の用語集を参照。
・著者や一族の写真は以下のサイトに掲載。https://www.nhk-book.co.jp/detail/000000817382018.html

## 1939年ごろのポーランドと周辺国

## 本書の主な登場人物

**マイケル**……ポーランド出身のユダヤ人
**ドーラ**……マイケルの父方の祖母
**イズラエル**……マイケルの父
**ソフィー**……マイケルの母
**サミュエル**……マイケルの兄
**モルデカイ**……マイケルの母方の祖父
**エスター**……マイケルの母方の祖母
**オラ**……ソフィーの姉
**モニエク**……ソフィーの兄
**サム**……ソフィーの弟
**デイヴィッド**……ソフィーの弟
**ムレク**……ソフィーの弟
**ヒルダ**……ソフィーの妹
**ゼシア**……サムの妻
**ルース（クリスティーナ）**……マイケルのいとこ、サムとゼシアの娘
**イーライ**……ルースのいとこ

© Courtesy of Pańtswowe Muzeum Auschwitz-Birkenau

# 序文　語る時が来た

マイケル・ボーンスタイン

右の写真には私が写っている。前列右の小さな子どもが、当時四歳の私だ。ホロコースト（ユダヤ人大虐殺）によって一〇〇万人以上が殺された殺戮《さつりく》工場で、私はかろうじて死をまぬかれた。私は、アウシュヴィッツ[*1]の死の収容所から生還した最年少の子どもの一人だった。

　この写真は一九四五年一月二七日のアウシュヴィッツ解放後に、ソ連軍[*2]が撮った記録映画の一場面だ。今日では、これらの映像をインターネットで簡単に見ることができる。写真の私はほかの子どもたちと一緒に、カメラマンに向かって腕を差し出している。腕には、収容所に着いたときに刻まれた番号がある。収容所が解放されたときに生き残っていたのは二八一九人で、そのうち八歳以下の子どもはわずか五二人だった。

　私は長いこと、戦争のときの体験を人に話さなかった。その理由を人々は、言葉にできないほどつらい経験をしたからだろうと解釈した。たしかにそれは事実だ。あんな恐ろしい出来事を思い返したいわけがない。腕に刻まれた「Ｂ－１１４８」という入れ墨に誰かが目をとめれば、アウシュヴィッツの話はしたものの、いつもすぐに話を切り上げた。

私の沈黙には、もう一つ理由があった。話すべき物語があるということは、私もずっとわかっていたが、それを口にすることに、長いあいだ不安を感じていた。間違ったことを口にしたくはない。何かを話せば、それは第二次世界大戦の記録の一部になってしまうのだから。私の頭に浮かんでは消えていく当時の記憶は、あるものは鮮明だが、あるものはぼんやりしていた。ふと思い出しかけた昔の悲しい記憶が、またかすんでしまうこともあった。

「覚えていないのは、幸いですね」と人々は言った。だが、自分の兄の顔かたちすら「覚えていない」ことが「幸い」だろうか？　私はこれまでの人生の大半において、もっとも根源的な次の問いにすら答えることができなかった。子どもが到着後すぐ殺されたことで知られる収容所で、なぜ自分は六か月も生き延びられたのか？　そして、ソ連軍が来るほんの数日前、収容所から約六万人を一掃した「死の行進」に、なぜ自分は加わらずにすんだのか？

その答えはようやくわかった。

少し前、私はイスラエルに旅行し、ヤド・ヴァシェム・ホロコースト記念館を訪れた。そこに、私の名前の記録が保管されていた。記録を書き、保管したのは、ソ連兵だった。自身にまつわる記録を読んだその日、奇跡とはささやかな、そして稀有なかたちで起きるのだということを私は知った。私の生還がその証明だった。

長いこと私は、アウシュヴィッツで撮られたこのフィルムの存在すら知らずにいた。ソ連軍が撮った映像に子どもの自分が出ていると知ったときは、仰天した。私はそれを──本書の最後に語るように──偶然に知った。だが最近、別の大きな衝撃を受けた。ある昼下がり、その写真をネット上で探していたときのことだ。グーグルで検索すると、目的の写真は造作なく見つかった。そして写真の横の「表示」ボタンをクリックすると、あるウェブサイトが開いた。だがそれは、ホロコーストは嘘《うそ》で、存在しなかったと主張するサイトだった。そのウェブサイトを訪れる、歴史の歪曲を望む人々向けに、私の写真が利用されていた。写真を見た誰かは、アウシュヴィッツに到着した子どもはすぐに殺されただの、アウシュヴィッツはただの労働収容所ではなかっただのというのは、ユダヤ人のついた大嘘だと書き込みをしていた。

信じがたいことだが、そのサイトの訪問者の多くは、アウシュヴィッツはそれほど悪い場所ではなかったかもしれないという意見に同意するコメントを残していた。私やその他数人の子どもの写真を引き合いに出し、解放されたばかりの彼らがいかに「健康」そうに見えるかを指摘する者もいた（あの映像は実際には解放直後ではなく、その数日後に撮られた。子どもたちは風邪をひかないようにと何枚もの衣服でくるまれていた。重ね着の上にさらに大人の囚人服を着せられた子どもも写っている）。

私は不快な気持ちでパソコンをパタンと閉じた。あまりにひどい話だ。手は怒りで震えていた。でも今となっては、そのサイトを見てよかったと思う。それによって、私ははっきり自覚した。もしも私たち生存者《サバイバー》がこのまま沈黙を続けていたら、声を上げ続けるのは嘘つきとわからず屋だけになってしまう。私たち生存者は、過去の物語を伝えるために力を合わせなければいけない――。

話す覚悟はようやくできたものの、私は物書きではなく科学畑の人間だ。そのため私は、娘のデビー・ボーンスタイン・ホリンスタートに相談した。四人の子どものうち三番目に生まれたデビーは今ではテレビのニュース番組のプロデューサーをしており、前からしばしば私に、過去の経験を文字に残すべきだとすすめていた。文章を書くのはデビーに任せ、私はデビーが私の物語を綴る上でできるかぎりの協力をしようと決めた。

デビーの助けを得てようやく私は、自分と家族が半世紀以上のあいだ胸の奥にしまい込み、固く鍵をかけていた物語を明かすことにした。今がその時だ。

## デビー・ボーンスタイン・ホリンスタート

幼いころ私は、父親の前腕に刻まれた番号について、深く考えたことは一度もありませんでした。それは父の皮膚の一部であり、いつもそこにある何かにすぎなかったのです。夏の暑い日、袖の短い服を父が着ていると、番号に目をとめた誰かが時おり「どこでそれを？」とたずねてきました。

「アウシュヴィッツで。私はここらの出身ではないもので」と笑って答えると、父はすぐさまそれまでしていたことに注意を戻し、詮索《せんさく》好きな人々をはぐらかしました。

私のきょうだいたちもそれぞれ五年生になったころから、父親に質問を向けるようになりました。でも、相手が身内であろうと、父の返事はあまり変わりませんでした。私たちが強く求めると、胸の痛むようなむごい話を少しだけ聞かせてくれました。

私たち子どもがもっと知りたいとせがむと、「わからないんだ、デビー」と父は言いました。「あのころは、ほんの小さな子どもだった。自分が記憶していることと、記憶していると思っていることをきちんと区別できる自信が私にはないんだよ」。何度聞いても、父の答えは同じでした。でも、父のいとこを訪問したときにある事実が浮かび上がり、両親が話すのを聞くうちに、また別の事実が浮かび上がりました。結婚式の席で一族の年長者が乾杯のスピーチをしたときに、新たな発見が加わることもありました。私たち四人のきょうだいが成長し、いくつもの逸話を知るようになるにつれ、私たちの現在につながる物語の全体像が少しずつ見えてきました。父親の腕の入れ墨と同じように、それらの物語の多くはずっとそこにありました。言及されることがほとんどなくても、いつもたしかに存在していたのです。

二〇代でテレビのニュース記者になったとき、私は父の物語を一冊の本にすることを考え始めました。でも、その〝時〟はなかなか訪れませんでした。父はいつも「そうだな、デビー。そのうちいつか」と言うばかりでした。

ところが、アウシュヴィッツから生還してじつに七〇年が過ぎたころ、父が突然「あの話だが、やっぱりやるべきだと思う」と言い出し、私を驚かせました。そしてもちろん、父の物語を正確に、詳細に記すという仕事は私が引き受けました。大きな責任を、私は負ったのです。

歴史の歪曲のために父の写真を悪用したサイトを見たとき、私は、この仕事をなんとしてもやり遂げようという闘志をかえってかき立てられました。誰かがホロコーストについての嘘を語るなら、その一〇〇倍もの声で真実を語ればいいのだと。

父の記憶が及ばない細部を埋めるため、私はジャーナリストの本領を発揮しました。父はポーランドのジャルキという町のユダヤ人ゲットー[*3]で生まれ育ち、のちにアウシュヴィッツに移送されました。私はまず、戦争の前後のころの一族について知る人々を探し出し、話を聞きました。ワシントンDCやワルシャワでは博物館や家族史の研究所を訪れ、多くの疑問を解くための書類を探し出してもらいました。祖母（父の母）のソフィーが語るのを録音した古いテープにも耳を傾けました。そうするうちに、幼いころから聞きかじってきたバラバラな情報が、おさまるべき場所におさまっていきました。

父は、ヤド・ヴァシェム・ホロコースト記念館での驚きの発見を私に伝えてくれました。それにより、なぜ父が死をまぬかれたのかという最大の謎が解けました。記念館の学芸員も、その書類を発見して驚いていたそうです。さらに多くの事実も明らかになりました。ヘブライ語で書かれた随筆集の中に、祖父（父の父）のイズラエル・ボーンスタインについての記述がいくつもあったのです。父はいつも、祖父イズラエルのことをもっとはっきり記憶していればと言っていましたが、その随筆には、祖父の信じがたいほどの英雄的行為が書き綴られていました。随筆を書いたのは、父と同じポーランドのジャルキの生存者です。その文章を読み進めるうちに、なぜジャルキの人々がみなイズラエル・ボーンスタインの名をはっきり覚えているかが理解されました。さらに、戦時中、農家の地下室に親類と潜伏していたある男性の日記を、その家族が親切にも私たちに見せてくれました。その日記には、ジャルキの町やドイツ軍侵略前後のユダヤ人の状況に関する重要な情報が記されていました。

収容所で父がソ連軍のカメラにおさまってから七〇年以上が過ぎた今、父の生還にまつわるいくつかの事実がはっきりし、ようやく家族の歴史を語ることが可能になりました。ホロコーストの最中《さなか》に一族が体験した真実の物語を知ってもらうために、私と父は努力を重ね、本書をできるかぎり事実に即したものにしました。文中で起きる主要な出来事はすべてまったくの事実です。周辺の描写にはフィクションの部分もあります。たとえば、交わされた会話はフィクションですし、その時々の人々の思考や感情は私たちが推測して書いたものです。名前の一部は変更してあります。そして主人公が語るという形式に即して、いくつかの小さな変更を行いました。

たとえば冒頭の場面に関していえば、一九三九年九月のドイツ軍のポーランド侵攻から数週間後に、父の家にナチスが押し入ったのは疑いのない事実です。このとき父の母——つまり私の祖母——が着ていた洋服の色や祖母の発言や思考は、根拠ある推測の域を出ませんが、ドイツ兵が盗賊のように家に押し入り、金を要求し、高価な品々を手当たり次第に強奪したのは事実です。そしてまた、彼らが来る前に、祖父イズラエル・ボーンスタインが財産の一部を隠したのも事実です。その中には小さな、しかし宗教的にはとても大切なある品が含まれていました。一見つまらない、けれど重要な意味を持つものが、そこに含まれていたのです——。

# 1　カップを忘れないで

「ソフィー、サミュエルを頼む。窓から外を見張っていてくれ」。父さんは母さんに声をかけた。「その場を動いてはだめだ」

父さんは麻袋をつかみ、台所から寝室に駆けていき、銀の額縁やクリスタルや母さんの真珠やたくさんの金貨を袋に詰め込んだ。

これは一九三九年一〇月に起きた出来事だ。ポーランドのジャルキという町の、ソスノヴァ通りにある赤レンガのわが家に、ドイツの兵士たちが迫りつつあった。

母さんは居間の窓のそばに立っていた。窓の外では日が暮れかけている。母さんは、僕の兄サミュエルの小さなふっくらした手を、人差し指で不安げにコンコンとたたいていた。もう片方の手は自分のふくらみかけたおなかにあてられていた。まだ生まれる前の僕が、その中で眠っていた。

「イズラエル。もっと前から考えておくべきだったのよ。もう遅すぎる。ベッドの下にぜんぶ隠して、やつらがそこを調べないよう祈るしかないわ。無茶なことはしないで！」

「大丈夫だよ、ソフィー。君はそこにいて、やつらが近づいたら教えてくれればいい」

後年、このときのことが話題になるたびに母さんは、父さんの口調は窓にうつる小走りな動きには不釣り合いなほど穏やかだったと語った。

窓ガラス越しに、兵士がこちらに向かってくるのが見えた。前ボタンの制服に身を包んだ彼らは身ぎれいだが冷ややかそうだ。黒のロングブーツを履《は》き、白丸にクモのようなシンボルマークのついた赤い腕章をつけている。みな、小銃か肩掛けのライフル銃を携えている。近所の家に一軒ずつ押し入っては、数分後に、毛皮や革のコートや宝石の詰まったピローケースを腕にぶら提げて出てくる。

四歳のサミュエルは、近所の家から銃声が響くたび、母さんの桃色のスカートのひだに顔を埋めた。

兵士は三軒隣まで迫っている。扉のそばに立った母さんはせわしなく振り返り、家じゅうを走り回る父さんに視線をやった。一緒に住んでいた父方の祖母にあたるドーラおばあちゃんは、ソファに座って一部始終を見ていた。

その日、各家庭の訪問を午後に行うと通達があった。ユダヤ人の家はドイツのナチ（国民社会主義労働党の略称）政権の求めに従い、金品を供出する準備を整えておくように命じられた。普通の状況なら、これは略奪と呼ばれる行為に等しい。だが、ポーランドを侵略したドイツ軍は、第三帝国（ナチスは自国の政権をこの名で呼んだ）に貢献し、帝国をより豊かに、より強くするのがユダヤ人の責務だと主張した。

わが家には、強奪されそうなものがたくさんあったはずだ。会計士をしていた父さんは、いつも周到にお金を貯蓄していた。その日、「供出」についての命令が出たとき、父さんは一家の財産をなんとしても守ろうと決意した。

「どうしてもそうするなら、あのカップも忘れないでね」。母さんは窓に目を向けたまま、穏やかな声で言った。

「もう持っているよ」と父さんは言って、裏庭に姿を消した。兵士の声はだんだん大きく近くなってきた。

裏庭の扉を起点に、父さんはイディッシュ語[*4]で「一《エイン》、二《ツヴェイ》、三《ドライ》、四《フィル》、五《フィネフ》、六《ゼクス》……」と数えながら一定の歩幅で歩いた。そして、ほかより土が軟らかい地点で立ち止まると、両手で地面を掘り始めた。爪は泥でじきに黒くなった。通りがかりの人からは、春咲きの球根を植えているように見えたかもしれない。でも、父さんはたしかに何かを植えていたと言っていいかもしれない——父さんが埋めていたのは一家の希望の種だ。

一分もしないうちに、土の中に隠し穴があらわれた。円筒形に曲げた金属片で補強された、即席の地下金庫のようなものだ。父さんはその穴に、貴重品を詰めた袋を放り込んだ。袋の中には、飾り気のない小さな銀のカップも入っている。安息日《サバト》に用いるキドゥーシュ・カップと呼ばれる杯だ。ユダヤの家庭では毎週、金曜の日没から土曜の日没までを安息日として祝い、祈りを捧げ、葡萄《ぶどう》酒を飲み、歌を歌う。安息日は休息のための時間であり、一週間の中でもっとも平和なひとときだ。人々は安息日に、感謝の思いをこめてキドゥーシュ・カップを掲げる。

でも、侵略が始まって以降、ジャルキの住民には――特にユダヤ人には――歌ったり祝ったりするような機会はほとんどなかった。数週間ですべては変化してしまった。

ユダヤ人はバスの乗車を禁じられ、ユダヤ人の子どもは学校に通えなくなった。ユダヤ人の事業はほとんどが閉鎖や接収を余儀なくされた。厳しい夜間外出禁止令が敷かれ、夜の八時以降に外出すれば逮捕もしくは殺害された。ユダヤ人は一目でそれとわかるように、ダヴィデの青い六芒星《ろくぼうせい》のついた白い腕章をつねに着用しなければならなかった。

家の扉が乱暴にたたかれたとき、母さんののどからは奇妙なかすれ声がもれた。恐怖のあまり、叫び声がのどに引っかかってしまったかのようだった。母さんは、本当は落ち着いて「お入りください」と言うつもりだったけれど、礼儀正しくする必要などもちろんなかった。声を出せるようになる前に、もう扉は押し開けられていたのだから。

早く来て、早く来て、早く戻ってきて――。二人の男が家の中に乱暴に入ってきたとき、母さんは心の中で父さんに呼びかけたにちがいない。一人は背が高く、もう一人はずんぐりしていた。

母さんの心の呼び声が聞こえたかのように、父さんが居間の戸口に姿をあらわした。シャツのすそはきちんとたくしこまれ、その顔には、さっきまでの焦りはみじんも浮かんでいない。地面を掘って汚れていたはずの両手はきれいに洗われ、顔の表情と同じく、何も怪しげなところはなかった。父さんは仕事をうまくやりおおせたのだ。

「五〇〇ズロチ[*5]と宝飾品を供出せよ。今すぐに！」。背の高いほうが言った。

「もちろんです」と父さんは答え、札束を差し出し、さらに、美しいけれど価値の低い首飾りと、男性用のピンキーリング（小指用の指輪）を渡した。指輪は、いつだったか電車の中で拾い、持ち主を探し当てられなかったものだ。この二つの無価値な品を父さんは、あらかじめサイドテーブルの引き出しに入れておいた。宝石を要求されることは予測がついていたからだ。

「これで全部だとわれわれが信じるなどとは、まさか思っていまいな」。背の高いほうが言い、もう一人に向かってうなずいた。

背の低いほうがサミュエルと母さんにすたすたと近づき、銃を抜いて二人のほうに大きく振った。そして「金目《かねめ》のものがたんまりあるのはお見通しだ。もっとうまくやりゃあよかったのに」と、邪悪な表情を浮かべながらサミュエルの前に膝をついた。男は明らかに、サミュエルの左手に着目していた。

サミュエルの右手は母さんのスカートを握りしめていたが、脇に下ろした左手は固いこぶしに結ばれていた。

「手を開いてごらん」。男は猫なで声で言った。「隠しているものを見せておくれ」

男がサミュエルに目をつけたことの恐怖で、母さんは泣いていた。でも、小さなコレクターであるサミュエルが、貴重なものなど隠していないことはわかっていた。小さな手が開かれる前から、そこに何があるのか母さんは知っていたはずだ。

「ただの小石ですわ」。母さんは言った。「息子は小石を集めるのが好きなのです」

小さな手に握られていたのは、丸い灰色の小石だった。ポーランドの通りにはいくらでも落ちているたぐいの丸石だ。サミュエルはいつも、小さな石を手に握りしめたり、ポケットに入れたりしていた。石は一つ一つが独特で貴重だとサミュエルは思っていた。

男は苦い表情をしていた。勘違いをさらして、面白かろうわけはない――特にユダヤ人の前では。彼は父さんと母さんをにらみ、さらにドーラおばあちゃんをにらんだ。もし誰かがほんのかすかでも笑ったら、全員が間違いなく撃たれていたはずだ。

誰も笑わなかった。

「どうぞ、政府が必要なものを何でもお持ちください」。父さんが沈黙を破った。

そのときにはもうすでに、一人目がクロゼットや引き出しをかき回し始めていた。「どうぞ」という誘いの言葉など、無用だった。

あとから思えば取るに足らないことだったが、高価なミンクの上着が玄関ホールの戸棚から引きずり出され、男の腕にかけられたとき、母さんは胸が張りさけそうな思いがしたという。それは父さんが母さんを驚かそうと一年間貯金をして、プレゼントしたものだったのだ。そのコートを着ると――たとえ行く先がほんのご近所でも――アメリカ映画の女優になったような気持ちがしたと、母さんはいう。

長い数分間が過ぎ、男らは略奪品をかき集め、出発の準備を始めた。そのとき背の低いほうが、玄関広間の丸テーブルの端に置かれた飾り時計に目をとめた。時計は、ねじりのかかった真鍮《しんちゅう》の脚に支えられている。ドーラおばあちゃんが婚約したときに、自身の祖父母から贈られた祝いの品で、父さんと母さんが結婚した日に母さんに譲り渡された。

「おや、こんなに大切なものはガラスのケースにしまっておくべきだ」。ずんぐりしたほうがテーブルのほうを指さしながら言った。「大切な形見の品には、もっと注意をしなくては」。彼は母さんの表情の変化を見やりながら、時計を少しずつ手でテーブルの縁へ押しやった。

母さんは表情を変えずに言った。「ご親切にどうも。これからは気をつけますわ」

背の低い男は、スローモーションのようにじりじりと時計を押しやりながら、母さんが反応するのを待った。

あと一押しでもう確実に落下するという瞬間、母さんは思わず息をのんだ。

それまで無表情だった男の顔に、邪悪なほほえみが浮かんだ。「おっと、手が滑った!」と言いながら彼は最後の一突きをした。

代々伝わる立派な時計は床に落ち、派手な音を立てた。ガラスの文字盤は細かな破片になって玄関の四方に飛び散り、真鍮の脚の一本は折れた。時計は破壊された。

「このドジ野郎」。背の高いほうは笑いながら相棒の背中をたたき、二人は母さんに慇懃無礼《いんぎんぶれい》な会釈《えしゃく》をした。

そして二人は去っていった。

母さんが扉を閉めると、サミュエルは小さな体を二つに折り曲げ、顔を自分の膝に埋めて、声をかぎりに泣き叫んだ。泣いて、泣いて、いつまでも泣き続けた。

「泣かないで、サミュエル。泣かないで」。母さんはサミュエルの背中をなでた。「もう大丈夫。ママは平気。パパも平気。あの男の人たちは、新しい政府のためにうちの品物を少し欲しがっていただけなの。助けてあげられてよかったわ」

母さんは絶望すまいと必死の努力をしていたが、この晩のような事件は心を弱くさせた。そしてジャルキのユダヤ人たちは心の奥底で、この先起こるだろうことを感じ取っていた。この先起こることは詳細に至るまで、一か月前からもう入念に計画されていたのだ。一か月前の、「血の月曜日」と呼ばれることになる日に――。

# 2 血の月曜日

ポーランドで戦争が始まったのは、一九三九年九月一日の金曜日だった。ドイツ軍は「電撃戦」で一挙にポーランドに攻め込んできた。翌土曜日、侵攻軍は僕の一家が住むジャルキの町にまで及んだ。ドイツ軍の爆撃機が空を縦横に飛び、爆弾を落とし、家屋を破壊した。爆発の合間の短い静寂の中、人々は次に爆弾が落ちるのは自分の家かもしれないと恐怖に震えた。

その日の空襲で、ジャルキではたくさんの家が焼け落ちた。住民は家の中にこもったり、地下室に隠れたりしていた。町じゅうが大混乱し、パニックに陥っていたため、最初の爆撃がいつだったか正確にはわからない。ある住民の日記によると、最初の爆弾が落ちたのは午後二時で、彼の家族は何もない原っぱに走って逃げた。そこなら、わざわざドイツ軍が爆弾を落とす確率は低いだろうと思ったからだ。別の住民は、空襲の始まりは昼食の前だったと書いている。僕のいとこの話では、安息日の食卓をちょうど片づけ終えたとき、最初の爆弾が落ちたという。いずれにせよジャルキのみなの話は、九月二日が恐怖の一日だったという点で一致している。

なぜ僕の両親が——そして町の住民みなが——その時点で荷物をまとめ、暖かい服を着込み、安全な地を求めて森に逃げ込まなかったのか、不思議に思えるかもしれない。けれど、故郷は故郷であり、しかも侵略が始まる前のジャルキは、ポーランドに住むユダヤ人にとって安息地《ヘイブン》のような場所だった。ポーランドのいくつかの町ではユダヤ人の土地所有や事業が厳しく制限されていたいっぽうで、住民の半数以上をユダヤ人が占めるジャルキでは、生活はずっと恵まれていた。三〇〇〇人を超えるユダヤ系の住民は町のシナゴーグ*6で毎日祈りを捧げ、それぞれの家で安息日を祝うことができたし、職人や商人や事業主として働き、カトリック系の住民からも尊敬を集めている人さえいた。ジャルキでも、醜い差別がないわけではなかった。たとえば、ある商店の窓には「ユダヤの店で買わないで！　同胞同士の助け合いを！」という貼り紙があった。それでも、ユダヤ人の商売はまずまずうまくいっていた。

ジャルキはたしかに簡単には去りがたい場所だった。けれど、その後に起きる出来事をもしも誰かが予測できていたら、一九三九年九月二日以降、ユダヤ系の住民はジャルキから姿を消していただろう。人々は、ナチスの手を逃れるためにわれ先に町から逃げ出したはずだ。だが実際には、ジャルキのユダヤ人の大半はこう考えて町にとどまった。空襲が終わってドイツ軍がポーランドの弱体軍を制圧し、実権を握ったら、きっと侵略者たちはヒトラーの帝国領土を拡大したことに満足し、ポーランドを平和に統治するだろうと――。

空襲から一夜明けた九月三日の日曜日、朝日が昇り始めると僕の一家は――つまり両親とサミュエルとドーラおばあちゃんは――地下室からはい出した。家がきちんと立っているのが、まだ信じられないような気持ちだった。母さんは居間を、安堵《あんど》と一抹の後ろめたさが入り混じった気持ちで検分した。近くに爆弾が落ちた衝撃で窓ガラスのいくつかにひびが入っていたものの、壁はすべて無傷だった。

「バルーフ・ハシェム」。おばあちゃんはヘブライ語で、神への感謝を大きな声で口にした。

だが、母さんの顔は涙でぬれていた。「あの音――イズラエル、頭から消そうとしても消えないの」

どの音のことか聞く必要など、父さんにはなかった。でも父さんの頭には、爆発とは別の音がこだましていた。一晩じゅう暗闇の中で聞こえていた、燃え落ちる家の中で人々が叫ぶ声だ。誰も助けにいくことはできなかった。みな地下室に身をひそめ、自分が生き延びられるよう祈るだけだった。町は包囲されていた。日の光の下で母さんは、遠くにあるユダヤの図書館が激しく損壊しているのに気づいた。シオニズム〔一九世紀末、ユダヤ人迫害の高まりの中で、ヨーロッパに起きたユダヤ人の国家建設運動〕の組織から贈られたこの図書館は、地域の人々が誇りにしている場で、ユダヤ人コミュニティの文化センターのような役目を果たしていた。本棚には有名な詩人やユダヤ人の作家の作品がずらりと並び、蔵書は六〇〇〇冊を超えた。ユダヤの男性は一日に二度は図書館につどい、祈りを捧げたり、ユダヤの聖典であるトーラー[*7]の教えについて議論したりしていた。

母さんは、自分の両親の安否を確かめてきたいと言った。母さんの両親であるエスター・ヨニッシュとモルデカイ・ヨニッシュはすぐ近所に住んでいた。

「絶対にだめだ」。父さんはきっぱり言った。めったに母さんと言い争わない父さんが、このときは強硬だった。「ソフィー、何が起きているのかわからないのか？　爆撃は始まりにすぎない。これは戦争なんだ。もうすぐ兵隊たちがここに来るんだよ！」

父さんの言うとおりだった。その日曜日、四方から武装部隊が車やトラックやオートバイで町になだれ込んできた。そして、黒い制服のナチスの部隊が町の通りを行進した。あとで知ったことだが、黒服の男たちは「突撃隊（ＳＡ）」と呼ばれる護衛隊の一部で、ナチスのエリートたちだった。彼らの任務は脅迫と破壊だ。ジャルキは、突撃隊が侵入した最初の町の一つだった。その日の数時間で、ドイツがもくろんでいるのが単なる侵略でないことは明白になった。ドイツはポーランドを完全に支配しようとしていた。

ナチスは工場から機械を強奪し、店のガラスをたたき割り、家々に発砲した。町はずれにある紡績工場をダイナマイトで吹き飛ばし、崩れた煙突のレンガを奪い、列車に積んでドイツに送った。学校の教室の椅子までもが破壊された。もしできるなら、雲までをも空から引きはがし、ばらばらに切り裂き、路上にまき散らしかねない勢いだった。ユダヤ人もポーランド人も、自分たちの財産が破壊されるのをなすすべもなく見つめていた。だが、ドイツが特にターゲットにしたのはユダヤ人だった。

眠れない夜が明けた月曜日の朝、ジャルキのユダヤ人男性は全員町の中心に集まるよう命じられた。それぞれに労働分担を言い渡すためだという。父さんは最初、地下室に隠れようと考えた。でも、自分の不在のせいで母さんや家族にさらなる危害が及ぶのを心配して、命令に従った。父さんは、必ず帰ってくると母さんに約束し、上着をはおり、急いで人々の群れに加わった。

自分が留守のあいだ、必ず家にいるようにと父さんは言ったが、母さんは従わなかった。母さんは父さんのことをとても尊敬していたけれど、自分でこうだと思ったときは、いつもそれを貫いた。その月曜日も、徹底した侵略行為が一日じゅう続いた。午後になってから母さんはサミュエルをドーラおばあちゃんに預け、ひっそりと足早に自分の両親の家に向かった。

ソスノヴァ通りの赤レンガの家を出ると、母さんはすぐに、人目につかない小道に入った。その道は、両親の家の裏庭までまっすぐ通じている。でも、途中でユダヤ人の墓地を通り過ぎなければならない。迷信深い母さんはいつもそこを通るとき、できるだけ端のほうを歩き、死者が埋葬されているあたりには決して足を踏み入れなかった。

どこからか、泣き声が聞こえた。

悲痛なその声に、母さんは胸をかきむしられる気がした。それは、子どものすすり泣く声だった。それから男の怒鳴り声が聞こえた。ドイツ語のようだった。

母さんはカバの古木の太い幹の陰に隠れ、耳をそばだてた。声がするのは、そう遠くない場所だった。母さんはいけないとわかっていたけれど、思わずそちらを見てしまった。

最初に目に入ったのは、土の上にばらまかれた鮮やかなピンクのベルベットのドレスと、黒い水玉模様の小さなストラップ靴だった。もっとよく見ようと目を細めると、三歳になるサーシャ・ベリッツマンの顔が見えた。サーシャは兵士の横に立っていた。

　小さなサーシャはいつも土曜の朝、シナゴーグで、人形のように飾られて母親の膝に座っていた。シナゴーグに集まった人々が「シェマー」〔ユダヤ教の信仰告白〕の朗読を始めると、サーシャはクスクス笑った。「シェマー」の祈りのときは、神様の前で、目を手で覆うのが決まりだ。それが「いないいないばあ」をしているように、幼いサーシャには見えたのだろう。あんまり笑うので、時々母親は礼拝の最中に娘を外に連れ出さなければならなかった。

　ドレスが地面に投げ出されているのに驚いた母さんは、幼いサーシャの姿にさらに衝撃を受けた。サーシャは裸だったのだ。ドイツ兵の怒鳴り声がまた聞こえた。サーシャの両親であるベリッツマン夫妻もその場にいた。ドイツ語なのでよくはわからなかったが、夫妻にも服を脱げと命じているようだった。二人は一枚一枚服を脱いだ。ベリッツマン夫人は兵士の視線を避けようと、身をよじり、両手で体を隠していた。

　ふたたび怒号が飛んだ。今度は崩れたポーランド語だったので、母さんも理解できた。

「おまえの仕事を終わらせろ！」

　制服の男が大きなシャベルを、全身裸のベリッツマン氏に向けて放った。彼はそれを空中で受け止めた。

　男が右手でピストルを、ベリッツマン氏の頭に向けた。おびえた父親は、すでに掘られていた大きな穴をシャベルでさらに掘り始めた。彼らはしばらく前からそこにいたにちがいなかった。

母さんは、サーシャをもっとよく見ようと目を凝らした。あまりに激しく泣いたせいで、サーシャの顔は赤くはれていた。ベリッツマン夫人はサーシャを抱き上げると、自分の裸の胸にサーシャの頬《ほお》を押しあててなだめようとした。

母さんは思った。金切り声を上げてあの場に駆けていって、銃を奪い取って、銃口をやつの顔に向けてやりたい――。ベリッツマン夫妻に服を渡して、尊厳を取り戻してあげたい――。でも、何の武器も持っていない無力な母さんは、カバの木の太い幹の陰に身をひそめているしかなかった。

しばらくして兵士がベリッツマン氏に、妻と娘のところに行くようにと命じた。兵士は銃を横に振りながら親子を、掘ったばかりの穴の真ん前に立たせ、三人の立ち位置を細かに命令した。そして「もう一歩右。少し戻れ。もう一歩下がれ！」と、片言のポーランド語で言った。

親子三人はおとなしく命令に従った。最後に兵士はベリッツマン氏に、妻子を抱擁するよう命令した。母さんは片目であたりをうかがいながら、三人を見つめていた。父親は裸の腕で妻と、彼女が強く抱きしめている幼い娘を抱きしめた。夫人はすすり泣き、娘は叫び、ベリッツマン氏は大きな声で祈りを上げた。裸の三人は、もろく傷つきやすく見えた。

「静かに！」。兵士が三人に怒鳴った。そして穏やかに「しーっ、静かに」と繰り返した。

母さんから三人の顔は見えなかった。彼らは体を寄せ合い、うなだれた頭をぴったり押しつけ合っていた。やがて、彼らは無言になった。泣き叫んでいたサーシャですら、父親と母親に倣《なら》って、声を上げるのをやめた。

バン、バン、バンと銃声が鳴った。どれも命中だった。裸の三人は抱き合ったまま、父親が掘ったばかりの穴の中に一緒に落ちた。

男は奇妙な満足の表情を浮かべてその場に立っていた。彼のゆがんだ喜びを、母さんは感じ取ることができた。脳から記憶をむしり取りたいと思ういっぽうで、母さんは、あの男の顔を絶対に忘れまいと誓った。まるで芸術の一種であるかのように、殺人を楽しんでいたあの男を、何があっても忘れるものか——。

兵士が足で穴にわずかに砂をかけ、その場を去ると、母さんは震える脚で全力で走り、ソスノヴァ通りの自宅に帰った。ドアを開けて中に転がり込むと、ソファに突っ伏して泣いた。おばあちゃんとサミュエルは寝室で昼寝をしていたため、長い時間母さんは一人きりで、たった今見たばかりの悪魔の影におびえていた。

労働分担のために召集された父さんは夕方になっても帰らず、母さんはパニックになりかけていた。午後六時ごろ、誰かが家の扉を激しくたたいた。隠れるべきか答えるべきか母さんが決断するより早く、友人のマルカが扉を開けて、居間に走り込んできた。

マルカは半狂乱だった。「やつらがどこでリストを手に入れたのかわからない。でもともかく、うちに一〇代の息子がいることをかぎつけて、今朝、ドイツ人の隊員たちが家に来たの。やつらは銃を振り回して、息子のアヴィに義務のため出頭するよう命令した。私は『この子はまだたったの一四歳ですよ』と言った。でも、やつらは耳を貸さなかった。アヴィも夫のダンも何時間も帰ってこないので、ソフィー、私、心配になってしまって」

マルカはそこで深く息をつき、ふたたび話し始めた。

どれだけ待っても夫と息子が帰ってこないのを心配したマルカは、町の中心にある広場までようすを見にいった。二人は見つからなかったが、そこで彼女は信じがたいほど恐ろしい光景を目撃してしまったという。

母さんは思わず身構えた。「イズラエルが？」。母さんは口を手で押さえながら、押し殺した声でたずねた。「イズラエルだったの？」

「いいえ」。マルカは急いで言った。「イズラエルではないわ。彼はその場にはいなかった」。マルカはその場で見たものを話し始めた。その恐ろしい出来事を、母さんは決して忘れなかった。

「ユダヤ人ではないたくさんの人が広場の近くに集まっていて、私はそこに紛れ込んだの。誰も私に目をとめなかった。少しずつ前に進んでいったら、私、見てしまったの……」。マルカは言葉を必死に探した。「クラインさんとアドラーさんとゴールドさんたちの家族の姿があった。彼らはゲームの道具にさせられていたの。ソフィー、聞いて。子どもたちもだったの。三家族の人々はみんなレンガの壁に顔を向けて一列に並んでいた。燃えてしまった靴屋のメンデルさんのところの壁。あそこに、一二人、いえ、一三人か一四人が壁に鼻をくっつけるようにずらりと並ばされていたの。二人の兵士が壁に向かって銃を構え、一人がこう叫んだ。『いいか、汚らしいユダヤの友人たち、これから君らの中でいちばん強いのは誰かを調べよう。みんな、両手を上にあげろ。そのままぴくりとも体を動かすな。片方でも手を下ろしたやつは撃ち殺す。わかったか？』」。マルカは兵士の口調をまねて大きな声で言った。

「ソフィー。まわりの人たちはみんな、笑ったりはやし立てたりしていた」。マルカは人々が手をたたくようすを身振りで誇張した。「ほかの子どもたちは、少なくとも一二歳にはなっていた。でも、かわいそうなハナ・ゴールドはたったの六歳なのに――いいえ、六歳だったのに。ハナはじきに、手を下ろしてもいいかと懇願し始めた。『お願い、もう手が痛いの』と言って。私には、彼女の腕が震えているのが見えた。まわりの人たちはずっと歓声を上げていた。そのうちにハナの腕が少しずつ少しずつ下がってきた。小さな腕が完全に下りるより前に、ハナの後頭部を狙って兵士が銃を撃った。血が四方に飛び散って、レンガの壁も血だらけになった。かわいそうなハナの体はぐにゃりとくずおれて」

　話を続けるマルカの顔は涙でぬれ、青ざめていた。「ああ、ソフィー。母親なら誰だってああしたにちがいないわ。ハナの母親のサラは、叫び声を上げて娘のそばに飛んでいって、顔中にキスしたの。サラの口も頬も、ハナの血で赤く染まった。私の見ている前で、二人のドイツ人の隊員が視線を交わした。そして同時に『一《アインス》、二《ツヴァイ》、三《ドライ》』とドイツ語で言うのが聞こえた。『三』まで数え終わると同時に、二人はサラの体に銃弾を撃ち込んだ」

「エリック・ゴールドは？」。母さんはおそるおそるたずねた。「ハナの父親の？」

「エリックは――振り返らなかったし、腕を下ろしもしなかった。でも、体が激しく震えているのが見えた。そして彼は、形容のしようもない、私がこれまでに聞いたこともない声で泣いていたの。背中が震えて、頭は胸のほうにがっくりたれていた。でも、両腕はずっと高いままだった。私はその場から離れた。できるかぎり速く走って。ああ、私のアヴィとダンはいったいどこに連れていかれてしまったの！」

ドイツ軍が侵攻してきた最初の一日だけで、ジャルキでは約一〇〇人の無実の人々が殺された。ジャルキから北に三〇キロのチェンストホヴァでも、同年九月四日の一日で一〇〇〇人近いユダヤ人が虐殺され、やはり「血の月曜日」として記憶されることになる。

ジャルキから逃げ出すのは、もう不可能になっていた。逃げようとしているのを見つかれば、即銃殺だった。「血の月曜日」の日、父さんは道路のがれきの片づけを命じられ、作業をしながら、真夜中に一家で町を逃げ出せないかと考えていた。太ももほどの高さがあるソバの畑を通り、森の中に逃げるというのが父さんの計画だった。だが、それはあまりに危険が大きかった。僕らの一家は、逃げるチャンスを失ってしまったのだ。

それから二週間、ジャルキの人々はたえまなくパニックに襲われた。脱出の計画は、作られては消えていった。どんな計画を立てても、これだけたくさんの武装隊員が見張っていては実行は不可能だった。人々は秘密の地下室を造り、隠し扉を造った。

そしてある日、発表があった。「ユダヤ人の全男性は今晩、大シナゴーグに集合せよ。繰り返す。ユダヤ人男性はシナゴーグに集合。命令を無視した者は逮捕、もしくはその場で銃殺。全ユダヤ人男性はシナゴーグに集合。今すぐに《ゾフォルト》！」

そのとき、父さんは沈黙の祈りを捧げていた。もちろんシナゴーグにいたわけではない。ドイツ人に命じられ、排水溝からゴミをかき出す仕事をしながら、父さんは神に祈っていた。

なぜ今なんだ？　父さんは思った。家に帰って家族の顔を見たい。手を洗って、まともな食事をしたい。足を休めて、安全な自分の家でくつろぎたいのに――。

でも、選択肢はなかった。ナチスの男たちは大声で命令をがなり立てていて、従わないわけにはいかなかった。戦争が始まったばかりのこのころ、父さんは体制に挑むほど豪胆《ごうたん》ではなかった

――このときにはまだ。

# 3 一斉召集

その九月の晩、ジャルキの大シナゴーグに足を踏み入れた瞬間、父さんは目をつむった。そこは父さんにとって、第二の家のような場所だった。一日の初めと終わりに必ずここで祈りを捧げ、ユダヤの聖典トーラーの勉強もした。

父さんが思わず目を閉じたのは、開けたときに痛ましい光景が目に入ることがわかっていたからだ。神聖な会堂はナチスによって汚されていた。祭具は祭壇から取り去られ、絵画は切り裂かれ、ベンチは真っ二つに破壊されていた。壁には無数の銃痕《じゅうこん》があった。

父さんのあとにもユダヤ人の男たちがシナゴーグに入ってきた。そのあと、ナチスの男たちが一〇人ほどやってきて、抱えていた干し草の束を部屋の中央に置いた。いったん聖堂をあとにした彼らはすぐに戻ってくると、熊手を床に放り投げた。

「寝る支度《したく》をしろ、ユダヤのブタども」。将校らしい男が言った。「今夜は、ここで眠ってもらう。動物のようにな」

父さんは部屋の片隅に藁《わら》を寄せ、即席の寝床を作った。到着したばかりのマルカの夫ダンと息子のアヴィ、そして母さんの四人の兄弟であるモニエク、サム、デイヴィッド、ムレクのための場所も確保した。憔悴《しょうすい》しきっていた彼らはその晩、寝床が藁であることにも、入り口で二人の見張りがこちらに銃を向けていることにもかまわず、すぐに眠りに落ちた。

そのころ家では、母さんの隣で毛布に潜り込んだサミュエルが、心配そうな顔で、父さんはいつ帰ってくるのかとたずねていた。

「もうすぐよ」。母さんは嘘をついた。「あと少ししたらね」


それから二日間が過ぎ、近所の女たちはついに、夫を捜しにいこうと決意した。朝日が昇り始めたころ、母さんと数人の女はたがいに手をとってシナゴーグをめざした。ドーラおばあちゃんとサミュエルは家に残った。おばあちゃんは母さんに、サミュエルのことは任せておきなさいと約束していた。

通りに出た女たちは兵士らとすれ違ったが、幸運にもとがめだてはされなかった。シナゴーグに着くと、母さんは窓から中をのぞきこんだ。父さんがちゃんと生きてそこにいるのが見えて、母さんは胸をなでおろした。でも、父さんはやつれて見えた。床にはあちこちに藁が広げられていた。二晩のあいだ、男たちはまるで野良犬のようにそこで眠っていたのだ。

顔を上げて、窓のほうを見て——と母さんは必死に念じたが、父さんは物思いにふけったままだった。あるいは、祈りを捧げていたのかもしれない。男たちはみな、その日の仕事を言い渡されるのを待っていた。

日が高くなれば、ナチスが町のあちこちで乱暴狼藉《ろうぜき》を始めることはわかっていた。母さんは走って家に戻った。父さんが生きていて、何もけがをしていないとわかっただけで、とりあえずは十分だった。

その朝、父さんは大勢の男たちと一緒に近くの原っぱに行くよう命じられた。到着すると、シャベルを渡され、大きな穴を掘るように命令された。数時間後、今度は町なかのある場所に、行進で戻らされた。そこには、月初めの空襲で死んだまま放置されていた何頭もの馬の死骸《しがい》があった。おそらくドイツ人は、町をはずかしめるためにわざと長いこと死骸を撤去せずにおいたのだろう。

「早くやれ《マッハ・シュネル》！」。兵士たちがドイツ語で怒鳴った。

腐りかけた死骸の悪臭はすさまじく、さすがのドイツ人たちもその不快さに耐えられなくなったのだろう。シナゴーグから来た男たちは死んだ馬の蹄《ひづめ》を持って、町はずれのコシグリヴァー通りまで運び、埋めるようにと命令された。

男たちは悪臭よりも重労働で息が苦しくなった。一〇人の男が力を合わせても、四〇〇キロを超える、腐りかけた死骸を引きずるのは至難の業《わざ》だった。

一日じゅう、男たちは作業に明け暮れた。日没ごろ、穴の中で死骸に土をかけていた父さんは、家に戻って眠ったり食事をしたりするのを許されないだろうかと考え始めていた。何より父さんは母さんに、自分の無事を知らせたかった。その朝、母さんがシナゴーグの窓から中をのぞいていたことを父さんは知らず、なんとかして母さんを安心させたいと焦っていた。

ようやく、シュミットという名の将校が、今から選ぶ五人は穴から上がるようにと怒鳴った。父さんは空を見上げ、自分の名が呼ばれますようにと天に祈った。

父さんは選ばれなかった。選ばれたのは父さんのよく知る五人で、その中には一〇代の少年が二人含まれていた。一人はマルカの息子のアヴィだった。アヴィが休憩をとれてよかったじゃないか、と父さんはほんの一瞬羨望《せんぼう》を感じながら仕事に戻った。

だが、その直後、突然の銃声に父さんは戦慄《せんりつ》した。掘り出した土の山越しに視線をやると、五人がさっきまで立っていた近くの壁に血しぶきが飛んでいた。五人の体は土の上にくずおれていた。五人は休憩のために選ばれたのではなかった。彼らは近くの建物のレンガの壁の前に並ばされて、銃殺されたのだ。

父さんは息をひそめて祈りの言葉をつぶやいた。「イスラエルよ聞け、われらの神、主は唯一の主である」

マルカと夫のダンには、今見たものを絶対に話せないと父さんはわかっていた。二人には「アヴィは神に召された」と告げることしかできない。いったい、あの少年がどんな罪を犯したというのだろう？　まさか、作業が遅すぎたせいで？

父さんは自分の作業に戻り、もう上を見ようとしなかった。ようやく顔を上げたのは、「ユダヤ人たち、走って帰宅だ！」というシュミット将校の怒鳴り声が聞こえたときだった。

町にはユダヤ人の夜間外出禁止令が敷かれている。その刻限が近づいていることに、父さんは気がついた。その瞬間、別の誰かがまさにその質問をしてくれて、父さんはほっとした。

「サー、いえ、シュミット将校、あと数分で夜間外出禁止の時間が始まるようですが。もし八時を過ぎてまだ路上にいたら、逮捕され、殺されるということですか？」

シュミット将校は、すばらしい贈り物を与えられたかのような、極上の笑みを浮かべた。「だから、急げと言っているんだ！」。彼は怒鳴った。「ユダヤの友人諸君。われわれは時間厳守だ。五分後に路上を歩いているのを見つかったら、即射殺だと思いたまえ」。将校はピストルを取り出し、男たちのほうに向けた。

ドイツ製自動拳銃ルガーの銃口を背中に向けられ、父さんとほかの男たちは家をめざして全速力で走り出した。それはまるで、体育の授業のようだった。唯一の違いは体育教師ではなく、公職の権威をかさにきた狂人が武器を携え、走者を追い立てていることだった。

同じ日、父さんの友人のヤーコプ・フィッシャーは町なかでの労働を割り当てられていた。月初めの空襲で町のあちこちに、二メートル近い高さのがれきの山ができていた。ヤーコプの班が命じられたのは、がれきを撤去し、中から建築資材に使えるものをより分けるというおなじみの作業だった。

ユダヤ人一人につき二人の兵士が割り当てられた。兵士の唯一の仕事は、ユダヤ人のすぐそばに立って、「もっと速く作業しろ、怠け者のブタめが！」と果てしなく恫喝《どうかつ》することだった。ユダヤ人ががれきを手押し車や荷馬車に運び入れていると、兵士は銃剣の先で脇を突いてきた。

正午になるころ、ヤーコプは昼の休憩をとりたくてたまらなかった。シャツには血がにじんでいた。前に銃剣で腹を突かれたときの傷だ。だが昼時になっても、食べ物も休息も与えられなかった。見張りの人員は交代になった。そして新しく見張り役についたドイツ人はあり余るエネルギーで、残虐なゲームを考え出した。

新しい見張りがすぐに目をつけたのは、その場にいたユダヤ人の中でいちばん大柄なエイブ・トゥルベチだった。彼らはこの男を使ってちょっとした「お遊び」を考えた。

エイブは背中に、普通の男ならとても持ち上げられないような重い機材をくくりつけられ、通りを走って行ったり来たりするよう命じられた。エイブが必死に走ると、ドイツ人たちは歓声を上げたり、「もっと速く走れ、汚いユダヤ野郎！」などと叫んだりしながら横を並んで走り、銃剣の先でエイブの体を突いた。

見物人は大声で笑い始めた。ジャルキのカトリック系住民の大半は、自分自身も侵略の被害者であり、おびえていた。だが、彼らの一部はユダヤ人が虐待されるのを見て笑い、それを楽しんでいた。あるいはそうした行動は、恐怖ゆえのものだったのかもしれない。彼らは侵略者の側にあることをアピールし、時には協力すらしてみせた。

ドイツ人がエイブに、走りながらポーランドの民謡を歌えと命令したとき、見物人は手をたたき、歓声を上げた。エイブは息をあえがせながら、死にそうなガラガラ声で歌を歌った。

ついに、もう一歩も歩けなくなったとき、エイブは虐待者を正面から見据え、「俺を殺せ！　今すぐ殺せ！　さっさと殺せ！」と叫んだ。

兵士らは大喜びした。人々がはやし立てる声はさらに大きくなった。

だが兵士らは、単に銃弾をぶち込むという温情を施さなかった。代わりに四人の男がこん棒で、エイブの息の根が止まるまで頭や背中や足を殴り続けた。エイブが絶命すると彼らは、残りの労働者に向かってこん棒を掲げた。一人の兵士が「次は誰だ？」と怒鳴った。

呆然《ぼうぜん》としていたヤーコプと仲間たちは口を閉じ、仕事に戻った。

暴力の一日が暮れるころ母さんは、町じゅうのユダヤ人の妻や母と同じように不安に駆られながら、家で父さんの帰りを待っていた。あたりは暗くなってきていた。あと数分で夜間外出禁止の時刻だというのに、父さんの姿はまだいっこうに見えなかった。

母さんが一日じゅう、居間の窓のあたりをうろうろしていたのを、小さなサミュエルはおそらく目にしていない。母さんが朝から晩までずっと窓にへばりついているあいだ、ドーラおばあちゃんが台所で子守をしたり食事をさせたりしていた。

母さんは目を細めた。人影らしきものが、角を曲がってこっちに来るように見えたからだ。二人の男が走っていた。父さんと、うちのすぐ近くに住んでいる母さんの弟のサム・ヨニッシュが、道の真ん中を転がるように走っていた。母さんは、知らずに止めていた息を吐き出すと、玄関の扉を開けた。

一分後には、父さんは居間の中にいた。父さんはまるで野生の動物のように、息を激しくあえがせていた。命をかけて五分間走り続けた父さんは、しばらくのあいだ口をきくこともできなかった。あるいは父さんはただ、話したくなかっただけかもしれない。

母さんは父さんのために用意しておいた、ロクシェン〔ユダヤの麺〕入りのおいしいチキンスープを温めて出した。だが、父さんは料理にほとんど手をつけず、無言で一時間ほどずっと皿を見つめていた。そんな父さんを、母さんは見つめていた。

父さんはいつもなら、母さんにどんなことでも打ち明けてきた。でもこの晩の父さんは、口をつぐんだままだった。

代わりに母さんが父さんに、あることを打ち明けた。「イズラエル」。母さんは自分のおなかに手をあてながら言った。「ねえ、来年になったら一つ、いいことが絶対に起きるわ。だから、前を向いて生きましょう。あなた」

その日の恐怖でまだ呆然としていた父さんは、最初、母さんの言っていることがよく理解できなかった。

「赤ちゃんが来るのよ、イズラエル。春になったら、サミュエルに弟か妹ができるの」。母さんは誇らしげに言った。父さんのげっそりとやつれた顔が、母さんの目の前で、見るまに生気を取り戻した。

この瞬間、扉の外でドイツの見張り兵がホイッスルを吹き鳴らしたとしても、父さんの笑みを止めることはできなかっただろう。父さんは小躍りし、母さんを抱きしめた。そしてこの三週間のうちで初めて、父さんは希望を抱いた。

母さんも大きな希望を手に入れた。長いこと望んでいた二人目の子どもが、ようやくやってきたのだ。

母さんは父さんのほかに、妹のヒルダにもこの知らせを話したいと思っていた。妹のヒルダ・ヨニッシュは母さんにとって、昔から信頼し合ってきた世界一の親友だった。

母さんを含む七人のきょうだいはみなとても仲が良かったけれど、母さんとヒルダのきずなはとりわけ固かった。騒々しいが愛にあふれた故郷の家で、子どものころから母さんとヒルダは寝室を分け合い、たがいの秘密を打ち明けてきた。

ねえヒルダ、もう一人赤ちゃんが、次の春に生まれるの！——母さんは心の中でつぶやき、ヒルダが喜ぶ顔を想像した。ああ、本当にヒルダに知らせてあげられたら！

でも、ヒルダはジャルキから二五〇キロも離れたポーランドの首都ワルシャワで仕事をしていた。ワルシャワに移り住んだのはドイツ軍の侵攻より何か月も前で、今はもう、ジャルキの実家に帰ることはできなくなっていた。全ユダヤ人の移動は完全に規制されていた。

だからこそ、それから七か月後の春のとある晩、小型トラックがジャルキの町に思いがけない配達をしたとき、家族のみなはあれほど仰天したわけだ。

# 4　洗濯物に紛れて

一九四〇年四月にはジャルキの町境に、ユダヤ人が町から出るのを禁じる貼り紙が貼られた。許可なく町を出れば、死刑になった。町に通じるすべての道路には、外部の人間がゲットーに――つまりユダヤ人の区画に――入ることを禁じる紙が貼られた。

けれど、外部から隔絶されたこの小さな世界の中で、人々は奇妙な日常を取り戻していた。ジャルキはいわゆる「オープン・ゲットー」だった。「オープン・ゲットー」は塀や鉄条網で囲まれてはおらず、大半のユダヤ人の住む主要な一角に複数の検問所を置いただけのものだった。検問所には、こっそり外に出ようとする勇気ある輩《やから》に向けた警告の標識が貼られていた。それでも、ジャルキにおけるユダヤ人の生活は、戦時下のポーランドでユダヤ人が望めるかぎりにおいて、もっとも正常に近いものだった。

長い強制労働の合間に父さんは、空襲の衝撃で割れた窓ガラスの補修など、家まわりのさまざまな修理を行った。母さんは毎週木曜日には、サミュエルを乳母車に乗せてゲットー内の市場に行った。そのころすでに、食料は配給制[*8]になっていた。母さんはスープ用のジャガイモやボルシチに入れるビーツを買い、時には安息日の夕食のために肉も買った。母さんはとてもゆっくりと歩いた。そのころには母さんのおなかの中で僕が、ずっしりした錨《いかり》のように重くなっていたからだ。

市場から家に帰るには、空襲で壊れた家のあたりを通り過ぎなければならない。でも、そこを通り過ぎても母さんの耳にはもう、助けを求めて泣き叫ぶ人々の声はよみがえらなかった。破壊された町並みは、ジャルキの人々にとって単なる背景にすぎなくなっていた。失意をかたちにしたような町の光景に、人々はもう目をとめるのをやめていた。

僕らの家族は、家の中でこっそりとではあったが、安息日の祝いをふたたび行えるようになっていた。金曜の晩には父さんが一家に伝わる宝物を見せ、隠していたキドゥーシュ・カップに甘口の赤ワインを注いだ。父さんは杯を高く掲げ、週に一度の安息日の到来を歓迎した。ドーラおばあちゃんが二つの蠟燭《ろうそく》に火をともし、安息日の精霊の女王を招き寄せるため、自分の体に向けて三度手をひらひらと振った。そしておばあちゃんは両目を手で隠し、感謝の祈りを朗誦《ろうしょう》した。

母さんがサミュエルの手を握って歌い始めると、海のように青いその瞳は生き生きと輝きを取り戻した。「良き一週間！　幸運な一週間！　たくさんの労働で得た一切れのパン。良き一週間……」

母さんは歌うのが好きだった。劇的な仕草が得意で、歌うときにはいつも、まるで大きな舞台に立った歌手のように豊かな表情をつけ、手を大げさに動かした。母さんは普通の意味では美人ではなかったかもしれないが、いつもとてもかわいらしく見えた。ちょっぴり太めで、頬紅はいつも少し赤すぎたけれど、澄んだ青い瞳と豊かな表情はまわりの人を引きつけずにおかなかった。若いころには実際、町の劇場に出演したこともあったという。

そんなことはもう、はるか昔の話だった。でも、今この状況でも祝うべき事柄は存在し、その一つが近づきつつあった。過ぎ越しの祭りだ。ゲットーの中にあっても、ユダヤの人々はこの祭りを祝っていた。

過ぎ越しは、古《いにしえ》のユダヤ人が隷属《れいぞく》から解放されたことを祝う祭りだ。読者はおそらく、この状況で過ぎ越しを祝うという皮肉にお気づきだろう。事実上ジャルキがドイツの隷属下にあるこのときに、解放を祝う祭りをしようというのだから。それでも過ぎ越しはユダヤ人にとって、なくてはならない大切な祭りだった。過ぎ越しの祭りには、昔から伝わるさまざまな行事がつきもので、パセリを塩水にひたして食べるのもその一つだった。パセリが象徴するのは春と、隷属からの再生であり、塩水があらわすのは隷属下のユダヤ人の涙だ。

一九四〇年の過ぎ越しのとき、母さんの両親のエスター・ヨニッシュとモルデカイ・ヨニッシュは一族のみなを晩餐《ばんさん》に招待した。おそらくそれは簡素な晩餐だったはずだ。一日の労働が終わってから夜間外出禁止までの短い時間に、すべてを詰め込まなければいけなかったからだ。それでも祭りは祭りであり、人々はわくわくしていた。

「ソフィー、赤ちゃんは今にも生まれてきそうじゃないの。ねえ？」。エスターおばあちゃんは、扉を開けるなり顔を輝かせた。部屋からは、当時はとてつもないごちそうだったローストチキンの良い香りが漂ってきた。エスターは、僕のもう一人のおばあちゃんであるドーラに手招きをしながら、「ドーラ、今日は来てくださってとてもうれしいわ」と言った。エスターおばあちゃんは大都市ワルシャワの劇場にでも行くかのような、おしゃれな服を着ていた。たとえゲットー内のお祭りの食事にすぎなくても、行事のときにはいつも、刺しゅう入りのシルクやタフタの布地のドレスを着て、長いすそを翻しながら歩いた。ジャルキのどんな女性よりも、エスターおばあちゃんは衣装持ちだったかもしれない。

エスターおばあちゃんに比べると、その夫のモルデカイおじいちゃんは地味な見かけだった。モルデカイおじいちゃんは体をかがめ、大きなおなかの母さんの頬にキスし、サミュエルを抱き上げた。長くて黒いひげがサミュエルの顔の脇をくすぐった。「今晩は誰が私と、『マ・ニシュタナ』を歌ってくれるのかな?」とおじいちゃんは言った。「マ・ニシュタナ」は過ぎ越しの祭りで歌われる四つの質問の歌で、いちばん年下の参列者が質問役をする。

「おじいちゃん、もう僕がいちばんおちびじゃないって知ってるくせに!」。サミュエルはクスクス笑いながら言った。「赤ちゃんのルースがもうすぐここに来るよ。今年はルースに歌ってもらう番だよ」

ルースは、母さんの弟のサムとその妻のゼシアのあいだに生まれた娘だった。ドイツ軍のポーランド侵攻のちょうど一か月前にあたる一九三九年八月一日にルースは誕生した。

「だがな、ルースに歌ってもらうとなると……」。モルデカイおじいちゃんは言った。「こんなふうになってしまうよ。『ブラ、ラ、ラ、ドゥビ、ドゥビ、ワ、ワ、ウー、ウー』。だから、おまえとルースの二人で一緒に歌ったらどうだい？」

おじいちゃんはとても信心深く、まじめな人間だったが、孫たちには特別に甘かった。

その間にも家族が続々と訪れてきた。母さんの兄弟にあたるサム、デイヴィッド、ムレク、モニエクと奥さんたち、それに赤ちゃんのルースだ。家はほどなく、大きな笑い声で満ちた。けれど、母さんの妹のヒルダと、姉のオラの姿はなかった。オラは数年前にアレクサンダー・ハフトカという男性と結婚してワルシャワに移り、シルヴィアという小さな娘がいた。オラと家族はドイツ軍のワルシャワ侵攻直前に町から逃げ、当時まだユダヤ人が安全に暮らせたヴィリニュス〔現リトアニア首都〕に移っていた。ヴィリニュスはドイツ占領下になっておらず、オラとアレクサンダーとシルヴィアはきっと無事でいるだろうと僕らの家族は思っていた。だが、ヒルダのことはみなが案じていた。ヒルダはこのときもまだ、ワルシャワに暮らしていたからだ。

みなが席に着くと、父さんはモルデカイおじいちゃんのほうを見て、会釈をした。「私が音頭をとってかまいませんか？」という意味だった。おじいちゃんは黙諾した。

「では、一同がここに集まったことを祝しましょう」と父さんは言って、ワインのグラスを掲げた。「これがどんなに貴重な贈り物であるかは、みなさんもご存じのとおりです」。父さんはそう言って下を向いた。おそらく、血の月曜日や続く数週間、数か月のあいだに殺された人々を思い出していたのだろう。きっとアヴィのことや、ゴールド家やクライン家やアドラー家の人々のことも脳裏をよぎったはずだ。ずっしりと重い沈黙がしばらく続いた。

そのとき突然、玄関の扉を激しくたたく音がした。物思いにふけっていた人々は一転、恐怖に突き落とされた。最初は誰一人身動きしなかった。

ドン、ドン、ドン、ドン！　と音が続いた。

扉の外にいるのが誰であろうと、無視するわけにはいかなかった。男たちはいっせいに立ち上がり、戸口に向かった。そのあいだ、母さんやエスターおばあちゃんたちは、ユダヤの祝いをしていたすべての証拠を、鉤針《かぎばり》編みの白いテーブルクロスの下や食器棚の引き出しに大急ぎで隠した。

でも今回は、不安がる必要などなかった。

「そんな！」

「信じられない！」

「いったいどこから来たんだい？　賢いお嬢さん」

兄弟が玄関口で笑ったりしゃべったりするのが聞こえた。

母さんは大急ぎで食堂から玄関の廊下へ向かった。モルデカイおじいちゃんが天をあおぎ、末娘のヒルダをしっかりと抱きしめるのが見えた。

「神様が、応えてくださった。神様、私の声が聞こえていたのですね？」とおじいちゃんは大きな声で言った。

ヒルダが家に戻ってきたのだ。

母さんは父親の腕をほとんどもぎとるようにして、ヒルダの体をきつく抱擁した。

「ヒルダ！　もう会えないかと思っていた！」と母さんは泣きながら言った。

ヒルダにそっと母さんの体を離し、おなかを盗み見た。

「ソフィー、あなたの妹に何か知らせがあるでしょう？」。ヒルダは言った。ヒルダの栗色の瞳は興奮で輝いていたにちがいない。「ねえ、ずいぶん長く秘密にしていたのね？」。ヒルダはクスクス笑って言った。「明日にでも生まれてきそうじゃない？　赤ちゃんが！　もう一人の赤ちゃんが！」

もしその場に父さんがいなかったら、笑ったり抱きしめたりはもっと長く続いていたにちがいない。父さんはいつも、二歩先のことを考える人間だった。「ヒルダ、君にここで会えるなんて夢みたいだ。でも、大丈夫なのか？　いったいどうやって戻ってきたのかい？」と父さんはたずねた。

「ほらほら、それを話す前に、まずみんなに座ってもらわないと」。ヒルダはそう言ってみんなに、食堂に戻るよう手ぶりをした。父さんは客間からもう一つ椅子を引きずってきて、食卓のまわりに割り込ませた。

みんなが椅子に戻るあいだ、母さんとヒルダはまるで巣に戻ってきた二羽の小鳥のように、腕を絡め、顔を寄せ合っていた。

ヒルダの話を聞こうと、その場の誰もが身を乗り出した。ワルシャワではもしかしたら少しは状況が良くて、移動も自由にできるのではないかとみんなは予測した。

「私、〝ゴイ〟の友だちができたの」。ヒルダは言った。ゴイはイディッシュ語のスラングで、非ユダヤ人をさす言葉だ。「名前はグスタフ。彼はずっと私にとても親切にしてくれるの。私の仕事だけど、みんな知っているように、今も銀行で働いているわ。ドイツ人もそれは認めている。職場では、何も圧力は受けていない」

父親のモルデカイが不満げに眉をひそめるのにヒルダは気づいた。何年ものあいだユダヤ人をあからさまに差別してきたポーランドの非ユダヤ系住民を、モルデカイは信用していなかった。娘のヒルダを守らなくてはという強い使命感もあった。ヒルダの夫は戦争が始まる前に――ヒルダを置いて――アメリカに逃げてしまったのだ。

「あら父さん、そんな目で見ないで。グスタフは私の友人よ」。ヒルダはふくれっ面をして見せた。「彼は毎朝、うちの銀行の前を仕事で行ったり来たりしているのだけど、いつも私に手を振ってくれるの。私がユダヤ人だとわかっていてもね」

モルデカイはヒルダをにらむのをやめなかったが、ヒルダは構わずに話を続けた。

「私がどんなに家族を恋しがっているか知って、グスタフは一計を案じてくれたの。そして、自分のトラックの荷台に私を乗せて、こっそりここまで運んでくれたのよ。私は汚れた洗濯物の山の中で、本物の密航者みたいに身をひそめていたわ。みんなに会いたい一心で、何時間ものあいだずっと鼻をつまんでいたのよ！」

「本当に、そんなことを？」。父さんが言った。「家族が恋しいのはわかるが、一歩間違えば殺されていたかもしれないのに。そんな規則違反をしたら、命を失うかもしれないのに」

母さんがすぐさま割って入った。「ヒルダ、うまくいったんだから、それでいいのよ。これからは私たちと一緒よ。ここジャルキにいれば、私たちがあなたのことを守るわ」

父さんとヒルダは、わかっているというように視線を交わした。

「ソフィー、あのね」。ヒルダは言った。「私はワルシャワに戻らなくてはいけないの。戻らなかったら、私が消えたことをじきにドイツ人たちはかぎつける。許可なしで旅行したことで、投獄されるかもしれないし、どこかに送られてしまうかもしれない。私がここにはいられないことは、あなたもきっとわかっているはず。私はただ、過ぎ越しの祭りのために家に帰って、みんなの顔を見たかっただけ。グスタフが待っているから、夜が明ける前にはワルシャワに戻らなくちゃ」

その場の全員に注目されながら、ヒルダは両親にある質問を投げかけないわけにはいかなかった。本当はその答えを聞くために、ここまで来たようなものだった。彼女は助言を求めていた。

「父さん。グスタフは私をヴィリニュスまで運んでくれると言うの。兵士がヴィリニュスまで私を探しに来ることはないだろうし、あそこに行けばオラやアレクサンダーと合流できる。オラたち夫婦は海外に逃げることを話していたから、きっと私も一緒に連れていってくれると思う。父さん、意見を聞かせて。私はどうすべきなのかしら？」

「だめに決まっている！」。モルデカイおじいちゃんは即答した。「ヒルダ！　これ以上危険を冒してはいけない。これ以上無謀な逃亡などしてはいけない」。そしてさらに、そう思い込もうとしているかのように続けて言った。「ヒルダ、現状が長続きするはずはないよ。どうか戦争が終わるまでワルシャワにとどまっていておくれ。戦争はほどなく終結するだろうから」

ヒルダはおそらく、質問をする前から父親がどう答えるかはわかっていたのだろう。もちろん父である彼は、危険を冒すなと言うはずだった。ヒルダは父親のことを深く愛しており、その助言に従わざるを得なかった。

この決断がヒルダの運命を大きく変えることになるのだと、過去に戻って教えてあげられたらどんなにいいだろう。実際にはその場の誰一人、そんなことを予想はできなかった。

ヒルダは一瞬沈黙した。そして、母さんの皿の前に置かれていたワイングラス（聖餐杯）に手を伸ばしながら、「そうね、そうするわ」と言った。ヒルダは、つとめて前向きな気持ちを保とうとした。家族と過ごせる貴重な時間を台無しにしてしまうのはいやだった。「さあ、みんなで過ぎ越しのお祝いをしましょう。そして、お兄ちゃんになるサミュエルと、その弟か妹に乾杯！」。そこまで言ってからヒルダは、サミュエルの顔に困惑の表情が浮かんでいるのに気がついた。ヒルダはテーブル越しに体をかがめ、サミュエルの頬をなでた。「私のことを忘れちゃったのね、サミュエル。あなたのおばさんのヒルダよ」。甥《おい》に顔を忘れられるほど長く故郷を離れていた事実を突きつけられ、ヒルダの胸は痛んだ。

けれど、落ち込んでいる暇などなかった。過ぎ越しの祭りの晩餐が人々を待っていた。一同は祈りを唱え、ニシンの酢漬けやポテト・プディングを食べ、長い抱擁を交わし合った。

朝が来る前に、ヒルダは出発していた。


それから一〇日後、母さんに陣痛が訪れ、一九四〇年五月二日、僕が誕生した。僕は母さんの容貌の美しいところを全部もらって生まれてきた。ミルクのように白い肌と、薄いブロンドの巻き毛、そして、ユダヤ人には珍しい明るいブルーの瞳がそれだ。僕は、マイケルと名づけられた。「マイケル（ミカエル）」は「神に似る者」を意味する。幸せの消えた場所に圧倒的な喜びをもたらした小さな男の子の名前に、これ以上のものはないと父さんは言ったという。どんなときも、人生の良い面に目を向けようとする僕の両親らしい命名だった。

一九四〇年五月までにポーランドでは、大勢のユダヤ人が強制労働収容所に送られたり、塀や鉄条網で囲われた牢獄のようなクローズド・ゲットーに閉じ込められたりした。ウッチという町では五月一日に、公称二〇万以上のユダヤ人が町のごく狭い一画に強制収容された。ドイツ軍はウッチを、第一次世界大戦時に町を占領したドイツ軍のリッツマン大将にちなんで、リッツマンシュタット（リッツマンの町）と名づけた。

それに比べればジャルキはまだ、ユダヤ系の住民にとってはわが家のような場所に感じられた。

もちろん、本物のわが家がこんな場所であるわけはなかったけれど――。ジャルキのオープン・ゲットーでは、ナチスの決めた規則に従っているかぎり、人々は自分の家で暮らすことができた。この小さな幸いでさえ、僕の両親にとっては神の恩寵《おんちょう》に感じられた。

この先どうなるのか、人々は何もわかっていなかった。ジャルキの外ではさまざまな変化が起こっていた。ナチスの指導者であるアドルフ・ヒトラーと側近たちは、ヨーロッパ全土からユダヤ人を殲滅《せんめつ》する計画を完成させつつあった。これはのちに「ユダヤ人問題の最終的解決」と呼ばれることになる。

悪の車輪はこのとき、滑《なめ》らかに動きだしていた。その迫りつつある音でさえ、僕らの耳には届かなかった。

# 5　ユダヤ人評議会

それは、僕の誕生から一年近くが過ぎた一九四一年三月のことだった。両親は依然前向きに生きていたが、状況は悪化するいっぽうだった。食料の配給が減り、それまでパンは週に二斤与えられていたのに、わずか一斤のパンで家族が一週間を食いつながなくてはならなくなった。よく育ったジャガイモを週ごとにたっぷり一袋もらえていたのが、ほんの少しのしなびた茶色いジャガイモしか手に入らなくなった。

食料事情の悪化とともに、病気が広がりやすくなった。薬不足のせいで、一人が病気になると家じゅうが感染することも珍しくなかった。一〇代の少年も含めユダヤ人の男性に課せられる長く厳しい労働には、どこまでいっても終わりがなかった。いちばん急がれた仕事は、幹線道路からがれきや雪を除去し、良好な状態に戻すことだった。ドイツ軍がポーランドを通って東進するさい、それらの道路は重要な役目を果たすことになるからだ。

けれど、とりあえずジャルキはオープン・ゲットーのままであり、そのことに家族は感謝していた。人々はみな、毎晩自分の家に帰ることができた。このころ父さんはコミュニティの中で、ユダヤ人評議会の議長という重要な役目を負っていた。僕の生まれたすぐあと、ナチス政権はポーランドのすべてのゲットーや町にユダヤ人評議会を設立せよと宣言したのだ。ユダヤ人評議会とはユダヤ人のリーダーたちを集めた組織であり、そこに属する人間はドイツに協力し、ドイツがユダヤ系住民への支配を強めたり、秩序を保ったりする手助けをしなければならない。評議会に好きこのんで入る人間はいなかった。評議会のリーダーは住民からほどなく裏切り者扱いされ、ユダヤ人の敵とみなされるようになった。でも、僕の父さんには選択肢がなかった。ユダヤ人コミュニティの長老たちから議長に指名されたからだ。

父さんは評議会議長という肩書をひどく嫌ったけれど、同時にそれを幸いにも思っていた。敵であるナチス寄りの人間として、近所から白眼視されるのはつらかった。ただ、自分がその役につくことで家族を救えるかもしれないと願ってもいた。

「何をそんなに心配しているの、イズラエル？」。母さんがたずねた。「あなたに選ぶことはできなかったのよ。自分でどうにもできないことを思い悩んでもしかたないわ」

たしかにそうだった。ともかく父さんは、家族を守るために自分にできることをしなければならなかった。計画はすでにあった。おそらくそれは突拍子もない、危険なものだった。でも父さんは、自分の立場を最大限に利用しないわけにはいかなかった。

「ソフィー、カネは兵器よりものを言うと思わないかい？」。ある晩、父さんは母さんにたずねた。

それは週末の夜だった。母さんは台所のオーブンの上で、コンポートを作るためにレッドベリーをゆでていた。母さんは、父さんの胸の内を正確には知らなかったかもしれない。でも、会話が向かおうとしている方向をたぶんうすうす感じ取っていたのだろう。

「ドイツ人の命令に従って、おとなしくしていましょう。何かをたくらむのはやめて」。母さんは父さんに言った。「あれこれ考えてはだめよ。今はただ、戦争が終わるのを待つべきだって、あなたもわかっているでしょう？　きっともう時間の問題よ」

父さんは無言だった。父さんが反論しないので、母さんはさらに続けた。母さんはその朝、ヨニッシュの両親の家に行ったとき、地下新聞の写しを見ていた。ジャルキのユダヤ人のあいだで極秘に印刷され、配布されていた新聞だ。

「イズラエル、新聞を見た？　イギリスがアメリカに、連合軍[*9]に加わってともにナチスと戦うよう圧力をかけているそうよ。アメリカがイギリス軍と一緒に戦えば、ドイツ軍はきっとひとたまりもないわ。きっとそうなる。もしそうなれば……」

「ソフィー。話を聞いてくれないか」。父さんは、母さんの話を穏やかにさえぎった。「考えていたんだが……ジャルキにはまだたくさんの富がある。ツィムライヒの家はうちと同じように何千ズロチものカネを地下に隠している。ビルンバウムのところも、ハイテルのところもだ。それを集めて基金を作ったら、おそらくナチスを何人か買収して、町を縛っている規則をわずかでもゆるめてもらえると思う。見張りのドイツ人はイディッシュ語を話さないが、カネの言語は世界共通だ」

「イズラエル、やめて」。母さんは懇願した。母さんは父さんに、友人のアヴロム・フリッシュの末路を思い出させようとした。

レンガ積みを命じられたアヴロムは、右肩が弱かったため、仕事を変えてもらいたいとドイツ兵に懇願した。だが翌朝、彼に命じられた仕事は、自分の墓穴を掘ることだった。「二人の兵士がその場でアヴロムを撃ったそうよ。倒れた場所から穴までは一メートル半ほど離れていた。やつらはそのわずかな距離でも遺体を引きずるのを億劫《おっくう》がって、そのまま捨て置いた。あなたが取引をしようとしているのは、そんな動物並みの人間なのよ！　イズラエル」

「ソフィー、君が受け入れたくないのはわかる。僕だって同じだ。だが、状況は悪くなるばかりだ。ユダヤ人は、日の下で商売をすることができない。男たちは、朝から晩までドイツ人のために無償で働かされている。カネは足りなくなってきている。食べ物だって！　それに、恐ろしい話を聞いたんだ、ソフィー。鉄条網のあるゲットーに閉じ込められたユダヤ人の話だが……」

「やめて！」。母さんが声を荒らげた。母さんはサミュエルのほうを手で示した。サミュエルはキッチンから持ってきた鍋を積み上げて、僕にピラミッドを作って見せていた。そばにはドーラおばあちゃんが座っていた。「あなたには二人の子どもがいるのよ、イズラエル。あなたは自分の努力で事態を好転できると思っている。でも、かえって悪くなる危険だってある。ユダヤ人が体制に歯向かおうとしたって、ひどい目を見るだけよ。それにあなたは……」

父さんは、母さんを止めた。「良い目だって見ているよ、ソフィー、ほら」。父さんは、母さんの赤い唇に長いキスをした。父さんは話題を変えたがっていた。このときにはもう、母さんに相談したことを後悔していたのかもしれない。父さんが本当に求めていたのは、自分のやろうとしていることを正しいと言ってくれる人だった。父さんの心はもう決まっていたのだ。

父さんは母さんに、安息日の夕食のときに母さんの弟のムレクに相談すると言った。ムレクはおそらく、父さんの考えを理解してくれるはずだった。

しばらくして父さんは体をかがめてサミュエルの髪をくしゃくしゃとなで、その強い腕で僕のことをしっかりと抱き上げた。

「愛するかわいいみんなを、僕が危険な目にあわせるわけがないだろう?」と父さんは笑顔で母さんに言った。

母さんは強いて笑顔を返さなかった。母さんは不安だったのだ。

「ムレクはきっと計画に賛成してくれる」。父さんは言った。「試す価値はあるはずだ」

# 6 前を向いて

ゲットーの中で一族が集まる機会は減っていた。男たちは毎日一二時間も働かされ、市場で供給される食料も減っていたからだ。ドイツ人たちはユダヤ人の蜂起を始終警戒していて、シナゴーグという公の場に大勢のユダヤ人が集まるのも許さなかった。だから、シナゴーグで人々が集まって祈りを捧げることはなくなっていた。ボーンスタインとヨニッシュの両家が集まるのは、祝い事のときだけだった。

ナチス兵との交渉を母さんに反対されたあとも、父さんは計画を練り続けていた。安息日の夕食で人々をもてなすのはもちろん楽しみだった。だがその週、父さんの頭にあったのは祈りだけではなかっただろう。

ゲットーという閉ざされた場所で、食料配給も少なくなる中で、一族のみなは精いっぱいの努力で晩餐を用意した。エスターおばあちゃんは、家の裏庭で奇跡的に芽を出した葉物野菜やハーブを、収穫の一か月以上前に摘んで、持ってきてくれた。モルデカイおじいちゃんは、こういうときのためにと何本か隠し持っていた、ユダヤ教の掟《おきて》にかなったコーシャ*10ワインを提供した。ムレクおじさんは隠していた金の時計鎖を、市場で大きな鶏と交換してきた。母さんは粉と水をこねたり丸めたりして、安息日の夕食につきものの甘いハッラーというパンを作った。この晩かぎりではあったものの、すべての料理がこうあるべきという味であり、香りだった。

「お手伝いをしたいかな、おちびさん?」。エスターおばあちゃんが体をかがめ、僕を抱き上げた。膝が、きしるような音を立てた。おばあちゃんはそのまま僕を背負った。

お玉を手渡された僕は、鍋をかき回すのではなく、ぐらぐら煮えているスープの表面をお玉で叩いて、鍋の内側でしぶきが上がるのを見て喜んでいた。エスターおばあちゃんは怒らず、空いているほうの手を僕の手に乗せ、一緒にゆっくりと鍋の中をかき回した。

こうして僕らは、不安と同じほど愛で満ちた家で安息日を祝った。ドアのすぐ外の世界には、とてつもない危険がひそんでいる。でも、みなこうした晩にはできるかぎり、良いことだけを考えようとつとめていた。「来年は、自由なポーランドで!」。父さんはキドゥーシュ・カップを掲げ、未来に乾杯した。人々は、一つの椅子に二人ずつ座り、食卓を囲んでいた。大家族の勢ぞろいだった。母さんの兄弟とその奥さんたちもいたし、そしてもちろんドーラおばあちゃんとサミュエル、そしてこの僕もいた。

用意されたごちそうが最後のひとかけらまで食べ尽くされ、僕とサミュエルが寝室で、ドア越しに聞こえる人々の声を子守歌がわりにして眠りについたころ、父さんがムレクに裏庭のベランダに来るよう手招きした。

母さんは大急ぎで台所に戻り、ぬれた布で台をふくふりをしながら外を見つめた。台所の窓からは、父さんとムレクの影が見えた。二人は何か言葉を交わしたあと、ゆっくりとうなずき合い、握手をし、さらに抱擁《ほうよう》まで交わした。二人がそんなふうにするのはめったにないことで、母さんはいやな胸騒ぎがした。「だめ、イズラエル、だめよ」。空っぽのキッチンで母さんは大きな声でつぶやいた。

空っぽのはずのキッチンは、じつはそうではなかった。気づかないうちにエスターおばあちゃんが来て、母さんのすぐそばに立っていたのだ。

「いつだって、前を向かなくちゃ」。エスターおばあちゃんはそう言って、母さんの頬にキスをした。二人はしばらく手をつないだまま、ジャルキの運命を自分たちで動かそうとしている二人の男の影を見つめていた。

翌日、父さんはユダヤ人評議会の特別会合を招集した。メンバーは、古い図書館の閉ざされた扉の向こうに集まった。建物の外壁には開戦の日の空襲の傷跡がまだ残っていたけれど、人々は労働時間の合間を縫って、倒れた書棚を壁に固定し、貴重な本を元どおりの場所に戻した。ナチス兵や心なき破壊者の手から所蔵物を守るため、図書館は表向き閉ざされたままになっていたが、その内部では秘密の会合がしばしば開かれていた。

父さんは信頼を置いている評議会のメンバーに計画を話した。メンバーはみな、すぐにそれを実行しようと同意した。ただ、費やせる時間は一日にたったの一時間だ。男たちはみな、毎日の強制労働から夜の七時に帰宅する。それから夜間外出禁止が始まる八時までの短いあいだに、各家庭を回って評議会の基金への寄付をつのらなければならない。寄付は任意だった。

メンバーはまず、町でいちばん裕福な家庭から寄付を集め、そのあと、少額でも寄付をつのってユダヤ人界隈《かいわい》をくまなく巡り歩いた。最初は懐疑的な家もあった。金を求める者に対しては、たとえ相手がコミュニティのリーダーでも不審な目を向ける人もいた。よその町のユダヤ人評議会が、私腹を肥やすために地位を悪用したという黒い噂《うわさ》も聞こえてきていた。こうした切羽詰まった状況では、誰が信用できるのかを見定めるのは簡単ではない。

「お願いです。さっき足音がしたので、どなたかいらっしゃいますよね」。父さんは扉の外で、できるだけ穏やかに語りかけた。「約束します。困った目にはあわせません」

ユダヤ人評議会は、町の外での長期の強制労働の人選をしなければならなかった。議長である僕の父さんには、ナチスの貢献要求に応えるつとめもある。ユダヤ人に対する新しい規則が作られれば、それを人々に知らせるのは父さんの役目であり、規則に従わない者を引き渡すというつらい役も引き受けなければならなかった。だから、父さんが人々から警戒されるのは無理もないことだし、評議会のメンバーはどんなに親切にふるまっても、人々からは敵とみなされがちだった。

父さんの腹心であるエフライム・モナトは、近所の人々に懇願した。「どうか話を聞いてください。このお金で、暮らしが耐えやすいものになるかもしれません。状況を変えられるかもしれません。お金は——地下にしまってあるだけでは——今のあなたには何の役にも立たないのではありませんか？　お願いします。われわれにチャンスをください」

評議会のメンバーは二週間半のあいだ扉をたたき続けた。そして、彼らを手ぶらで帰らせた家庭は一つもなかった。すべての家庭がいくばくかの寄付をした結果、極秘の、多額の基金が集まった。父さんは、これをもとにきっと人々の暮らしを良くできる——人々の命を救うことも可能かもしれない——と信じていた。だがそのためにはまず、ジャルキでいちばん恐れられている人物に、父さんが話をつけなければならなかった。

開戦当時、ドイツ兵が強制供出で家に押し入ったとき、父さんが驚くほど落ち着いて見えたことを、読者は覚えているだろうか？　母さんによれば、父さんはどんなに不安なときもそれを表に出さなかった。母さんでさえ、父さんの内心の不安に気づかないことがよくあったという。

だが、父さんがもくろんでいることを実行するには、生半可でない覚悟が必要だった。

父さんは、いつそれを行うべきかを見極めようとしていたのだろう。そのあいだにもジャルキの男たちは毎日、ドイツ当局のもとに出頭し、労働を命じられた。冬は何時間もかけて、車通りの多い幹線道路をシャベルで除雪した。春から夏にかけては、道路の陥没を埋める作業と、がれきの撤去に追われた。

町に大きな浴場を新設するという命令が出たこともあった。数十人の男たちが何か月も手作業で汗水たらした結果、ようやく浴場はできあがったが、完成した施設の利用をユダヤ人は誰一人許されなかった。

近くのレシノフスカ川で土木工事を手伝わされた者もいた。近隣の大きな町チェンストホヴァに、灌漑《かんがい》事業の手伝いに送られた者もいた。

父さんをはじめとするユダヤ人評議会のメンバーは、厳しい肉体労働はおおかた免除された。だが、彼らには、いちばんおぞましい仕事が割り当てられた。殺された同胞や隣人の遺体を回収する仕事だ。ジャルキの検問所を不法にすり抜けようとしたユダヤ人は、見つかればその場で射殺された。ナチスはユダヤ人評議会に、どこであろうと遺体を引き取りに来るよう命令した。父さんが現場に到着したころにはたいてい、遺体から金目のものはすべて――金歯に至るまで――持ち去られていた。

ドイツ当局に不満を申し立てる者はなかった。不満を言えば、殺されたからだ。労働者は、手早く作業をすることを学んだ。作業が遅い者は、殺されたからだ。労働者は夜の七時まで仕事で拘束され、八時以降は自宅に押し込められた。八時過ぎに戸外にいるのを見つかった者は殺された。

父さんと母さんはいつも、希望の兆しにしがみつき、毎晩一つ屋根の下で家族として眠れることに感謝し続けていた。つらい出来事があった一日の終わりには、父さんは僕ら家族を見つめて、「これもいつかは過ぎていく《ガム・ゼ・ヤ・ヴォール》」と口癖のように言った。この言葉は、父さんと母さんが繰り返し口にするモットーだった。ユダヤの言い伝えによれば、この言葉を言い続けていれば、不幸な人間もいつか幸福になるのだという。

「ソフィー！　母さん！　聞いてくれ！」。一九四一年六月下旬のある日、父さんが大声で叫びながら家に帰ってきた。父さんは、例の地下新聞を手にしていた。紙面はごく小さかった。この号にかぎらず地下新聞の紙面はいつも、配達人の命を危険にさらさないよう小さめに作られていた。とても小さいので、上着の袖やズボンに簡単に隠すことができた。

父さんの視線が、新聞の一面をせわしなく行ったり来たりした。そこには、アメリカ大統領フランクリン・デラノ・ルーズヴェルトが数週間前の五月二七日に行った、ラジオ演説の内容が引用されていた。父さんはできるかぎり大統領らしい声で、それを読み上げた。「ナチスの台頭をわれわれは決して受け入れない。将来も決してそれを許さない。ナチスの勢力がわが国に及ぶことを全力で阻止する……」

父さんは顔を輝かせた。「アメリカの大統領だよ、ソフィー！　アメリカの大統領が緊急宣言をして、米軍を動かす準備をしている。参戦を宣言してはいないが、この言葉からしてアメリカはおそらく、ほどなく連合軍に加わることを計画しているよ。ほら！」。父さんは紙面に目を走らせ、一部を読み上げた。「わが国の独立性と清廉を信じるのであれば、われわれは進んで戦わなくてはならない……」。父さんは途中を端折って、その先を読んだ。「ヒトラーに支配された世界を、われわれは決して受け入れない……われわれが受け入れる世界とは、言論と表現の自由《フリーダム》、それぞれの人間がそれぞれの神を独自に信じる自由《フリーダム》、欠乏からの解放《フリーダム》、そして恐怖からの解放《フリーダム》を神聖視する世界だけだ」

父さんは新聞をテーブルに置いた。「ソフィー、これは宣戦布告ではない。だが、大統領はメッセージを送っている。すばらしいメッセージを！」。自分たちの現実とはあまりに遠く離れたルーズヴェルト大統領のメッセージは、その場の人々の耳にはまるで詩のように響いた。「それぞれの神を独自に信じる自由……恐怖からの解放」。そうしたことに価値を置き、そうしたことを守る国ならば、アメリカはまるで天国のような国に思われた。

「イズラエル、いよいよね！　アメリカは理解したのよ、戦争に加わるべきだと」。母さんとドーラおばあちゃんは、父さんが部屋に入ってきたとき、サミュエルに本を音読させていた。いつもは子どもの教育に厳しい母さんが、このときばかりは本を放り投げ、サミュエルの両手をぎゅっとつかみ、引っ張ってその場に立たせた。

「戦争はきっともうすぐ終わる。ジャルキには新しい夜明けが来る。ドイツ人たちは、自分が間違っていたと認めるでしょう。ラ・ラ・ラ・ラ・ラ・ラ」。母さんは即興で歌を作った。歌いたくてならない気分だった。

父さんは僕を抱え上げ、ぐるぐる振り回した。そしていつものように、母さんの少し大げさな熱狂ぶりにすぐに調子を合わせた。そのそばでドーラおばあちゃんは、また大騒ぎをという顔を装って、小さく舌を鳴らした。

ジャルキのゲットーの静かな悲しみの中でも、母さんは生活をできるかぎり明るくする方法を見つけていた。母さんはそのころでも毎朝、赤い口紅と頬紅で念入りに——むろん、できるだけ倹約しながら——化粧をし、顔を明るく見せていた。

ジャルキに住む大半のユダヤ人は僕の両親とは違って、宗教的には保守だった。そうした家の女性は丈の長い、飾り気のない黒っぽい服に身を包み、髪はいつも布で覆っていた。男性は黒いコートと帽子といういで立ちに、両耳のそばに髪を垂らすペオートと呼ばれる髪型をするのが、正統的ユダヤ教徒の伝統的なスタイルだった。

僕の両親はドイツの侵攻前から、町で徐々に広まりつつあった進歩主義的な動きに賛同していた。そうした人々にとって宗教や伝統はもちろんとても重要なものではあったけれど、外面的な服装ではなく、内面の心でそれを示すべきだと彼らは考えていた。僕の父さんは現代的なスーツやシャツを着たし、ユダヤの古風な服装よりも都会的な流行を好んだ。

母さんはブロンドの髪を横分けにするのが好きで、青やサンゴ色の明るい花模様の服をよく着ていた。何かの集まりがあるときには、いつも黄色の小さな飾りを身につけていた。それは真鍮のブローチだったり、髪にとめられた黄色い一輪の花だったりした。ゲットーの中で暮らしながら身なりを気にしたり、虚栄心のようなものにこだわったりするのはばかげて見えるかもしれない。でも母さんはいつも、自分を美しくしようとすることで、人間らしい気持ちがわいてくるのだと話していた。

ただ、ナチス占領下のポーランドにおいては、希望が見えたと思っても、すぐまた災難に見舞われるのが日常茶飯だった。居間で母さんが即興の喜びの踊りをしてから数日もたたないうちに、それまで以上の難題が町に降りかかってきたのだ。明るいレモン色の服や赤の口紅でも、ドアの外の暗雲を覆い隠すことはできなかった。

ナチス・ドイツの組織したポーランド警察団がジャルキにも配置された。ジャルキに来た連中はとりわけ凶暴だった。人々はそれまでも外出のときはいつも気を張っていたけれど、それが突然、通りを渡るだけで警察団のいやがらせや攻撃を受けずにすまなくなった。彼らは、ユダヤ人の流血を楽しんでいた。「いじめ」というだけではとうていすまないふるまいだった。

警察団が来た週、母さんは家から出ることができなかった。家の食料棚には少しのジャガイモとわずかなクリームと古いパンしかなかった。

でも、町の市場まで歩いていくなど論外だった。警察団は一日のどんな時間だろうと、通りを歩いているユダヤ人を見つければ暴力をふるった。父さんもある晩、路上で膝の後ろをこん棒で殴られ、よろめく足で家に帰ってきた。モニエクおじさんは鼻の骨を折られた。木陰に隠れていた警察団の一味が突然飛び出してきて、野生の動物のようなうなり声を上げ、棒を振り回しながら襲いかかってきたのだ。おじさんは顔を正面から殴られて、血まみれになった。警察団は秩序を強化するどころか、ただの凶暴な無法者にすぎなかった。

その週の金曜日にはもう、ゲットーの暮らしは極限まで来ていた。いよいよ評議会の基金を活用する時が来た。父さんはずっともくろんでいた計画を実行しようと決めた。

# 7　カネはモノをいう

父さんは毎週月曜の朝、シュミット将校と会っていた。シュミット将校は、ナチスの警察組織であるゲシュタポ[*11]の、この地域の長をつとめる人物だ。父さんがユダヤ人評議会の議長に任命されてからほどなく、シュミット将校は父さんをユダヤ人評議会の警察局長にも任命した。父さんはこの任務を特に嫌っていた。仲間のユダヤ人を殺す命令を自分が下す羽目になったらどうする？　無実の隣人を暴力的に拘束したり投獄したりするよう迫られたら？　ジャルキの住民の多くが父さんを警戒したのは、そのせいでもあった。父さんは温厚な人柄で知られていた。でも、カネと肩書を手にすれば人間は変わるものだ。ユダヤ人は、そうしたものが人間をいかに変容させるかを、ポーランド人の警察団を見てよく知っていた。

警察団がゲットーに来てから最初の月曜日、父さんはズボンのポケットに紙幣をぎゅうぎゅうに押し込んだ。みなが金銭的に窮乏していたこの時期に、ユダヤ人評議会のメンバーたちは多額の資金を集めていた。父さんは、集めた資金をまず使うのは今このときだと判断した。

勇気を振り絞り、父さんは以前靴屋だった一画へと近づいた。ゲシュタポは店を接収し、本拠地として使っていた。この時間、シュミット将校がたいてい一人でいることを父さんは知っていた。シュミットの部下たちは日が昇ると、町で不審な動きが起きていないかいつも見回りに行く。彼らが巡回するのを別にすれば、町はおおかた静まり返っていた。

恐怖で五感が異様に鋭くなっていた父さんは、部屋に足を踏み入れたとたん、靴屋の壁にしみ込んだ革の臭いに押しつぶされそうになった。自分の足音も、奇妙なほど大きく聞こえた。ゲシュタポのリーダーの前に進み出たときには、心臓が早鐘のように打つのが感じられた。

「シュミット将校殿」。父さんは、拙《つたな》いドイツ語で必死に話した。「警察団についてお話があって来ました」。重心を移動させるたびに、靴がキーッと音を立てた。「彼らが来て以来、私は地域の人々の信頼を保つのに困難を感じております。彼らは、ゲットーのユダヤ人を無慈悲に襲撃していています。攻撃には、何も根拠がないように思われます。原因も理由も何もなく、手当たり次第に人々を襲っているだけです」

シュミット将校はしばし無言になった。聞こえるのは呼吸の音だけだった。

つと彼は立ち上がり、父さんに詰め寄った。「ボーンスタイン、まさか私に〝不平〟を言いにきたのではなかろうな。本来ならおまえは、私の足元にはいつくばって礼を言うべきだろう？町が平穏なのは誰のおかげだと思っている。この国のあちこちのユダヤ人は、有刺鉄線や鉄条網の向こうで寝泊まりをしている。だが、おまえたちは自分の家に帰り、毎晩柔らかい枕に毛布をかぶって眠ることができる。不満を訴えたやつらがどうなったか、知りたいか。先月は――」

「シュミット将校」。父さんは相手の言葉をさえぎった。「あの警察団を配置換えしていただけるのなら、何でもいたします。あなたの要求を満たすために、地域の人間はどんなことでもする所存です。将校殿、どうかお考えいただけないでしょうか」

シュミット将校は父さんをにらみつけながら、ケースから拳銃を取り出し、銃口を父さんの額に向けた。頭に銃を押しつけられた瞬間、平静を装う父さんの能力は絶対の正念場を迎えた。それでも父さんはたじろがなかった。シュミット将校は、口元からソビエスカ・ウォトカの匂いを漂わせながら、小声で言った。「二度と私の話をさえぎるな。私は第三帝国の将校だぞ。汚いユダヤ人め！」

「わかりました」。父さんは言った。「無礼をはたらくつもりはありませんでした、将校殿。私はただ、あなたがどんなものを要求しようと、お役に立ちたいと思っていただけです」

父さんが「どんなもの」を強調した意味に、相手はようやく気づいたようだった。邪悪な心のスイッチがカチッと鳴ったように、父さんは感じた。数秒がたち、将校はまだ引き金に手をかけたままだった。父さんは無言でポケットを探り、札束を取り出した。

ナチスの警察の将校を買収（！）しようというそのあまりに大胆な行為に、シュミットはあやうく笑いかけた。おまえはたしかに肝のすわったやつだと認めようと、シュミットは言った。おそらくシュミットも、こうした臨時収入を必要としていたのだろう。戦時下では、たとえドイツ国内でも生活が苦しくない家庭などなかった。

「私がこのカネをとり、銃弾をおまえの頭にぶち込むとはなぜ思わない？」。シュミットは、暗い瞳をぎらつかせながら言った。

父さんは、率直に話すほかなかった。「まだカネは、あるところにはあるのかもしれません、将校殿。しかし、それを人々から集められるのは、たぶん私だけです。私の頭を撃てば、眠っている宝は手に入らないでしょう」

この会話から二四時間後、凶暴な警察団はジャルキから近隣の町へと移され、二度と戻ってこなかった。

一三歳の少年が仕事を休んだことで逮捕され、死刑を宣告されたときも、父さんが大きな鞄を持って牢獄の正面にあらわれると、牢の扉は突然開き、少年は解放された。

ジャルキからの逃亡を切望する人々のために、父さんは基金を使い、正当なビザを二〇〇人分手に入れた。ビザを手に入れた家族の多くはポーランドの国外まで逃れ、身の安全と避難先を見つけた。基金の後ろ盾のおかげで、さらに数百人が夜中に森を通り抜けて逃亡を成功させたり、地下に身を隠したりした。父さんの計画は軌道に乗りつつあった。

そんなふうにして一年が過ぎた。当時のポーランドでは、ユダヤの食に関する規定「コーシャ」にもとづいて肉をさばくことが禁じられていたが、ジャルキでは基金のおかげでそうした肉屋が生き残っていた。国内に最後に作られたほかのオープン・ゲットーはそのころ閉鎖され、住民は収容所に移送されていたけれど、ジャルキの人々はカネの力で——そして一人の強欲なドイツ人将校によって——守られた世界の中、自分の家で家族とともに眠ることができた。

# 8 暗い噂

何か月ものあいだ、ユダヤ人評議会の基金は静かに効力を発揮し、ジャルキのユダヤ人は一日一日を生き延びていた。だが、状況は悪化するばかりだった。

一因は、ほかのゲットーのユダヤ人がジャルキに流入してきたことだった。その年の初めに、ジャルキの三〇〇キロ北にあるプウォーツクという町から二五〇〇人のユダヤ人が移送されてきた。ジャルキのほとんどの家庭は、よそから来た家族を少なくとも一世帯は受け入れなければならなかった。僕の家も長いあいだよその家族を、彼らがチェンストホヴァに移るときまで居候させていた。人間が増えたせいで一人当たりの配給は減り、食料事情は逼迫《ひっぱく》し、基金も底をつき始めた。ゲットーの中はもちろんのこと、外に住む非ユダヤ人たちの界隈でも状況は悪化していた。物資はともかく不足していた。

父さんは、救援機関であるアメリカ・ユダヤ人共同配給委員会（ＪＤＣ）に手紙を書いた。その結果、救援隊が組織され、困窮度の高い地域にワルシャワから食料や医薬品などの物資が送られることになった。ＪＤＣの助けを得てジャルキのユダヤ人評議会は、大勢の人にいっぺんに食事を供給できるスープキッチンを開設した。

でも、スープキッチンが開いた最初の日、住民は一人もあらわれなかった。ジャルキのユダヤ人はあまりに誇り高く、施しを受け入れようとしなかったからだ。そこで評議会は一計を案じ、ゲットーの中でもっとも困窮している一画を無差別に戸別訪問し、ひそかに食べ物を配布した。けれどもまもなく、そんなことをする必要はなくなった。スープキッチンができて数週間もしないうちに、食料事情はさらに悪化し、すべての家で食べ物の蓄えが底をつきかけたのだ。わが家は大丈夫だなどと見栄を張っていられる家庭はもう一つもなく、スープキッチンは地域のほぼ全世帯の食事をまかなうことになった。

一九四一年の中ごろには、僕らが住んでいる地方でチフスが流行した。死に至る危険のあるこの恐ろしい病気がこの地域で流行するのは、戦争が始まってからもう二度目だった。チフスはノミを介して広がる、感染性のきわめて高い病気だ。感染すると高熱が出て体が痛み、発疹《ほっしん》が出たり、嘔吐《おうと》したりする。そして医療手段も医薬品もわずかしかない劣悪な環境では、チフスは爆発的に広まり、死者も出た。

ある日の朝、母さんは僕が起きてこないのを不審に思った。早起きの僕は、母さんが目を覚ますころにはたいていベッドの端で絵本をめくり、絵を指さしながら文字を読んでいるふりをしていた。

けれどその朝、僕はまだ眠っていた。僕の頭にキスをする前から、母さんは僕が高熱を出していることに気づいた。冷たい水でぬらした布を僕の額《ひたい》と足に載せると、僕ははっと目を覚ました。ぬらした布を体にも載せようと母さんがシャツを脱がせると、体じゅうのあちこちに薄いピンク色の斑点《はんてん》ができていた。

それから一週間、母さんは僕が十分な水分をとり、少しでも食べ物を毎日口にできるよう、必死の努力をした。バケツに冷たい水をたっぷり入れて、僕の両足をひたし、医者から処方された薬を飲ませた。

熱が下がったあとも、ひどい咳《せき》で真夜中によく目を覚ました。ほえるような深い咳をするたびに胸が痛んだ。両親は不安にさいなまれながら、交代で僕をなだめて寝かしつけた。

咳の続いた何週間ものあいだ、母さんは、兄のサミュエルが僕に近づかないよう目を光らせていた。サミュエルと家族みなを感染から守るためだ。奇跡的にサミュエルは感染をまぬかれ、僕は生まれつきの「サバイバー」である証拠を初めて示した。病気を打ち負かし、咳がすっかりおさまったころには、僕は普通の乳幼児と変わらぬ健康を取り戻していた。

父さんとエフライム・モナト、レイゼル・シュタイナムというジャルキのユダヤ人評議会のトップ・スリーは、ゲットーの中に診療所を作った。そこで働く二人の医師は、患者の治療以上のことをしなければならなかった。もともとユダヤ人に対して根深い恨みを抱いていた地元ポーランドの人々は、チフスが流行した原因はユダヤ人だと決めつけた。

「ゲットーの中にいるユダヤの害虫の全滅を求める。そうでなければ、やつらを一歩も外に出すな！」。地元の男たちはドイツ人に訴えた。「こんな病気が起きたのは、あいつらのせいだ。ほっておいたら町の人間もみんなやられちまう。病気の根元を断ってくれ！」

ドイツ人たちがそれについて考えているあいだに、ユダヤ人評議会がふたたび動いた。ジャルキの全ユダヤ人患者の診療にあたった二人の医師（一人はマルガリート博士という本物の医師だった）の助けを借りて評議会は、今回の病気がゲットー内ではなく外で発生したものだという医学的な証明書を提出した。評議会の基金は、ここでもまたものを言った。

基金の効力はほかにもあった。もともと商売を営んでいた人々の一部が、ゲットーの中でひそかに仕事を再開できるようになったのだ。場合によっては、ゲットーの外まで手を広げることも不可能ではなくなった。すぐに戻るという条件つきで、商用のためによその町に外出することを許される者もあった。夜間外出禁止令を破るなど、ゲシュタポの規則を少々違反しても、札束があらわれるやそれらは突然、目こぼしされた。

時おり父さんは自身の権限を利用して、食料事情のそれほど逼迫《ひっぱく》していない大きな町を訪問する許可を取りつけた。父さんは三〇〇ズロチで一五ポンド（約七キロ）の粉を手に入れ、持ち帰ってそれを配ったり、母さんやおばあちゃんのドーラやエスターやその友だちにパンを焼かせて近所に届けたりした。

兄のサミュエルは、毎日ではないが「学校」にさえ通った。ユダヤ人の通う公の学校は当時すべて閉鎖されていたのに、ゲットー内で子どもはひそかに教育を受けていた。教師を雇うお金を自腹で支払ったのは、いとこのルースのおじにあたるモシェ・ズボロフスキーだった。ルースの母親ゼシアの義理の兄弟にあたるズボロフスキーは商人で、きわめて寛大な人柄で町の人々から尊敬を集めていて、彼のなした数多くの善行は町ではよく知られていた。

一九四〇年にドイツと同盟〔日独伊三国同盟〕を結んだ日本は、一九四一年一二月七日〔日本時間では一二月八日〕にアメリカのハワイ州の真珠湾を奇襲した。その翌日、アメリカは日本に宣戦布告し、さらに数日後にはドイツにも宣戦を布告した。僕の両親は、アメリカが連合軍に加わってヒトラーのドイツと戦うのを心待ちにしていたけれど、いざそれが実現しても、事態はほとんど変わらなかった。ただ、ジャルキの状況は少なくとも平衡を保ってはいた。

父さんは毎晩、外出禁止が始まる前に急いで帰宅して、家族みなと食堂で夕食を食べた。献立はいつもほとんど同じだった。朝食も、昼食も、夕食も、ジャガイモのスープ。時々、そこに焼き立てのパンが加わり、スープにひたして食べた。

でも、ナチス支配下のポーランド系ユダヤ人は、経験からすでに学んでいた。状況に充足し始めたとたん、世界はめちゃめちゃにひっくり返されるのだと――。一九四二年夏、どれだけカネを積んでも阻止できない事態が起こり始めた。ジャルキは事実上、クローズド・ゲットーに近くなり、まだ塀で囲まれてこそいなかったものの、父さんですらゲットーの外には出られなくなった。夜間外出禁止令は厳格になり、例外は許されず、過失が目こぼしされることもいっさいなくなった。

さらに、ジャルキのゲットーがほどなく廃止され、住民はすべて追い出されるという噂が聞こえてきた。九月二二日には、近隣のチェンストホヴァのゲットーからポーランド東部のトレブリンカ強制収容所への移送が始まった。トレブリンカ強制収容所は一九四二年七月にナチスが開いた労働収容所であり、絶滅収容所でもあった。人々はみな、次はジャルキの番だと推測した。

それからの二週間、逃亡を試みる人の数は過去三年間で最高にのぼった。人々は夜のあいだに森を抜けて逃亡した。つかまって殺された人もいたけれど、無事に逃げおおせた人も多かった。

ユダヤ人評議会の幹部の一人エフライム・モナトは、この地域を統括するドイツ軍の本部にコネクションを持っており、それを利用して、移送が始まる前にジャルキからの逃亡を切望する数百人のために、合法の通行許可証を獲得した。心あるキリスト教徒の家に夜間に逃げ込み、金銭と引き換えに屋根裏にかくまってもらった人々も大勢いた。かつてユダヤ人であふれていたゲットーは、今や櫛《くし》の歯が欠けたようになっていた。どこからか伝わってくる暗い噂や地下新聞の報道を無視できる者はいなかった。

新聞の恐ろしい記事によれば、ポーランドじゅうから何千人ものユダヤ人が集められ、ドイツ人が「東方への再定住」と呼ぶ何かのために東へ移送されているということだった。男も女も子どもたちも貨車に押し込まれ、強制収容所に運ばれ、収容所の入り口で旅行鞄はもちろん身につけていたすべてを奪われる。そして、「再定住」した人々は二度と戻ってこない——。記事で証言をしている目撃者によれば、肉の燃える臭いが朝から晩まで、収容所の外にまで立ちこめているという。

　正直に言って、その話は人々の理解を超えていた。かりにも一国の政府が、いったいどんな悪魔にそそのかされて、罪なき大勢の人々の命をわざわざ奪おうとするものだろうか？　そんなことが本当に起きているわけがあるだろうか？　ジャルキの多くの人々は、そうした死の収容所が稼働していると信じることを拒否した。父さんと母さんはそのニュースにおびえたものの、いっぽうで、話は少し誇張されているにちがいないと思っていた。

　ただ父さんは、死の収容所のようなものへの移送がポーランドのもっと西の町ですでに始まっているのなら、ユダヤ人評議会がどうあがいても、ジャルキがそれをまぬかれるのは難しいだろうと察していた。そしてもしジャルキで移送が始まったら、収容所に行く者と残る者との選別に関して、自分が多くの決断を迫られることもわかっていた。ユダヤ人評議会議長という肩書は、三〇キロもの重みのある鎖のように父さんの首に巻きつき、この先訪れる決断のたびに、恐ろしい重みで父さんを締め上げた。

　一九四二年一〇月六日、父さんは朝早く起きた。その朝はユダヤ人評議会の特別会合のために、まっすぐ図書館に行くことになっていた。移送が迫っていることを――もしかしたらその週にもう始まるかもしれないことを――父さんは知っていた。

「これもいつかは過ぎていく《ガム・ゼ・ヤ・ヴォール》」。父さんはやさしい声で家族みんなに言った。古いパンのかけらと水だけしかない食卓越しに、父さんと母さんは悲痛な気持ちでうなずき合った。父さんは唇についた白いパンくずを手の甲ではらい、椅子から立ち上がった。そして、いつも家を出るときと同じように家族一人一人にキスをすると、帽子をかぶり、会合のために図書館に向かって歩きだした。

母さんは窓からじっと外を見つめていた。父さんの姿が遠ざかるのを見つめる以外に、母さんにできることはなかった。

通りに出るより前にシュミット将校が父さんに足早に近づいてきて、何かを話しかけた。悪名高いゲシュタポのこの地域の長であり、父さんもよく知っているあのシュミットだ。身長一八〇センチのがっちりした体格の彼が父さんに話しかけているようすは、大人が身をかがめて子どもを叱っているように見えただろう。

将校は父さんに何かを短く耳打ちすると、ロボットのような足取りで歩み去った。

母さんの話では、そのとき父さんの顔は血の気を失い、蒼白《そうはく》になった。そして窓ガラス越しの母さんにも聞こえるほど大きな、動物のような激しい叫び声を上げ、その場で泣き崩れた。母さんはそんな父さんを、それまで一度も見たことがなかった。

# 9　いとこのルース

状況の悪化に伴いジャルキのユダヤ人は、難しくて恐ろしい決断をしなくてはならなくなった。ナチスに協力しながら故郷にとどまるのと、夜の闇に紛れて森へ逃亡するのと、コミュニティの中に秘密の潜伏場所を見つけるのでは、どれがいちばん安全なのか？　僕の家と、いとこのルースの家は、大きく異なる決断をした。

ポーランド侵攻の一か月前に生まれた女の子のルースは、戦争のあいだ、ずっと一人っ子だった。ルースの両親であるサムとゼシアのヨニッシュ夫妻は、僕らのすぐ近所に住んでいた。ルースはいつも両親から、人形のように飾り立てられていた。髪には青いリボンを結び、大きな黒いボタンが背中に並ぶ、上等な厚地のグレーのウールのワンピースを着たルースは、本当に人形のようだった。サムおじさんは一族とともに皮なめし業を営んでおり、商売は繁盛していたので、ルースはリボンもボタンつきのワンピースもたくさん持っていた。ヨニッシュの家は戦前決して金持ちではなかったけれど、十分豊かな暮らしを送っていた。

一九三九年九月二日、ルースがわずか生後四週間のころ、母親のゼシアはルースを連れて、近所の家まで安息日の集まりに出かけた。男たちは居間に腰かけて政治や迫りくる戦争の不安について話していた。人々はラジオのまわりに集まり、ドイツが戦争を警告しているというニュースを聞いた。ヒトラーの演説によれば、それはポーランドがドイツの領土を〝侵略〟したことへの報復だという。ドイツ兵らはまもなくポーランドへの進軍を始めるとのことだった。恐ろしいニュースだった。でも、たとえドイツが攻めてきてもポーランド軍は阻止するだろうとその場の人々は思っていた。ポーランドは臨戦態勢を整えていた。

食事が片づくと、男たちは祈りのために、通りの向こうにあるシナゴーグへと急いだ。女たちはあとに残り、台所でブラックコーヒーとクッキーを片手に話に花を咲かせていた。

女たちがおしゃべりをし、赤ん坊のルースが母親の腕の中で眠っていたとき、突然、耳をつんざくような爆発音が家を切り裂いた。テーブルの上のグラスはすべて割れ、窓ガラスは粉々になった。家全体が土台から揺さぶられ、女たちは床にたたきつけられた。

家には、ドイツの爆撃機が落とした何千もの爆弾の一つが命中していた。無人だった居間は爆弾で完全に破壊された。女たちと赤ん坊のいた台所は間一髪で難を逃れた。

そんなわけでルースの人生は僕と同じく、始まったときから災難続きだった。ルースも僕も物心ついて家の外に出るようになったときには、半壊の家を目にしたり、ライフル銃を抱えて何かを大声で怒鳴っている男たちを目にするのが普通のことだと思っていたはずだ。僕らの幼少期は、ゲットーとともにあった。僕もルースもあまりに幼く、自分のまわりで何が起きているのか理解することはできなかったけれど、兵士が近くに来るたびに、母親のつないだ手に力がこもるのは感じることができた。

だが、ルースの両親と僕の両親は、異なる道を選んだ。一九四二年にゲットーの地下新聞が、まもなく住民の移送と「東方への再定住」が行われると予測し始めたころからルースの両親は、生き残るには潜伏しかないとはっきり感じていた。

近くのボボリツェという村で農場を営むヨーゼフ・コラチという男が、数人の親類とともに彼らを快く受け入れてくれた。コラチの農家の屋根裏で寝泊まりは可能だったし、ドイツ軍が捜索に来て別の隠れ場所が必要になったときのために、秘密の地下壕《ごう》も造られていた。ヨニッシュ家の人々は隠れ家の家賃を月ごとに家主のコラチに支払い、結局一〇人が狭い屋根裏でともに潜伏生活を送ることになった。

ヨーゼフと妻のアポロニアは寛大で、勇敢で、無私の心を持ち合わせており、ユダヤ人をかくまうという危険を快く引き受けてくれた。ただ一つ、問題があった。夫妻は、ルースを引き取ることはできないと主張したのだ。ルースのように小さな子どもを家の中に置くのは、あまりに危険だと彼らは言った。ドイツ兵が家に捜索に来たとき、ルースが物音を立てたり泣いたりしたら、とんでもないことになる。ルースは賢い女の子ではあったが、まだたったの三歳なのだ。ヨーゼフが不安がるのももっともだと、サムとゼシアも認めざるを得なかった。隠れているのがドイツ兵に見つかったら、自分たちユダヤ人が即殺されるのはもちろん、ヨーゼフとアポロニアの夫婦まで処刑される可能性もある。

サムとゼシアは、以前家に長いこと勤めていたポーランド人の家政婦に連絡をとった。夫妻はその家政婦にずっとよくしてきた。十分な給金を支払い、長いあいだ親切に接し続け、家族の一員のように信頼してきた。

「お願いです」。夫妻は言った。「どうか戦争が終わるまでルースを引き取って、私たちに代わって守ってやってください」

夫婦は礼として大金を提示し、家政婦はルースを引き取ると約束した。引き渡しの日取りも決定した。サムと彼の甥で一〇代のイーライが農家からルースを連れ出し、町で相手に引き渡すことになった。

自分が一緒には行けないことは、ゼシアにもわかっていた。愛娘《まなむすめ》をよその女に、町なかで冷静に手渡すことなどできるわけがない。娘とは、もう永遠に会えなくなるかもしれないのだ。悲しみを隠し、涙をこらえるなどとうてい無理だろう。公の場所で別れの愁嘆場を繰り広げれば、人目を引くのは避けられない。だから、いよいよその日が来たとき、約束の一時間前にゼシアは屋根裏の隠れ家でルースに別れのキスをしなければならなかった。

晩秋のその朝、別離の場面を見ていた親族はみな、ルースが母親の腕から引き離されたときの悲痛な叫び声を、死ぬまで忘れられないだろうと語った。

「マミシュ[*12]！　マミシュと一緒がいい！」。ルースは懇願した。「マミシュ！」

ルースは激しく泣き、母親のゼシアはもっと激しく泣いた。ゼシアにはこれが、今生《こんじょう》の別れになるかもしれないとわかっていた。

ようやく母親と、泣きわめく小さな娘は引き離された。父親のサムと親類のイーライがルースを町まで連れていった。その午後は晴れて寒く、長い距離を歩いても大丈夫なようにゼシアはルースに青いウールのオーバーを着せ、ブーツを履かせ、帽子までかぶらせた。例年より早く吹雪《ふぶき》があったせいで、道路の脇には浅い雪だまりができていた。ゲットーの外にいる彼らは、ことを迅速かつひそかに運ばなければならなかった。万一ドイツ兵に見つかったら、三人とも処刑はまぬかれない。

ジャルキの市場に近づいたサムは、かつての使用人の姿を見つけ、手を振った。そして、相手に分厚い札束を渡し、一人娘の頬にこれが最後とキスをして、さよならを言った。ルースの顔は涙でぬれていたが、あまりの衝撃でもう、泣いたり暴れたりする力さえ残っていないようだった。

女は、お嬢さんを大事にお守りしますと約束した。そして、じきに来る兄を捜すと言って、その場を去った。兄が持ってくる乳母車にルースを乗せて、町はずれの小さな家まで運ぶという話だった。

それはいわゆる虫の知らせだったのだろうか。女とルースが立ち去ったとたん、イーライはいやな予感に襲われた。イーライはサムを説き伏せ、二人のあとを追った。それ以上町に居続けるのは危険だったが、イーライは耳を貸さなかった。

二人は距離を保ちながら、家政婦とルースの姿を追った。女はルースの手を引きながら、人ごみに出たり入ったりしていた。誰かを捜しているようには見えず、むしろ人目を逃れようとしているふうに見えた。ようやく人気《ひとけ》のない場所を見つけたらしい女は、ルースの手を引いて道端の柔らかい雪の吹きだまりに座らせ、そのまま立ち去った。

サムは目を疑いながら人ごみをかき分け、娘の捨て置かれた場所まで走った。ルースはふたたび泣きじゃくっていた。サムがルースを抱え上げ、胸に抱きしめると、ルースの湿ったブーツから雪が滑り落ち、サムの衣服をぬらした。

そのあいだイーライは、人ごみに紛れ込んでいた女を必死に追いかけ、ようやくつかまえると、カネを返すよう迫った。長い口論ののち、女はようやく札束を返した。二人の男は出かけてから数時間後に隠れ家に戻ってきた。父親の腕の中では小さなルースが寝息を立てていた。

母娘の再会のようすは、読者の想像にお任せしよう。

ゼシアはルースを抱きしめ、顔や手にキスの雨を降らせた。それから幾晩もルースは屋根裏の隠れ家で、母親にぴったりくっついて眠った。すぐそばで横になっていた親類たちは、ルースが夜中に母親にささやいていたのを覚えている。「マミー、ずっとここにいさせて。ずっとマミーのそばにいる」

だがもちろん、そんなわけにはいかなかった。状況は何も変わっていなかった。農家の屋根裏に小さな子どもをかくまうのは危険すぎた。

ルースの両親は、町で靴屋を営むボヤネクというカトリック教徒と知り合いだった。ボヤネクには五人の息子がいたが、娘はおらず、サムとゼシアのところにルースが生まれたとき、よく冗談でこう言っていた。「うちの嫁さんのところにも、こんな女の子が一人でいいから生まれてくれたらなあ！」

一か八かではあったが、ヨニッシュ家の人々はボヤネクにかけ合ってみようと決めた。驚いたことに、ボヤネクと妻は二つ返事で承諾し、ルースを自分の娘として育てると約束した。

サムは心の底から安堵したが、妻のゼシアも彼も、娘とのつらい別れをまた繰り返さなければならないとわかっていた。前のようなむごい別れ方はもう無理だ。ルースは母親の腕を必死で握りしめ、行きたくないと泣き叫ぶに決まっていた。

ゼシアはやむなく睡眠薬を手に入れ、一粒を二つに割って、夕食の薄いスープに溶かして飲ませた。そして、苦い安堵を覚えながら、ルースが目を閉じるまで背中をやさしくたたき続けた。

サムとイーライは、ルースが眠りに落ちるのを待ち、注意深くそっと母親の胸から離した。ところが屋根裏のはしごを下りるより前にルースは目を覚まし、泣いて母親を呼んだ。まるでふたたび引き離されるのを、知っていたかのようだった。母親のそばにいたいというルースの思いは、どんな睡眠薬よりも強かった。別れるのが、彼女の生き残る唯一の道だということを両親はよくわかっていた。でも、頑是《がんぜ》ないルースがそんなことを理解できるはずはなかった。

イーライとサムがルースをようやく屋根裏から下ろすと、そこにはボヤネクが「新しいおちびちゃん」を待っていた。ルースはまだヒステリックに泣いていたけれど、その体には誰かを蹴《け》ったりたたいたりする力は残っていなかった。

最初の数日間は、誰もがつらい思いを味わった。ルースは新しい大きなベッドに一人で寝るのを泣いていやがった。ボヤネクの妻は、この少女は果たして自分になついてくれるのだろうかと不安にさいなまれた。だがルースは、この新しい家庭に思いのほか早くなじんだ。ルースはボヤネクを「おじいちゃん」と呼び（ボヤネクは年がいっていた）、ボヤネクの妻を「おばちゃま」と呼んだ。

数週間で、ルースは新しい両親を愛するようになった。聡明な彼女は、じきにポーランド語も上手になった。それ以前にルースが主に話していたのは、ユダヤ人が日常会話で用いるイディッシュ語だけだった。ボヤネク夫妻はルースに、もっとカトリック教徒らしい「クリスティーナ」という名前を新しくつけた。

ある月曜日の日没後、ボヤネクの家に不意の訪問者があった。扉をたたく音が聞こえたとたん、ルースの笑顔は消え、顔は蒼白になった。ルースはいつも、予定外の訪問者が来たときには全速力でどこかに隠れるようにと言い聞かされていた。だから、まるでウサギのように大急ぎで「おばちゃま」のベッドの下に潜り込み、目を閉じ、耳をふさいだ。

ほどなく玄関から男の人たちの話し声がかすかに聞こえてきた。

「大丈夫だよ」。ボヤネクがルースを呼んだ。「もう出ておいで。平気だよ、おちびちゃん」

ルースは出ていかなかった。男たちが部屋から部屋へと捜し歩いているあいだ、ルースはベッドの下で石のようにじっとしていた。それは、ルースにとって果てしなく長い時間に感じられた。ルースはいつも、こうして身を隠したときは、どれだけ「出ておいで」と言われても、来訪者が去るまで決して出てきてはいけないと教え込まれていた。ドイツ兵はそれぞれの世帯に誰が住んでいるかを綿密に管理していた。ボヤネクの五人兄弟のところに突然小さな女の子が交じっているのを見られたら、計略は水の泡だ。ドイツ兵は、家宅捜索をするとなったら、すべての石をひっくり返さずにはすまない執念深さで有名だった。彼らはしばしば猫なで声で、隠れていたユダヤ人の子どもをおびき寄せると言われていた。「大丈夫だよ」と片言のイディッシュで呼びかけるのが、彼らの手口だった。「出ておいで、おちびちゃん」

ようやくルースは、耳を覆っていた手をはずした。男たちの声には、聞き覚えがあった。ルースはベッドの下でクスクスと笑い声をもらした。ほどなく大きな頭が二つ見え、ルースは彼らに向かって舌を出した。二つの頭は、大好きないとこのイーライと、大好きなムレクおじさん（僕の母さんの弟の一人だ）だった。二人はルースの無事を確かめるために、そして両親に代わってルースを抱きしめ、ボヤネクに支払いをするために、屋根裏の隠れ家を抜け出してきたのだ。

以後、イーライは定期的に家を訪れてルースのようすを確かめ、ボヤネクに金を渡した。青い瞳にブロンドの巻き毛というユダヤ人らしからぬ風貌《ふうぼう》のイーライは、比較的たやすく人ごみに紛れ、気づかれずにいることができた。身元を隠すために農家の女主人からエプロンドレスとスカーフを借り、農家の下働き娘を装って広場を歩くこともあった。

ゼシアは屋根裏の隠れ家で、ルースについての新しい知らせをいつも、首を長くして待っていた。ルースはどんなものを食べていた？　体は大きくなった？　幸せそうに見えた？　そうした問いに対する答えの一つ一つが、ゼシアの生きる糧だった。

すべてはつつがなく進んでいるように見えた。ところがある日、恐ろしいニュースが町に広まった。ボヤネクの家からそう遠くないカトリック教徒の家が、ユダヤ人の一家をかくまっていた。それをかぎつけたナチスは、家の中にいる者すべて――つまり、ユダヤ人もカトリック教徒もみな――壁の前に一列に並べ、銃殺刑にしたのだ。

この一件を聞いて、ボヤネクの妻は恐怖で骨まで凍る思いがした。ルースのことをとてもかわいがっていた彼女は、不安を頭から必死に振り払おうとした。でも、どうしてもそのカトリック一家の末路を考えるのをやめられなかった。

ムレクおじさんとイーライが次にボヤネクの家を訪れたとき、ルースの姿はなかった。玄関口に立ったボヤネクは深く頭をうなだれながら、妻があまりに不安がるため、ルースを家に置けなくなったと説明した。別の家を探そうと努力したものの、受け入れてくれる家は一つもなかった。

ボヤネクは数日前にルースを、ジャルキの北にあるもっと大きな町チェンストホヴァに連れていき、有名なヤスナ・グラ修道院の近くにある女子修道院の前のベンチに置き去りにしたのだということ。ボヤネクはベンチにルースを座らせ、「おじいちゃん」はすぐにキャンディを買って戻ってくるので、そこで待っているようにと話した。聞き分けのいいルースが、言うとおりにするだろうことをボヤネクは知っていた。そして、ルースがじっとベンチの上で待つうちに、通りかかった修道女が愛らしいルースにきっと気づくはずだった。ルースは行水《ぎょうずい》で体をきれいにした上、白地にピンクと緑の花模様のかわいらしいドレスを着ていた。それは、ルースと別れる前に母親のゼシアが手ずから縫った洋服で、ルースのいちばんのお気に入りだった。

その晩、重い足取りで隠れ家に戻った二人は、つらい知らせをみなに伝えた。母親のゼシアは、話に無言で耳を傾けた。彼女は言葉を失い、その場にへたりこみ、ルースの花模様のドレスの残り布に指を滑らせているだけだった。ゼシアはその柔らかい木綿の布切れを親指と人差し指でこすりあわせながら、泣いていた。

知らせを聞いたサムは怒り狂った。なぜ自分の愛娘が、知らない町の、カトリックの女子修道院前のベンチに置き去りにされなければならないのか？　サムの頭には、あらゆる種類の恐ろしい結末が思い浮かんだ。

チェンストホヴァで、ルースはベンチに座り、じっと待っていた。長い時間がたったころ、礼拝堂の外で掃除《そうじ》をしていた女性がルースに気づいた。疲れ果てたルースはベンチの上で体を丸め、両腕に頭を乗せ、悲しげな茶色の瞳を閉じていた。そして、ベンチの上でひとりぼっちで眠りかけているところを、掃除の女性に発見されたのだ。

女子修道院長にすぐに連絡が入り、ベンチの上で眠っているルースを二人は抱き上げ、建物の中に運んだ。少女はユダヤ人だろうと修道女らは推測した。おそらく、両親がドイツ兵に銃殺されたり収容所に送られたりして、孤児になったのだろう。修道院長によって孤児院棟に連れていかれたルースは、まもなくそこを「おうち」と呼ぶことになる。ルースは「クリスティーナ」と呼ばれ、徐々に修道院と、孤児院の子どもたちを好きになっていった。

だが、ルースは孤児院のほかの子どもたちと見かけが違っていた。多くのユダヤ人と同じくルースは大きな茶色の瞳に夜のような黒髪で、肌の色も平均的なポーランド人より浅黒かった。修道女たちは心配した。ドイツは女子修道院の主要な建物を接収し、拠点として使っていたので、修道院にはあちこちに兵士がいた。オリーブ色の肌と黒髪からルースの出自がばれることを恐れ、修道女らはルースの頭をいつも、スカーフですっぽり覆っていた。

じきにルースは両親のことをすべて忘れた。修道女らと孤児院の子どもたちがルースにとっての家族になり、ルースは良きカトリック教徒の子どもとして育てられた。修道女から、ユダヤ人を悪く言うことさえ教わった。修道女たちはルースを守るためにわざとそうしていた。ユダヤ人を悪く言っていれば、ユダヤ人であることを見破られにくくなるというもくろみだった。

おそらくルースにとっては、自分は修道女らと同じ世界の人間だと信じるほうがたやすかったのだろう。修道院の前に置き去りにされた黒髪と暗い色の目の小さな女の子を捜して、両親がいつか孤児院の大きな木製の扉をたたくなど、彼女にはとうてい信じがたいことだった。

# 10 最後の決断

通りでシュミット将校に呼び止められた一九四二年一〇月のつらい朝のことを、父さんは決して忘れなかっただろう。

将校は何の前触れもなく姿をあらわした。厚い手袋に包まれたその指が、父さんの前腕をきつくとらえた。あとで父さんが母さんに話したところでは、このときも将校は古いタバコとウォトカの匂いをぷんぷんさせていて、その匂いは、彼の口にする言葉と同じほど耐えがたかったという。いつもなら二人の男は冷静に交渉し、まるで対等であるかのように言葉を交わし合った。それを可能にしているのは、父さんがユダヤ人評議会の基金を握っていることだった。でも、この日の話はいつもとは明らかに違っていた。

シュミット将校は、ジャルキの「ユダヤ人一掃《ユーデンライン》」命令が出たと説明した。ゲットー内に残っているユダヤ人は「別の安全な場所」に再定住することになる。ただし、町の清掃や雑用のために残る人員が三〇人必要であり、その選択はユダヤ人評議会に任せる。それ以外の住民は全員、今日の日没に列車に乗り、東に向かうことになる――。

評議会の議長をつとめる父さんは、どんなときも自分が泣き崩れてはいけないと、己を戒めていた。ゲットーでどんなにつらいことがあっても、その誓いを守ってきた。けれどもこの日はまるでダムが決壊したかのように涙があふれた。押し寄せるつらい思いを、父さんは押しとどめることができなかった。涙で洗われた目にはものごとがはっきり映り、突然ジャルキの町は、ほんの一日前とは違ったふうに見えた。

丸石を敷き詰めた道づたいに、父さんは会合の行われる図書館へと急いだ。途中でブラッハマンの家の前を通ったとき、道路の敷石が一か所、赤黒い血の色に染まっているのに初めて目をとめた。おそらく、無実のユダヤ人がナチスの輩に殴られたときの血だろう。ユダヤ人の男が重労働の最中に転びでもしたか、母親の抱いている赤ん坊の泣き声が見張りのドイツ人の気に障《さわ》りでもしたのかもしれない。どちらにせよ父さんは、この通りを数限りなく行き来していながら、まさにこの場所に恐怖の痕跡があるのに気づかずにいたのだ。

さらに歩くうち、エイカーマンの集合住宅の正面扉に銃痕がいくつもあることに気づき、父さんはふたたびいたたまれない思いになった。

通りを歩く父さんに、友人のベンヤミンが手を振った。ベンヤミンの顔は栄養失調で黄色がかっていた。まだ二〇代の若さなのに、彼は片足を引きずっている。

そうした不幸を見過ごし、「もうじき戦争は終わる」と三年もひたすら信じていた自分は、なんと愚かだったのかと父さんは自分を責めた。アメリカが参戦すれば、独裁者ヒトラーの強大な計画に歯止めがかかると思っていた自分は、なんと無知だったのか。怒濤《どとう》のように押し寄せてくるヒトラーの邪悪な計画に、子どもだましの贈賄《ぞうわい》作戦やドイツの一将校とよしみを通じることで立ち向かえると思っていた自分は、なんとおろかだったのか――。

父さんが希望を持ち続けたおかげで、父さん自身も母さんもドーラおばあちゃんも、そして何よりサミュエルと僕も、ゲットーでの生活をなんとか耐え忍んでこられた。でもこのとき父さんは、なぜ初めからずっと、ありのままのジャルキを見ようとしなかったのかと自分を責めた。ありのままのジャルキは、青い星の腕章をつけ、背中をいつも敵に狙われたユダヤ人のあふれる、みじめなゲットーだった。

父さんは会合を、落ち着いた声で、ゆっくり話しながら始めた。「ジャルキの男女すべての住民がそれぞれ自分で身を守り、この先についての決断を自分で下さなければならない時が来ました。評議会はもう、何もできません。〝ユダヤ人一掃〟が決定したのです」

一同が息をのみ、沈黙した。

かつてジャルキのユダヤ人地区には三四〇〇人あまりのユダヤ人がいた。そのうちの二〇〇〇人以上は、評議会の力を借りてすでに逃亡したり潜伏したりしていた。残る一四〇〇人のうち、少なくとも六〇〇人近くは殺されたり、食料や医療の不足のために命を落としたりしていた。残る八〇〇人――その中には、僕と僕の家族も含まれていた――の運命も、すでに決まったかに見えた。

「われわれにはまだカネがある。金《きん》もある」と父さんは言った。ようやく普段の声が戻ってきていた。「こんなときのために集めたカネだ」

「シュミット将校か？　隊員たちか？　何を頼めるというんだ？　いったいどこに行くっていうんだ？　やつらは命令を実行するだけだ」。一人のメンバーが言った。

一同は沈黙した。これが評議会の最後の決断になるかもしれないと、誰もがわかっていた。

「作業員の人数を増やす！」。父さんが叫んだ。「シュミットは、三〇人は作業のために町に残すと言っていた。人々の家を空っぽにして、金目のものをドイツ本国に送ったりする仕事があるからだ。それには、一〇〇人の人員が必要だとかけあってみよう」

レイゼル・シュタイナムが厳しい口調で言った。「それで、残る七〇〇人はトレブリンカにやるのか？　肉を燃やす臭いが立ち込めているあの場所に家族を送れと言うのか？」。シュタイナムもまた、叫んでいた。

「ほかにどんな選択肢がある？　ドイツ政府の命令をひっくり返すことはできない。隊員も将校も、そんなことができる地位にはない。すべての住民の命を救うことは――」

バン！　バン！

そう遠くない場所から銃声が聞こえ、男たちはその場で凍りついた。誰もが無言で、顔からは血の気が引いていた。

バン！　バン！　バン！　さらに銃声が響いた。それは始まりにすぎなかった。

窓の外はまさにカオスだった。パニックになった人々が、われ先に家へと走っていた。いったい何が起きているのかと、自問しながら――。

何が起きていたのかを、ここで説明しよう。一九四二年一〇月六日、ドイツ兵たちは「荷減らし」を始めていたのだ。ジャルキの八〇〇人の住民を移送して「再定住」させるのではなく、もっと簡単な銃殺という方法で、一〇〇人以上が始末された。

脱走を試みた咎《とが》で殺された人々もいた（実際、何人かは脱走を試みていた）。何の理由もなく殺された人々もいた。彼らはユダヤ人墓地へと行進させられ、並ばされ、処刑された。

けれども、外で最初の銃声がしたあと、父さんはむしろ勢いづいた。「すべての人の命を救うことはできない。でも、ドイツ兵が意図しているより多くの命を救うことは、きっとできるはずだ」

行動のために残された時間はわずかしかなく、評議会は父さんに同意した。父さんがシュミットに話をつけ、評議会は父さんの知らせを待つ。でもまず父さんは、大急ぎで家に帰った。母さんとドーラおばあちゃんに知らせを伝えるためだ。

「ソフィー、君の兄さんたちを捜してくれ。すぐに話をしなくてはならない。もし潜伏を考えているなら、今が最後のチャンスだと」。ムレクとモニエクは、ジャルキのゲットーが閉鎖されたときの隠れ家として、どこかの家の屋根裏をもうすでに選んでいた。デイヴィッドと妻のグティアは、サムとゼシアの夫婦とともにヨーゼフ・コラチの農家の屋根裏に潜伏することになっていた。

母さんはまばたきをして涙を隠し、父さんのために心を強く持った。「すぐみんなに話をするわ。でもイズラエル、私たちは？　子どもたちは？　あなたのお母さんは？」

「ソフィー、僕らはここにとどまる。とどまれると思う」

「えっ？」。母さんは呆然とした。「いったいどういうこと？」

「今からシュミットと話をしてくる。ソフィー、お願いだ。僕を信じてくれ。何が最善かは僕にもわからない。だが、僕らがここに、この家に、しばらくでもとどまれるようシュミットに話をつけることはきっとできる」

「それで、私の母さんは？　父さんは？　あの二人はもう、隠れ家に逃げ込むような体力はないわ」。母さんは穏やかに言った。

「僕は、できるだけのことをするよ。ソフィー」

母さんは父さんを問い詰めも非難もしなかった。母さんは父さんの頰にキスをすると、ドアに向かってうなずいた。「行ってらっしゃい。私の家族には、私から話をする。そして、ここであなたの帰りを待っている」と母さんは言った。

その日、出かけていく父さんを窓ガラス越しに見守るのは二度目だった。もしかしたらこれが最後の別れになってしまうのではという思いが、母さんの胸によぎった。

父さんは、靴屋の店だった場所に急いだ。父さんの推測では、そこでシュミット将校が計画を最終的に詰め、ユダヤ人の正式な移送を実行する人員を組織しているはずだった。父さんの予測は正しかった。

このころにはもう、ドイツ兵たちは父さんと顔なじみになっていた。だからこの日、父さんがゲシュタポの本拠である旧靴屋にあわただしくやってきたときも、兵士らは銃を上げなかった。父さんは扉を後ろ手でバタンと閉めた。

「シュミット将校、お知らせしたい情報があります」。（二人だけで話がしたいのです）と目で語りながら父さんは言った。兵士たちは店の扉の外に出て、路地で待機した。

「ボーンスタイン、これはナチスの地方本部からの直接命令だ」。父さんが口を開くより先にシュミット将校が言った。「ユダヤ人の一掃は、回避できない」

「はい、わかっています。だからこそ私はここに来たのです」。父さんは不安げに下を向いた。それまでいつも、父さんは地域の人々のために請願をしていた。だがこの日、最初に口にしたのは、完全に自分主体の請願だった。父さんにとってそれは、過去のどんな請願よりも重い意味を持っていた。「私の家族——妻と母と、サミュエルとマイケルの二人の息子——を、町の後片づけが終わるまでどうか、私とともにここにいさせてください。もちろんカネは持ってきています」

父さんは評議会の基金を二つのポケットから取り出した。シュミットは黒手袋をはめた手で、それをすばやく奪った。

「よかろう」。シュミットは紙幣をきれいに折りたたみ、制服のシャツの胸ポケットに押し込みながら言った。「作業隊とともに、町に残ることを許可する」

父さんは気づかわしげに続けた。「もう一つお願いがあります、将校殿。作業隊は現状では小規模すぎるのではないでしょうか。ご存じのように、人々の家にはまだたくさんの金品が地下室や地面の中に隠されているはずです。それを探すほか、遺体を埋める作業や清掃作業もたくさんあると思われます」

父さんは最初、一〇〇人を残してほしいと交渉するつもりでいた。だが父さんは、人々の個々の命のことを考えた。評議会でレイゼル・シュタイナムが言っていたように、移送組に入ればもう命がない可能性がある。続く言葉が父さんの口をついて出たとき、数字は上乗せされていた。「作業を行うには一五〇人の人員が必要です、シュミット将校。どうか作業隊を増やしていただけないでしょうか」

将校は、頭をのけぞらせて笑った。そして大きな笑みをまだ浮かべたまま、父さんに向かって言った。「とことんまじめな男だな。こうして頼み込まれることを、予測しておくべきだった。人員は一二〇名。一人でも超えることは許さない。それ以外の住民はすみやかに、ズウォティ・ポトク駅から出発する。リストを作っておけ」

父さんは礼を述べ、回れ右をして、狭い路地へと歩きだそうとした。そのとき、将校は父さんの腕をぐいとつかみ、立ち止まらせた。

「住民たちに言っておけ。本日の午後五時に広場に集合。来なかった者は、見つけ次第、射殺する」。シュミットの顔が父さんに近づいた。「甘く見るな、ボーンスタインさんよ。私の部下は、ユダヤ人を最後の一人まで残らず見つけ出す。獲物を私のところに持ってくるのを、やつらは楽しんでいる」

父さんは、つばをゴクリとのみ込むまいとした。まばたきをするのも必死でこらえた。「はい、もちろんです。全員が広場にそろうよう手配します」

父さんは大急ぎで図書館に戻り、評議会の面々に結果を伝えた。一二〇名がゲットーに残れると聞いたとき、彼らは大喜びしかけた。しかし、一瞬でその表情はくもり、顔は青ざめた。事態の重さを人々は認識した。誰を残留させるかを、これから彼らが選ばなくてはならないのだ。選ばれなかった者は収容所に送られる。煙突からたえず、人肉の焼けるすさまじい臭いの煙が吐き出されてくる収容所に——。

メンバーたちは図書館のテーブルを囲んで座っていた。かつてトーラーの研究をしたり偉大な詩の解釈をしたりしたそのテーブルで、彼らは紙きれに人々の名前を書きつけていた。一つはジャルキに残留する人のリストであり、もう一つは、日没までに貨物列車に乗せられる人々のリストだった。

リストに書かれた名前はすべて顔見知りで、彼らの友人の名前も多く含まれていた。

義理の両親であるエスター・ヨニッシュとモルデカイ・ヨニッシュの名前をリストに書いたとき、父さんの胸は、ほかのどんな決断のときよりも激しく痛んだ。自分は、妻の両親を収容所に送ろうとしているのだ。父さんは、義父母の家の食卓で迎えたいくつもの安息日の祝いのことを思い出した。父さんの両親が結婚の許可をもらいに訪れた夜、義父のモルデカイがどれほど慈愛に満ちていたかも思い出した。エスターが孫たちをどれほど愛し、どれほど忍耐強く接してくれたかも思い出した。いったいどこの夫が妻の両親を収容所になど送るだろうか？

「二人をここに残らせようと交渉しても、無駄だよ」。評議会のメンバーがすまなさそうに父さんに言った。「ナチスはなんであれ彼らを移送するにちがいない。もうあの二人は年だからね。そして、二人をここに残そうした君まで罰を受けることになる」

彼の言うとおりだった。

「それにイズラエル。ソフィーの両親は収容所で安全を得られるかもしれないよ」

安全ではないかもしれないという筋の通った反論は、父さんにはできなかった。

父さんは本当のところ、貨車の行き着く先に何があるのかはっきり知らなかった。でも、地下新聞の記事が事実だとしたら、貨車に乗せられた人間は二度と帰ってこない。それでも父さんは、貨車に押し込まれる母さんの両親やほかの人々がみな、線路の終着地で安全を手に入れ、戦争が終わるまで持ちこたえる可能性を信じたかった。

母さんの兄弟はおそらくそのころもう、秘密の隠れ家に逃げ込んでいた。だが父さんは、ジャルキに作業隊として残る人員リストに、ほかの親類や友人の名を何人も入れていた。

戦後、僕はジャルキの生存者《サバイバー》の一人に、父さんを裏切り者だと思うかとたずねた。ドイツ当局が移送者を選ぶのを手伝い、自分の係累を移送者リストから外した父さんは裏切り者なのだろうか？

「君の隣に一〇人が立っていたとしよう。五人は君の隣人、五人は君の家族だ。そして、一〇人の半分を殺すから誰にするか選べと言われたら、君ならどうする？」。彼は僕にたずねた。

「たしかに」と僕は言った。「難しい決断ですね」

男性は僕にぴしゃりと返した。「いやいや、簡単な決断だよ」と彼は言った。「君は、君の家族を生かすはずだ。君のお父さんは、なすべきことをしただけだよ。人間だからね」

はかりしれない悲しみに満ちた部屋で、メンバーたちはあわただしく協議をし、リストは完成した。父さんと二〇人のメンバーはゲットーじゅうを駆け回り、移送組になった人々に五時までに市場のあるユダヤ広場に来るように告げた。多くの人は行かないと言い、危険を冒してでも逃亡すると言った。父さんはすべての男女の無事を祈り、兵士があちこちで見張っているから気をつけるようにと警告した。

一九四二年一〇月六日の午後遅く、子どもを含む数百人のユダヤ人の男女が、一人に一つずつ旅行鞄を持って、ジャルキのユダヤ広場に不安げに集合した。そこから人々は、一二キロ北にあるズウォティ・ポトクの鉄道駅まで長い行進をさせられた。子どもと老人は馬車に乗せられ、駅に向かった。徒歩の者は、歩みが遅すぎると革の鞭《むち》で打たれ、逃げようとしているとみなされると背中をこん棒で殴られた。

ようやく駅に着くと、労働に適した健康で若い夫婦は子どもと引き離され、労働収容所に行く貨物列車に乗せられた。収容所では、弾薬を詰めたり、武器や道具を作ったり、道路を建設したりといった、ドイツ政府のための仕事を強制された。子どもや老人は選別され、別の列車に乗せられた。列車が向かう先は、死の収容所と呼ばれたトレブリンカだった。

選別が行われているあいだ、子どもたちは母親のスカートにしがみつき、離れるのはいやだと懇願した。父親たちは泣きながら子どもを強く抱きしめた。この先もう、おやすみの抱擁を二度としてやれないことを知っていた彼らは、最後の抱擁に一〇〇〇回分の重みを込めた。母親たちは幼い子どもの顔じゅう、あごや額や頬など至るところにキスの雨を降らせ、湿った肌のほの甘い匂いを胸に吸い込み、その匂いをいつまでも忘れませんようにと願った。

でも、母親たちがいちばん忘れられなかったのは子どもたちの匂いではなく、「マミシュ！マミーと一緒がいい！」という叫び声だった。その声は母親たちの記憶から、いつまでも消えなかった。

僕の父さんも、無人の家を回って金品の回収作業をしているとき、亡霊の叫び声を耳にしていたかもしれない。各家の裏庭に隠された財産を見つけ出すため、鋼の棒で地面のあちこちに穴を掘るのが父さんの仕事だった。だが、父さんは決して地下の貯蔵庫を調べなかったし、裏庭に明らかに土が軟らかい箇所があっても、わざと気づかないふりをした。父さんはただ、庭のあちこちを飛び回り、いつまでも穴掘りをしているだけだった。

父さんはまもなく、母さんの両親のエスターとモルデカイがトレブリンカに送られたことを知った。二人は、重労働に耐えられるほど若いとはみなされなかったのだ。おしゃれだったエスターおばあちゃんは移送されるときも、美しい服を着ていたのだろうか？　移送先の収容所で彼女は誰かから一度だけ目撃されているが、その後は不明になった。モルデカイおじいちゃんはトレブリンカに送られる途中で亡くなったという知らせが来た。通風孔のほとんどない、暑くて狭苦しい貨車の中で窒息死したのだという。

父さんがどうやってこの知らせを母さんに伝えたのか、義理の親を夫が見捨てたという事実に母さんがどう折り合いをつけたのか、僕にはとうていわからない。ただ、二人の死を父さんと母さんが深く悲しんだのはたしかだ。エスターとモルデカイの二人は、愛と信頼と家族に恵まれた、まさに理想の夫婦だった。母さんと六人の兄弟姉妹は、両親を心から愛していた。

残された母さんは、ゴーストタウンのようになったゲットーでひっそり暮らした。ジャルキのユダヤ人地区では、どの通りにも無人の家がずらりと並んでいた。

時おり夜、どこかの屋根裏でちらりと蠟燭《ろうそく》の光が見えたかもしれない。そこではおそらく、人々が危険を冒して潜伏生活をしていた。最初一二〇人いた作業隊は、数か月後にシュミット将校が新しい命令を出したとき、五〇人まで減らされた。

父さんはふたたび、助けを求めて将校に接近した。ある夜、ルースのおじさんにあたるモシェ・ズボロフスキーがひそかに町に戻ってきたのだ。モシェはかつて、自腹で教師を雇い、ゲットーの子どもたちに教育を受けさせていた。彼はゲットー一掃の直前に逃亡を果たし、子どもたちは潜伏したが、モシェ自身はどこにも行き先がなかった。やむなく彼は庇護《ひご》を求めて、あえてジャルキに戻った。父さんはふたたびシュミット将校と交渉し、モシェが作業隊に加わるのを認めさせた。

町に残されたユダヤ人の中で労働部隊に属さないのはおそらく、母さんとドーラおばあちゃん、サミュエル、そして僕だけだった。その年、僕は一人もよその子に会わなかった。ほとんどの時間を僕らは家の中で過ごした。おばあちゃんが食事を作り、家の片づけをし、母さんは僕とサミュエルに勉強を教えた。母さんはできるだけ生活にリズムを作り、生活を平常に保とうと努めていた。それはおそらく、さほど悪い日々ではなかった。ところが、事態はふたたび変わろうとしていた——。

# 11　とらえられて

男たちは仕事を何か月も長引かせた。毎朝大シナゴーグの前に整列すると、兵士がリストをチェックし、一人一人の確認を行った。一部の人間は、ドイツがユダヤ人から接収した事業で働かされた。大きな厩舎《きゅうしゃ》の建設命令も出され、その仕事にはかなりの時間がかかった。

春が来て、夏が来た。一九四三年八月五日、ジャルキの作業隊は厩舎の建設を終えたばかりで、次の仕事がじきに来るのを待っていた。

「今夜の食事には、新鮮なキャベツでスープを作るわね」と母さんが言った。その朝、点呼のためにシナゴーグに向かう父さんと一緒に、僕ら家族は通りを歩いていた。通りはいつものように静かだった。僕たちの前には、作業隊に属する数人の男が歩いているだけだった。

シナゴーグに近づいたとき、母さんが僕の手を強く握った。あたりのようすが変だった。シナゴーグの外に五人もゲシュタポの将校がいたのだ。しかも彼らは、男たちを建物の中にぞんざいに押し込んでいた。夏の美しい朝だ。点呼を屋内でしなければいけない理由は何もない。

僕らがシナゴーグに近づいたとき、ちょうどシュミット将校があらわれた。父さんはすぐに何かをたずねにいこうとしたが、シュミット将校は手を上げて、父さんの動きを制止した。

今は口をつぐむべき時だと父さんは理解した。僕らはシナゴーグの中に入り、正面扉の前にある石を通り過ぎた。その石にはかつて、トーラーの教えが彫り込まれていたが、心なき破壊者によってずっと前に、ヘブライ語のその教えは削り取られていた。

「今日は何かお手伝いはあるの?」。僕はわくわくして母さんにたずねた。ジャルキには僕らのほかに子どもはおらず、いつも一日が長かった。サミュエルも僕も退屈していることが多かった。「シーッ、シーッ」。母さんは口に指をあて、静かにしているようにと言った。

それからずいぶん長く待った気がした。そしてようやく、シュミット将校がシナゴーグに入ってきた。

「今日は君たちに新しい命令がある」。シュミットはドイツ語で怒鳴った。「ここでの君たちの仕事はもうない」

そこにいた全員が、恐怖に満ちた視線を交わし合った。

「君たちは、ラドムスコのゲットーに行くことになる。心配は無用だ。ラドムスコでも、君らの身は安全だ」

誰も安心などしなかった。チェンストホヴァの北にあるラドムスコのゲットーからは、過去一年で何人ものユダヤ人がジャルキまで逃げてきて、屋根裏に潜伏していた。彼らは恐ろしい知らせを携えてきた。ラドムスコにはほぼ毎週貨物列車が到着し、ユダヤ人をトレブリンカに運んでいくという。そしてトレブリンカに着いたら、人々はガス室で殺されるのだ。

シュミットはさらに続けた。「よって君たちには、全員をラドムスコに送る輸送手段が整うまで、ここで待っていてもらう」

シュミットが言い終えると、さっき建物の外にいたゲシュタポのメンバーたちがバケツに何杯かの水と、パンをいくつか運び入れた。シナゴーグの扉が板で封じられ、僕ら全員が中に閉じ込められた。

母さんは泣き叫んだ。「イズラエル、逃げるべきだったのよ！　なぜそうしなかったの？　なぜ私の兄さんや弟みたいに隠れ家を見つけなかったの？　姉さんも妹ももういない！　父さん母さんだっていない！　私たちはここでただ、死を待っているしかないの？」

母さんはさめざめと泣いた。サミュエルと僕はおそらく、人々がパニックに陥るのを見ておびえていたにちがいない。父さんは母さんをなだめようと、ブロンドの柔らかい髪の毛をなで、必ず活路を見つけると約束した。だが、母さんの悲しみは慰めようがなかった。

一晩が過ぎたが、ドイツ人たちは誰もシナゴーグに戻ってこなかった。父さんは、パンと水をもたせなければいけないことがわかっていたので、パンをごく小さな塊《かたまり》に分けた。僕はその朝、もっとパンを食べたいとねだったけれど、父さんは首を縦に振らなかった。

逃亡を試みる人もいた。モシェ・ズボロフスキーは建物の二階に階段で上がり、窓を開け、眼下のナイセ川に飛び込んだ。二人の男が続いて窓から川へと飛び降りた。

僕らの家族にはその選択肢はなかった。家族の中でなんとか泳ぎができるのは、父さんだけだったからだ。僕らはのちに、ズボロフスキーの逃亡が失敗したことを知った。川の下流を漂っているところをポーランド人の密告者に発見され、射殺されたのだという。

暑いシナゴーグの床で三晩を過ごしたあと、ようやく、正面扉をとめていた板をはがす音が聞こえてきた。扉が開き、新鮮な空気とともに、ゲシュタポの将校たちが列になって中に入ってきた。みな銃を下げていた。

そこへシュミット将校がやってきた。「君たちを回収するトラックが今こちらに向かっている。家に帰る時間を三〇分やる。鞄に身の回りのものを詰めて、ここに戻ってこい。逃亡しようなどと考えるな。わかっているだろうが、われわれは必ず、逃げた者を見つけだす」。シュミット将校はまるでゲームか何かのように言った。

母さんは憔悴しきっていたが、少しでも急ごうと僕を抱えて走り出した。父さんと母さん、ドーラおばあちゃん、サミュエル、そして僕の五人は大急ぎで家に戻り、品物をかき集めた。両親とおばあちゃんは、両親の寝室で作業を始め、僕とサミュエルはぴったりくっついて待っていた。

「ソフィー、カネと宝石は裏庭だ！」。父さんが突然言った。「何かと交換するためにいくつか持ち出そう」

「イズラエル、戦争はもうすぐ終わるかもしれないでしょう？　そのときどうするの？　いくつか置いていきましょう。未来のために」

「未来だって？」。父さんは混乱したように言った。「まず必要なのは、今日を生き延びることだろう、ソフィー。わからないのか？　収容所では、人間が石鹸にされるんだ。あそこでは、人の体を燃やして出た油で石鹸を作っているって噂だ。ユダヤ人は蠟や石鹸にされてしまうんだぞ！」

「それなら私はとびきり上等の石鹸になるわ、イズラエル。ラベンダーの石鹸、それともライラックやローズヒップ？」。母さんは不安げなほほえみを浮かべて言った。「私の肌は香水の香りがするから、最高の素材になるはずよ」。ぎごちないやり方ではあったが、母さんはユーモアで父さんを落ち着かせようとしていたのだ。

　いつもはパニックになるのは母さんで、父さんはそれをなだめる役だった。それが、今回は逆転していた。

「イズラエル、お金なら私たちはもう持っているでしょう？」。母さんは父さんに言った。

　父さんはいつも靴のかかとの空洞の部分に金貨を隠し、肩パッドにも紙幣をひそませていた。母さんはスカートに秘密のポケットを縫い込んで、お札を隠していた。ドーラおばあちゃんも同じように、もしものときのための保険を衣類にひそませていた。

　父さんは落ち着きを少し取り戻した。床に置いたグレーの旅行鞄を母さんが荷物ではちきれんばかりにしているのを見て、父さんは笑みさえ浮かべた。ぱんぱんにふくらんだ鞄はジッパーがきちんと閉まらず、明るい黄色の花模様の布が角からはみ出していた。父さんの愛するソフィーは、戦時下の危険な旅の持ち物にさえ、美しい色のドレスを入れずにいられなかったのだ。父さんは、荷物の中にはきっと口紅も何本か忍ばせてあるのだろうと推測し、母さんのピンク色の頬にキスをした。そして二人はこの先の計画について話を続けた。

「静かにおし！」。ドーラおばあちゃんが二階の寝室で叫ぶ声が聞こえた。「物音がするよ、イズラエル！」

何かの音がした。みなが動きを止め、耳をそばだてた。

キーッ。たしかに音がした。足音だ。誰かが家の中に入ってきたのだ。

## 12 別れの贈り物

隠れる場所はどこにもない。逃げる時間もないことは、父さんにはわかっていた。誰かが家の中にいる。おそらく武器を持ったゲシュタポの一味が、僕ら一家を墓地に引きずっていくために家に入ってきたのだ。いや、墓地に引きずっていくまでもないかもしれない。今、この寝室で僕らを撃ち殺してしまえばいいのだから。

母さんが、ダイヤモンドの結婚指輪をそっと舌の下に滑り込ませた。ドイツの将校や隊員がそばにいるとき母さんがそうするのを、僕はしばしば目にしていた。

突然、両親の寝室の戸口に黒い大きな人影があらわれた。シュミット将校だった。背の高いシュミット将校が立っていると、逆立《さかだ》てた髪の先が入り口上部のアーチにぶつかりそうに見えた。

父さんは少しだけ体の力を抜いた。「シュミット将校。時間を三〇分いただけると聞きました。私はもう腕時計がないのですが、まだ一〇分程度しかたっていないのではないでしょうか？」

「なぜそんなに身構えている？」。シュミット将校が言った。「君を助けに来てやったのに」

父さんは沈黙した。靴の中に隠した金貨をいくつか取り出すことを、父さんはおそらく考えただろう。だがそうすれば、全部の金貨をおそらくとられてしまう。上着の肩パッドに隠した紙幣もみんな見つけ出されてしまうだろう。そうなったら、次の旅のための蓄えが何もなくなってしまう。父さんは黙って話に耳を傾けた。

「ボーンスタイン、おまえとおまえの家族は、ラドムスコ行きには加わらない」

父さんと母さんは困惑した視線を交わした。

「君たちは別のトラックに乗る。行き先はここから北東に二〇〇キロのピョンキだ。そこの弾薬工場で働くことになる。おまえとおまえの女房がそこでずっと働けるように、要求しておいた。母親と息子たちも一緒に行ける」

シュミット将校は母さんに向けて、威張ったようにうなずいて見せた。まるで「大丈夫。私は良い人間だ。良い人間だ」と言っているかのようだった。

これが将校から父さんへの別れの贈り物だった。町の人間を大勢殺したことに、わずかなりとも罪の意識があったのだろうか。ロボットのように歩くシュミット将校のきちんとアイロンがけされた制服の下にも、脈打つ心臓がたしかにあったということだろう。

それがどんなに大きな贈り物だったかわかったのは、ピョンキに来てからだった。ジャルキのゲットーに比べたら、ここの生活は天国のようだった。いちばん大きな変化は食べ物だった。ジャルキのゲットーで、人々はほとんど飢餓《きが》寸前だった。だが、ここピョンキの囚人のおなかはおそらく、ポーランドのどこにいるユダヤ人よりも満たされていた。

父さんと母さんは弾薬製造工場で働いた。工場には、カトリック系のポーランド人も給料取りとして働きに来ていた。ピョンキの工場は、弾薬工場としてはポーランド最大だった。

「この金鎖と交換に、牛肉を三ポンド（約一・四キロ）分けてもらえるかな？」。父さんはある朝、工場で一緒に働いているポーランド人にこっそりささやいた。その男の人はそれまで父さんに何度も笑いかけたことがあって、ユダヤ人と一緒に働くのをいやがっていないのを父さんは知っていた。

「もちろんだよ、相棒。君は腹を減らしていそうだ。四ポンド持ってこようじゃないか」

声をひそめる必要などなかった。この種の取引は、ピョンキでは日常茶飯だった。

工場長はハウプトマン・ブレントと呼ばれていた。「ハウプトマン」はドイツ語でリーダーをあらわす尊称で、ハウプトマン・ブレントは民間出身のドイツ人エンジニアだった。彼は、一日一二時間の立ち仕事に休憩は昼食時のみという厳しい労働体制を敷いたが、囚人を無慈悲に扱うことは決してなかった。囚人の命を一度ならず救ったとも言われていた。工場の見張りをするドイツ人たちも、ハウプトマン・ブレントの指示には従った。

工場長の温厚さに影響されたのか、カトリック系の労働者たちも親切だった。彼らは仕事の時間中にしばしば、ユダヤの囚人に食べ物を分けてくれた。

「イズラエル、なんとまあ贅沢《ぜいたく》なこと！」。次の晩に父さんが大きな肉の塊を持って部屋に帰ってきたとき、ドーラおばあちゃんは大きな声を上げた。ここ数年間見たことがないほど大きな肉で、僕はこんなにおいしいものは食べたことがなかった——少なくとも、こんなふうにうまみと汁気のあるものは食べた記憶がなかった。それを食べたあとでは、パンもジャガイモも無味乾燥に思えた。

「どうやってこんなごちそうを？」。母さんが、窓の外を見ながらほほえんだ。ピョンキのおおかたの部屋には窓があった。ベッドを二つ置いたらいっぱいになってしまう一二フィート（約三・六メートル）四方の部屋が僕らの生活空間で、窓からは美しい景色が見えた。工場の町ピョンキは冷たい殺風景な場所だと思われがちだけれど、実際には森の緑に囲まれ、今その緑色は次々赤やオレンジに変わろうとしていた。

ユダヤ人の住むバラックは鉄条網で囲まれていたものの、あたりを見通すのは簡単だった。ナチスはバラックの見回りも査察もほとんど行っていなかった。もしそういうものが行われていたら、僕とサミュエルはどこかに送られてしまっていたかもしれない。ここピョンキでは、幼い子どもの存在はあくまで非公式にしか認められていなかったからだ。でも、誰かが声を上げなければ、誰もどこかに送られたりはしなかった。バラックに住んでいる一〇〇〇人近いユダヤ人はおおむね、たがいになにかと助け合いながら暮らしていた。

僕らは部屋の床に、肉と栄養豊富なサツマイモの夕食を取り囲むようにしてまるく座り、それを食べた。父さんは同じ並びの部屋の扉をたたき、料理をおすそ分けした。バラックの同じ階の子どもたちとは、ここに来てすぐに仲良くなっていた。

関節の硬くなったドーラおばあちゃんは僕らのように床にあぐらをかくことができず、ベッドの下段の藁を詰めたマットレスに座って食事をした。おばあちゃんは料理を食べ終えると、指をきれいになめた。神経質なおばあちゃんがそんな仕草をするのを、僕はそれまで一度も見たことがなかった。

それから父さんと母さんは、二番目の仕事にとりかかった。それは、僕と兄の教育だった。父さんはその晩、バラックに帰る道すがら、石や小枝や葉っぱやドングリを拾い集め、準備をしていた。八つのドングリが、床の上に小山のように置かれた。

「サミュエル」。父さんが言った。「いいかい、リスが三匹夕ご飯に来て、みなが二個ずつドングリを欲しいと言ったら、全部で何個ドングリを出してあげればいいかな？　そして残るのは何個かな？」

サミュエルは困惑した顔をした。

「掛け算だよ」。父さんはやさしくサミュエルに思い出させた。

父さんは、三か所に二個ずつドングリをゆっくりと取り分けた。床の真ん中にはまだ二個のドングリが残っていた。

サミュエルはやっと理解できたようだった。

父さんは、今度はポケットから六個の小石を取り出し、床に並べた。父さんが新しい問題を出すより前に、サミュエルはそこから二個の小石を選び、窓の光にかざした。そしてその小石をポケットにしまった。

「次の問題は、代わりに枝を使おうか？」と父さんが言った。

父さんとサミュエルが算術の勉強をしているあいだ、僕と母さんは兄弟の共用ベッドに並んで寝転がり、ヘブライ語の文字を勉強した。母さんはそれぞれの文字の発音を強調しながら、この古来の文字を順に説明した。母さんと毎晩そうやって勉強したので、僕は言葉を声に出して発音するのがだいぶうまくなっていた。日中のひまをつぶすため、サミュエルは声がかれるまで、僕に本を読んで聞かせてくれた。母さんは僕ら兄弟を誇りにしていた。自身は正式な教育をあまり受けた人ではなかったけれど、母さんは、信仰と同じほど教育は大切だと信じていた。

バラックの生活でも金曜の晩には、両親とおばあちゃんは僕に新しいお祈りとユダヤの歌を教えた。父さんはキドゥーシュ・カップの柄《え》を持つふりをして手を高く掲げ、祈りの言葉を口にした。

「永遠なる神よ、葡萄《ぶどう》の実をおつくりになった宇宙の王よ、われらはあなたをたたえます」

空想のワインに感謝の祈りを捧げたあと、僕らは空想のキドゥーシュ・カップを順に渡し、それぞれ一口ずつ飲むふりをした。僕はそれをとてもおかしいと思っていた。

母さんはまだ、ジャルキのわが家に戻ってみなで安息日を祝うことを夢見ていた。五人で歌を歌い、安息日のパンであるハッラーとローストチキンを食べ、裏庭に眠っている銀のキドゥーシュ・カップをふたたび掲げる日が来るという夢を、母さんはまだ捨てていなかった。

だが今のところは、ここピョンキでの仕事と生活が、僕ら一家にとって新しい日常になっていた。父さんと母さんは週に七日間工場で働き、僕らの同胞であるユダヤ人を殺すであろう弾薬作りを手伝っていた。

ピョンキにもう少し早く来られなかったのは残念だった。戦争が始まってから、僕らより先にここに来た人々は、労働収容所の管理の仕事を割り当てられていたのだ。そうした仕事は事務所の中で行われ、労働時間も短かった。扱うのは労働収容所に関する書類事務で、質の高い労働者に工場の仕事をしっかりやらせるのが彼らの役目だった。衛生用品や食べ物や水を定期的に労働収容所に手配するのも仕事の一つだった。椅子にかけて行う、いわゆるデスクワークだ。

父さんと母さんは一日じゅう立ちっぱなしで仕事をしなければならなかったけれど、不満など口にしなかった。でも、僕らが来てから半年後、新しい工場管理者としてヴィドナーという人物がやってくると、事態は変わった。ヴィドナー氏はハウプトマン・ブレントの座を奪ったわけではなくブレント氏は健在だったが、労働者の管理はヴィドナー氏に任せられた。ヴィドナー氏がピョンキに来た最初の週、父さんと母さんは、それまで見たことのないとまどいの表情を浮かべていた。それは、うちの両親だけではなかった。

最初は、ルールが前より厳格になっただけだった。勤務を一〇分でも早く切り上げた者は、必ず鞭で打たれるようになった。どんな理由があろうと遅刻は許されず、たとえ病気でも部屋で休む特別な許可は下りなくなった。

「いったいあれは何？」。母さんはバラックを出てすぐのところで足を止めた。一九四四年初夏のある朝のことだ。

勤務時間はまもなく始まろうとしており、父さんは母さんの手を引いて先を急いだ。けれど、母さんの見たものを父さんも見ていた。

僕らの住んでいる一帯には中庭があり、夜にはあちこちの家族がそこでくつろいだり会話をしたりしていた。その中庭に奇妙なものが置かれていた。三メートルくらいの間隔を空けて二本の木の柱が立てられ、その上に横木が渡してある。横木には二つのロープがぶら下がり、それぞれのロープの端は大きな輪になっていた。絞首台だ！　僕の両親は、まるでそこに座った誰かから頭に銃を向けられたかのように感じたという。メッセージは明白だ。何かをやらかしたら、命はない――ということだ。

絞首台を設置させたのは、ヴィドナー氏だった。そして夜のうちに、収容所じゅうに貼り紙が貼られた。脱走を試みたユダヤ人、もしくは許可なく外に出たユダヤ人は、つかまり次第、絞首刑にするという通達だった。もし誰かが脱走を成功させたら、無実のユダヤ人が代わりに刑に処せられるという。

新しいルールが試される機会は、ほどなく訪れた。

家族が別の収容所に入れられた男性が、ある夜遅く、ひそかに抜け出した。捜索隊が出たが、男は見つからなかった。ヴィドナー氏は代わりに、同じ階の一人を絞首刑にするよう命じた。新任のヴィドナー氏は、自分の言葉に嘘はないことを示したがっていた。収容所に恐怖が走った。

　だが、たった一人の力で、事態は変わった。ハウプトマン・ブレントが介入したのだ。本人には何も利するところはなかったのに、彼はあいだに入り、罪を犯していない労働者を殺すことは許さないとヴィドナー氏に言った。絞首刑はこのときは取りやめになった。

　しかし悲しいことに、あるとき五人の脱走者がつかまった。今回はハウプトマン・ブレントも口を挟むことができなかった。五人は脱走という罪を犯したからだ。中庭で絞首刑が行われたときは、収容所のすべての人間がそれを見るよう強要された。目を背けたり視線を落としたりすれば鞭で打つと、人々はおどされた。ピョンキのバラックの「非公式の滞在者」である僕は処刑が行われているあいだ、後ろに下がっていることをなんとか許された。

　ピョンキでの生活は、恐怖に満ちたものに変わった。そこにさらなる恐怖が襲いかかった。七月のある午後、ハウプトマン・ブレントが工場にラジオを運んできた。ドイツ語のラジオ放送が流れ、ハプトマン・ブレントはみなが理解できるようにゆっくりそれを復唱した。悲しみと謝罪のこもった声で、彼はそのニュースを人々に伝えた。ピョンキの工場は閉鎖が決定。ユダヤ人はアウシュヴィッツに「再定住」する——。父さんはその夜、バラックに戻ってきたとき、ドーラおばあちゃんに再定住の話をした。父さんはそれまでいつも「これもいつかは過ぎていく《ガム・ゼ・ヤ・ヴォール》」と信じようとつとめてきた。でもこのときはもう、この言葉を口にする勇気も信念も残っていなかった。

# 13 B-1148

「もう口がカラカラだよ、パパ。ねえ、もうすぐ着く?」

アウシュヴィッツに向かう列車の中で、僕ののどは猛烈に渇いていた。ピョンキからアウシュヴィッツまでは三〇〇キロ近い距離がある。少なくともまる一日はずっと列車に乗っていたはずだ。貨車の車両には窓がなかったけれど、車両と車両をつないでいる木製の引き戸のついた連結部にはわずかな隙間があり、そこから銀色の光が見えた。夜は、少なくとも一度過ごした。もしかしたら二度だったかもしれない。子どもの僕は、列車が終着地に着くまでとても待つことができなかった。父さんが列車の中に持ち込んだ水のタンクはとうに空になっていた。父さんはよその人に水を分けてあげたことを、もしかしたら後悔していたかもしれない。

「たぶん、そんなにはかからないだろうよ。着いたらきっと、水と食べ物が待っているさ。坊や」。父さんは言った。

「そりゃそうだ! ヌードル・クーゲル〔ユダヤのデザート菓子〕とジャガイモのパンケーキが天井まで積み上げてあるだろうよ」。僕らの後ろにいる男の人が言った。「ナプキンで口をふくのを忘れちゃいけないぞ。やつらはおまえさんのことを永遠に消しちまうかもしれないからな」

「消すって？」。サミュエルがたずねた。

「おかしな人の言うことを聞いてはだめ」。母さんが小さな声で言った。「つまらない冗談を言っただけよ、あの人は」

僕らは、母さんがその男の人をにらみつけたのを見逃さなかった。車内はすし詰めで、その人は父さんの背中のすぐ後ろで身動きもとれずにいた。

父さんも母さんもとり合わなかったので、僕はその人の言ったことをさして深く考えなかった。あまりにのどが渇きすぎていて、何も考えることができなかった。頭の中にあるのは、一滴でも水をのどに垂らしてもらえたらどんなに楽になるだろうかということだけだった。あまりにのどが渇いて、舌が歯にぴったりくっついてしまったようだった。

その年の七月、ポーランドは暑かった。車内は立錐《りっすい》の余地もなく、誰かの体とくっつき合っていない人はいなかった。僕の体は汗と小便でじっとりぬれていた。車内にはトイレがなく、みな、そうするほかなかったのだ。臭気は、文字どおりすさまじかった。

ズボンをぬらしたと初めて気づいたとき、ドーラおばあちゃんは「いいんだよ」と慰めてくれた。おばあちゃんの髪は汗でぬれ、もつれたまま頭の左右にべっとり張りついていた。おばあちゃんがそんなふうにだらしない髪をしているのを僕は初めて見た。

列車は線路の上をのろのろと進んだ。あまりにも速度が遅いせいで、どこかに向かっているのが信じられないほどだった。列車のたえまない揺れと、臭気と、ぎゅうぎゅう詰めの車内で強いられた無理な姿勢のせいで、サミュエルは吐き気に襲われ、最後には泣きだした。
サミュエルを慰めようと、母さんは静かに歌い始めた。「断じて言うな。これが最後の旅だとは。これが最後の道だとは……」

それは、「ゲットーの歌」として知られていた歌の出だしだった。母さんはサミュエルの目にかかっていた前髪をかき上げた。ピョンキで暮らしているあいだ、僕らはハサミを与えられていなかったので、サミュエルの髪は伸び放題になっていた。濃い茶色の髪はいつも、顔を覆い隠してしまいそうに見えた。でも母さんはこのとき、サミュエルの目を見たいと思った。涙をふいてやっているあいだ、母さんは「ゲットーの歌」をずっと口ずさんでいた。けれど、その歌声はくぐもっていた。「断じてえうな。こえが最後の旅だとは。こえが最後の道だとは……」。口にダイヤの指輪を隠したまま、はっきり発語するのは難しかった。

いつもはめったに歌わないドーラおばあちゃんも、一緒にハミングし始めた。さらに父さんが、そして見知らぬ人々が声を合わせ、祈りを込めたその歌をみなで一緒に歌った。だが、旅のおおかたのあいだ聞こえていたのは、人々がせき込む音、うめく声、そして重苦しい息の音ばかりだった。

そうしてようやく――おそらく出発から二日がたったころ――車輪のスピードが徐々に遅くなり、列車はガタンと止まった。

列車のドアがガタガタ音を立てながら開いたとき、母さんは僕の手を強く握った。すぐに男の人たちがドイツ語で命令する声が聞こえた。

「全員《アレ》、外《ラウス》へ！」と彼らは叫んでいた。

まぶしい日の光に目が痛んだかと思うと、異臭が鼻を突いた。ほんの数秒前まで、サミュエルに新鮮な空気を、そして僕に冷たい水をわずかでも与えられたらと一心に考えていた僕ら家族は、突然、鼻が曲がりそうなその臭いのことしか考えられなくなった。それは、車内で耐えてきたものよりはるかに不快な臭いだった。言葉であらわすことは僕にはとてもできない。胸が悪くなるようなその強烈な異臭は、人間の体を焼く臭いだった。

木製の貨物列車から降りるより前に、過去に一度も見たことがないような奇妙な光景が目に飛び込んできた。骨と皮ばかりに醜くやせこけた何百人もの人々が、フェンスの向こうにずらりと一列に並んでいた。点呼が行われているらしかった。人々は、頭を動かさないようプログラムされているかのように、微動だにせず前を向いていた。あるいは、体を動かすエネルギーが彼らには残っていなかったのかもしれない。

ずっと遠くの地平線に、大きな煙突が見えた。煙突からは濃い、いやな臭いのする煙が空に吐き出されている。煙はもっと向こうからも来ているようだった。殺された囚人の死体を焼却する炉がもっとたくさんあることを、僕らはあとで知ることになる。

目の前で、骸骨《がいこつ》のようにやせた人々が地面の灰を掃除していた。灰や煤《すす》はしばしば、敷地全体にまるで灰色の雪のように降りしきった。囚人たちはみな、縞《しま》模様の服を着ていた。やせこけた体にその衣服がぶら下がっているさまは、まるで、はがされたばかりの皮をぶらさげている鶏のようだった。衣服はどんなに小さなサイズでも、ここの囚人の体にぴったり合うことはなかっただろう。彼らの心臓はまだかろうじて打っていたが、体はほとんど朽ちかけていた。

ひとかたまりになって列車から降りてきた大勢の人々のあいだを、細い体の父さんは縫うように歩き、僕らのために道を作った。「みんな、手をつないでいるんだよ」と、父さんは言った。「そうしていれば、僕らが家族だと看守にもわかるはずだ。家族一緒に寝泊まりできることを期待しよう」

看守たちは全員が革の鞭かこん棒を手に持ち、猟犬をそばに連れている者もいた。

列車の中で道中ずっとゴボゴボという音を立てていた年をとった男の人が、車両の片隅で奇妙な形に倒れていた。ドーラおばあちゃんはこのころ、僕を抱っこすることはほとんどなくなっていたけれど、このときは僕の体をさっと抱え上げ、顔を自分の肩に押しつけて、その光景を見せまいとした。それが死体だったのだと気づいたのは、あとになってからだ。長い旅の途中に命を落としたのはその男性だけではなかった。暑さ、飢え、そして空気の不足によって、幾人かの命はすでに奪われていた。

アウシュヴィッツはキャンプ（基幹収容所）と多数のサブキャンプ（支所）で構成される巨大な複合施設であり、僕らの列車が着いたのはビルケナウと呼ばれるセクションだったようだ。だから僕らは、正門に掲げられた悪名高い「労働は自由をもたらす《アルバイト・マハト・フライ》」という文字をおそらく見ていない。アウシュヴィッツを管理するドイツのエリート集団、ＳＳ[13]（ナチス親衛隊）たちは、よく働いて命令に従えば身の安全は確保されると、人々に信じ込ませようとしていた。

いつも前向きな僕の両親は、みなが一緒にいられて安全なら、どんな重労働もいとわないと思っていただろう。

サミュエルが一瞬僕の手を離してかがみ込み、列車のそばの地面に落ちていた灰色の小石を一つ拾った。そしてそれを、母さんへの贈り物としてスカートのポケットに入れた。

母さんはかがんで、サミュエルの頭のてっぺんにキスをした。サミュエルはずいぶん背が伸びていたので、背が低い母さんはそれほど体を曲げなくてもキスができた。それから母さんは僕のほうにうなずいて、弟の手をちゃんと握っているようにとサミュエルにうながした。母さんがそのとき望んでいたのは、家族がバラバラにならないこと、それだけだった。

でも、アウシュヴィッツ＝ビルケナウには家族が一緒にいられる選択肢はなかった。革の鞭を手にしたドイツ人の看守は、侵略以来僕らが憎むようになった重苦しい響きのドイツ語でまくしたて、僕らを別々の列に並ばせようとした。父さんは家族でつないだ手を掲げて、（見ろ！　私たちは一緒だ。私たちは家族だ！）と訴えた。母さんもドーラおばあちゃんも、僕やサミュエルとつないだ手を高く掲げた。だが、看守はそれを無視して僕ら家族を引き離し、別の列に無理やり並ばせた。

大切なものが手元から消えていると、どこかに出かけた先で気づいたときの恐怖が、読者にはわかるだろうか？　アウシュヴィッツに到着して最初の一時間で、人々の胸によぎった思いの一つがそれだ。男たちが手にしていた旅行鞄はすでになく、女たちが手を握っていた子どもは、手をもぎ離され、どこかに連れていかれた。眼鏡を奪われて目を細めた人々は、眼鏡がただ奪われただけでなく、まるでゴミのように放り投げられ、山積みにされるなど思いもしなかっただろう。到着からわずか一時間で人々は、名前を含めすべてが奪われたという状況を受け入れさせられ、順応させられた。

父さんとサミュエルは男性の列に並び、制服をもらってくるよう指示された。僕は母さんやおばあちゃんのそばにとどまることができた。それは僕があまりに小さかったからだ。アウシュヴィッツでは小さな子どもは女性の列に並んだ。

じつを言えば、幼い子どもや年寄りは、制服をもらう列にさえ並べないことがしばしばあった。彼らはそのまま殺されたのだ。なぜ僕やおばあちゃんがそうならなかったのか、理由ははっきりわからない。僕らはのちに、それは奇跡に近いと言われた。

だが、僕にはもしかしたらと思うところがある。ピョンキの心やさしき工場長、ハウプトマン・ブレントが、僕らが生き延びられるよう何かの便宜を図ってくれたのではないだろうか？　戦争が終わってから知ったことだが、ハウプトマン・ブレントは、ピョンキで働いていた大勢の人間が収容所に到着する前に、うちの労働者は世界一優秀だから殺したりせず労働力として使うべきだと、アウシュヴィッツ側に伝えていたのだという。

僕はもちろん小さすぎて、労働力の足しになどならなかった。ただ、ピョンキから来た囚人は、おそらく特別な恩恵を受けていた。ポーランドのよその労働収容所から来た人々と違い、ドーラおばあちゃんはアウシュヴィッツの門をくぐったとき、弱々しい体つきはまるでしていなかった。ピョンキにいた僕らには、食べ物と睡眠が与えられていた。おばあちゃんの命をつないだのは、その健康そうな外観だったのかもしれない。

おそらく一部は奇跡であり、一部は何かの介入の結果だったのだろう。真相は、この先もきっとわからないままだろう。

ただ、僕にもはっきりわかっているのは、アウシュヴィッツの入り口で僕と母さんとおばあちゃんが父さんとサミュエルにさよならを言ったとき、その別れがあまりに性急だったことだ。「あとで捜しに行くよ」。父さんは母さんとドーラおばあちゃんにささやいた。

これが永遠の別れになるのだとわかっていたら、母さんは、父さんから投げかけられたキスを恐ろしく物足りなく感じたことだろう。母さんはサミュエルを安心させようと無理にうなずいてみせたが、最後だとわかっていたら、それだけですむわけはなかった。

列の先頭にいる看守が僕らを大きな白い部屋に連れていった。部屋の両脇にはシャワーがずらりと並んでいた。ドアを閉めたら、シャワーで体をきれいにして、制服を着る準備をするようにと言われた。

その場でただ一人の子どもだった僕は、衣服を脱いだ大勢の女の人たちと部屋に押し込まれ、シャワーから水が出てくるのを待った。そのとき、なぜみんながひどいパニックになっていたのか理解したのは、ずっとあとのことだ。アウシュヴィッツの多くのシャワー室では、シャワーヘッドから水ではなく致死性の毒ガスが出るのだということを、このときの僕はまだ知らなかった。

　シャワーヘッドから出てきたのがたしかに水だとわかったとき、笑い声こそなかったが、あちこちから安堵の大きなため息が聞こえた。ＳＳたちは、運び込まれてきた女たちを清潔にし、仕事のできる状態にさせたがっていたのだ。僕は温かいお湯を体じゅうにかけて、数日間の汚れを洗い落とそうとした。さらにシャワーに向かって口を開け、降りかかる水滴で渇いたのどをうるおした。母さんが自分の髪をすすいでいるあいだ、ドーラおばあちゃんが僕の髪をすすぐのを手伝ってくれた。

　突然お湯がすさまじく熱くなり、女たちはみな、シャワーヘッドの下から部屋の中央へとあわてて走った。すると待ち構えていたＳＳやカポ（カポとは、見張りの仕事を担うユダヤ人の囚人を意味する）がこん棒で女たちを、やけどしそうに熱いお湯の下に押し戻した。すると今度は、お湯の代わりに氷のように冷たい水が出てきた。母さんは僕が逃げ出してへまをしたりしないように、肩をがっちりつかまえていた。

「全員《アレ》、外へ《ラウス》！」と看守が怒鳴った。シャワーの水は止まり、看守は女たちを別の大きな部屋へと追い立てた。そこで僕らは制服を渡された。

僕に渡された制服はぶかぶかで、袖の中に爪の先まですっぽり隠れた。ズボンも長すぎて、試しに少し歩いてみると、汚い地面にすそを引きずった。母さんはかがんでズボンのすそを折り返し、おなかの部分も何度か折り返してくれた。

与えられた木靴はサイズが二つも大きかった。

母さんは青いチェックのスカートとカーネーション・イエローのブラウスを、指示されたとおり、衣類の山に放った。看守の誰かが恋人か奥さんへの贈り物として拾い上げないかぎり、積み上げられたほかの衣類と一緒に燃やされてしまうことになる。

それから僕らはまた列に並んだ。誰もが無言で前に進んだ。列の前まで行けば冷たい水がもらえるのだろうと、僕は期待していた。でも小さな子どもの僕は、前にいる女の人たちに視界をさえぎられて、前が見えなかった。母さんも背が低かったので、やはり前は見えなかった。けれど、女の人が泣いたり「ヒッ」という声を上げたりするのが聞こえたので、どうやらこれが水をもらう列でないということは、僕にも母さんにも理解できた。

僕は立っているのに疲れて、重心を右から左へ、左から右へと移し替えていた。そしてようやく僕たちの番が来た。

「こっちへ来い《コム・ヘア》！」。看守が僕のほうを指さして、もう一度怒鳴った。「こっちへ来い《コム・ヘア》！」

母さんは僕の手をしっかり握ったまま、僕をそっと男の人のほうへ押した。

「止まれ《ハルト》！」。さっきの看守が母さんに向かって怒鳴り、僕らの手を引き離した。

もう一人看守が出てきて母さんの両肩をつかみ、元の場所に押し戻した。最初の看守が僕のことを、奇妙なほど太い腕でぐいと引っ張った。その男が僕の体をがっちり押さえているあいだ、さらにもう一人が僕の左の前腕内側の白く柔らかい部分を、太い針で突き始めた。泣いてはいけないのだと僕にもわかっていた。でも、皮膚はマッチで焼かれたように痛み、あまりの痛さに僕は涙をこらえることができなかった。作業がすむと看守は血をふき取り、傷の部分に青いインクを塗りつけ、しみこませた。僕の皮膚にはこうしていくつかの不格好な数字が彫り込まれた。僕は一生消えない焼き印を押されたのだ。

腕に「Ｂ－１１４８」という入れ墨を彫られているあいだ、僕は大声で泣きわめいた。ＳＳにとって僕はマイケルではなく、まとめたり分類したりするのに便利なただの記号にすぎなかった。アウシュヴィッツに来て「１１４８」という番号を彫られたのは、僕一人ではなかった。番号は通算で二万に達すると、前のアルファベットを変えてまた最初から〝リサイクル〟されていた。それは、大量虐殺の重みや規模を隠すためでもあった。

入れ墨が終わると、看守が僕の髪を、つるつるのはげ頭になるまで全部剃《そ》り上げた。母さんとドーラおばあちゃんは言葉もなくそれを見つめていた。ほかにどうしようもなかったのだ。

僕の頭からブロンドの柔らかい巻き毛が剃り落とされ、床に落ちるのを見ていた母さんは、叫び出したいような、相手に殴りかかりたいような衝動を感じたことだろう。母さんは、お休みのキスのときに触れる僕の巻き毛の感触を恋しく思った。この先もずっとそれを懐かしむだろうとわかっていた。

髪を剃られているあいだに、僕があまりにも騒いだり足をばたつかせたりしたので、剃刀《かみそり》の傷ができた。僕の両目や唇の上に血がだらりと幾筋も流れてきたとき、母さんとおばあちゃんは思わず息をのんだ。でも、それ以上のことをすれば、僕らがみな殺されてしまうのを母さんたちは知っていた。アウシュヴィッツは、心の内を表に出せるような場所では絶対にないのだ。下の息子が虐待《ぎゃくたい》されるのを目《ま》の当たりにするうち、母さんはもう一人の息子のことを考えた。もしかしたらサミュエルも、男性用の収容所で同じようなむごい目にあっているのだろうか？

サミュエルの、あの石！

母さんはこのとき突然、サミュエルがスカートのポケットに入れてくれた灰色の小石のことを思い出したという。そのスカートを母さんは、さっき捨ててしまっていた。ダイヤの指輪を口にひそませていた母さんは、あの小石を取り戻して口の中に隠せるなら、指輪なんか吐き出してしまっていいとさえ思った。母さんの心は、会えない子どものことを思っては痛み、目の前で虐待される子どもを見ては張り裂けるようだった。

「私はばかよ、大ばかよ」。母さんはドーラおばあちゃんに小声で言った。

「よしよし」。おばあちゃんがささやき返した。「サミュエルのことはイズラエルが守ってくれるよ。強くおなり。強くね」

かんしゃくを起こした僕は罰を受けた。汚い床の上に押さえつけられ、おなかに膝をねじ込まれた。別の看守が僕の額を足で踏みつけ、頭は床にとめつけられたようにまるで動かせなくなった。叫び声を上げれば上げるほど、相手はさらに強い力で僕を押さえつけた。そうして僕は、この新しい場所では、つらいときに泣くことは何の助けにもならないのだと学んだ。それからはもうかんしゃくは起こさなかった。僕の命を救ったのはこの、最初の日に得た教訓だったのかもしれない。

僕の髪を剃ったのと同じドイツ人が母さんの巻き毛を短く切り、残りをぜんぶ剃り上げた。ドーラおばあちゃんも同じことをされた。おばあちゃんの頭を剃ったのは、おそらく床屋か何かだったであろうユダヤ人の囚人で、彼は無表情に作業をした。状況さえ違えば、三人がみな赤ん坊のようなはげ頭で立っている図に僕は笑ってしまったかもしれない。でも、頭を剃られた母さんとおばあちゃんを見て、僕の心はもちろん激しく痛んだ。

その日、アウシュヴィッツで僕らが列に並ばされているときに、兵士たちは僕らについての書類を作った。彼らはアウシュヴィッツに到着したすべての人間の記録――名前、年齢、来歴、死亡日――を保管した。これらの記録は将来、悪の重要な証拠として役立つことになるのだが、当時のSSの隊員たちは、収容所の効率性と殺戮システムに誇りを持っていた。そして僕の記録は、腕に刻印された番号とともにきちんとファイルされ、しまわれることになった。

僕は知らなかったけれど、僕の番号「B－1148」は、アウシュヴィッツの囚人に入れ墨された番号としては終わりのほうのものだった。SSはこのころすでに、戦況の悪化を心配し始めていた。彼らは、じりじりと迫りつつあるソ連軍がいつ収容所に進攻するかとおびえていた。僕の到着した数日後から、彼らは囚人に番号を振ったり寝場所をあてがったりする手間を惜しみ、殺戮の手続きをスピードアップさせた。僕ら家族のあとに来た人々のおおかたは、到着後すぐにガス室に送られた。だからアウシュヴィッツでも、僕ら家族はまだ幸運なほうだった。僕らは——少なくともその日は——生きることを許されたのだから。

# 14 アウシュヴィッツの罰

「だめだ！《ナイン》　一緒に行くな！《ゲーエン・ズィー・ニヒト・ツザンメン》」。看守が僕に向かってドイツ語で怒鳴った。その響きはイディッシュ語とよく似ていたけれど、僕は、自分が何か聞き違いをしたのだと思いたかった。でも男は僕に、母さんたちと一緒に行ってはいけないと言っているようだった。

看守は僕に近寄り、母さんの手から僕の指を離した。そして別の方向に僕を押しながら、「行け！《ゲー》」と怒鳴った。

書類手続きが完了するとすぐ、僕は母さんやおばあちゃんと引き離された。そこから子どもの区画まで歩いていったときの記憶は僕にはない。それを幸運に思う。自分がそこで見たであろうものを、のちにほかの生存者の記述から詳しく知った。

もし僕が基幹収容所にいたなら、おそらく、ある建物のそばを通り過ぎている。そこには毎日、一〇人あまりの囚人が微動だにせず、鼻を建物の壁に押しつけるようにして並んでいたはずだ。彼らは、朝の点呼のときに列から引きずり出された人々だった。罪状は服のボタンが一つ取れていたとか、点呼の行進のときに足をよろめかせたとか、さまざまだった。

ＳＳは、秩序の乱れをいっさい許さなかった。

囚人が下着を取り換えられるのは数週間に一度だった。それについてユダヤ人が不満をもらしているることがSS幹部のオスヴァルト・ポールの耳に入ると、ポールは「必要なら鞭打ちで」囚人にものごとを教えてやるべきだと発言した。

だが、壁の前に並んだ囚人は、鞭打ちを待っていたのではなかった。彼らが待っていたのは、銃弾だった。公開処刑は日常的に行われており、それは、全囚人に対する「規律を遵守《じゅんしゅ》せよ！」という警告だった。過失をとがめられた人々は壁に鼻をつけたまま、その日の終わりには自分は死ぬのだと知りながら、何時間もそこで立っていなければならなかった。

それでも彼らは、11ブロックに送られた囚人に比べれば、まだ幸運といえた。11ブロックはいわば、牢獄の中の牢獄だった。そこの地下には、拷問《ごうもん》用の独房という恐ろしい部屋があった。中庭でも、筆舌に尽くしがたいおぞましい行為が繰り広げられていた。何が行われていたか、僕はとても書くことができない。ただ一つ言えるのは、11ブロックでは、死ぬまでが地獄だったということだ。

僕が明確に記憶しているものの一つが、ビルケナウの焼却炉の煙突から煙が立ちのぼる光景だ。煙は昼夜を問わず噴き上がり、あらゆる方角にたなびいた。

アウシュヴィッツは一種の町のようだった。生活領域と労働地域で構成されていて、四〇平方キロメートルを超える面積に一〇万人以上の囚人を収容していた。

僕らのいるセクションはフェンスで外界から隔てられていた。毎日、処刑の決まった女たちがみな衣服をはがされ、裸で外に立って長い列を作っていた。女たちはそこで扉が開くのを待ち、順に部屋の中に入る。その目的は「シャワー」を浴びるためだと聞かされていたが、ほとんどの囚人は、その「シャワー室」で自分は死ぬのだと理解していた。扉が閉まると、チクロンBと呼ばれるガスが通気孔から部屋の中に送り込まれる。チクロンBは呼吸を阻害する猛毒ガスだ。部屋に閉じ込められた人々は数分間で嘔吐し始め、苦しそうにあえぎ、窒息死する。

ガス室はどれも、死体を焼くための焼却炉と連結していた。ＳＳはガス室から焼却炉へと死体を引きずっていく仕事を「ゾンダーコマンド」と呼ばれる特別な労務部隊に任せていた。「ゾンダーコマンド」は、ユダヤ人の囚人で構成されていた。この仕事ほど、みなに忌み嫌われていた労働はなかった。

アウシュヴィッツ＝ビルケナウの煙突はいつも、いやな臭いの煙を吐き出し続けていた。煙突は、無実のユダヤ人の魂を吐き出し、天国へと送った。下界は、地獄そのものだった。ガス室と拷問部屋に加え、収容所のあちこちには鞭打ち用の石の台が置かれていた。仕事のスピードが遅かったり、思い余って休息を求めたりした囚人は、その石の上に横にさせられ、裸の皮膚を七五回も鞭で打たれた。「一《アインス》！　二《ツヴァイ》！　三《ドライ》！」。囚人は、鞭打ちの回数を大きな声で、ドイツ語で数えるよう強制された。一度でも言い間違えると、鞭打ちは最初からやり直しになった。

僕が子どもの棟に配置され、ほかの地区で行われている苦役をすべて免除されたのは幸運としか言いようがなかった。僕は、朝の三時から七時まで続く寒空の下の点呼に参加せずにすんだが、母さんやドーラおばあちゃんは、それをしなくてはならなかった。ナチスは異常なほど点呼好きで、一日に三度も点呼が行われることもあった。苦痛をさらに増すためか、点呼のあいだずっと、腰をかがめたスクワットの姿勢でいなければならないこともあった。バランスを崩したり尻もちをついたりすれば、鞭で打たれた。

男性のブロックで、おそらく父さんとサミュエルも同じような目にあっていた。点呼のときに誰か一人でも欠けていれば、班全体の人間が罰として打たれた。けれど、朝が来るたびいつも、一人か二人は飢餓で死んでいたため、これは非常に深刻な問題だった。死でさえも、点呼を休む理由には認められなかったのだ。生者は死者の遺体を、点呼の場所まで引きずっていかなければならず、そうしなければ班全体が罰を受けた。ナチスが公式に認めるまで、囚人は死者にさえなれなかった。

子ども用の棟では正式な点呼もなく、日の出から日没までの労働もなかった。アウシュヴィッツに暮らす子どもにとっていちばんつらいのは、体ではなく心の苦痛だった。一九四四年七月の夕方にアウシュヴィッツへの到着登録が終わって以来、僕は暑くて混み合った汚い棟で毎晩眠らなくてはならなかった。夜眠っているとネズミに足の先を噛《か》まれ、もう父さん母さんや兄さんやおばあちゃんには会えないのだろうかと不安に駆られた。

四歳だった僕は、そこではいちばん年下だった。年上の子どもの何人かは、僕が来るとすぐに耳打ちしてくれた。「いいかい。ドイツの看守がここに来て『ママやパパに会いたい子はいるかな？』って聞いても、手を挙げちゃだめだよ。なんでかわかる？」

もちろん僕にはわからなかった。

ＳＳは時おり子どもの棟に来て、「ママやパパに会う」子どもを「選んだ」——でも、それはトリックだった。手を挙げた子どもは両親には会えず、代わりに彼らが連れていかれたのは、実験室だった。収容所では医師のヨーゼフ・メンゲレが、子どもたちに恐ろしい実験を施していた。メンゲレは「メンゲレおじさん」と名乗り、子どもたちに菓子を与えたが、いっぽうで彼らを実験用のネズミのように扱った。メンゲレに毒物を注射された子どももいた。何らかの手術を受けさせられて奇形になったり障害を負ったり、命を落としたりした子どももいた。メンゲレは双子で実験することを好んだが、双子がちょうどいないときは、そうでない子どもも実験台にされた。彼の研究の多くは、アーリア人と呼ばれる「完璧な人種」が科学的にいかに生み出されるかを探ることを目的にしていた。メンゲレはヒトラーと同じく、青い目と金髪こそがアーリア人の理想だと考えていた。

「手なんか挙げちゃだめだよ、絶対だめだよ！　ママはどっちみち、もう死んじゃってるかもしれないんだし！」。年上の子どもが僕に言った。

悲嘆に暮れている四歳の子どもにとって、母親に会えるというのは、抗いがたい大きな誘惑だった。もしも誰かから、母さんのところに連れていくと約束されたら、僕は正直、手を挙げるのを我慢できた自信がない。幸いなことに、そんなふうに試される機会は僕には訪れなかった。

棟は恐ろしく汚かった。木の枠だけのようなベッドが三つ並んで壁にとめつけられていた。マットレスは、わずかな藁に布切れを一枚かけただけのしろもので、一段のベッドで少なくとも三人の子どもが眠らなくてはならない。もしも夜中に外にトイレに行って——もちろん普通ならそんなことはしない。夜中に棟の外のトイレまで一人で行くのはあまりに恐ろしかった——帰ってきたら、ベッドのそれまでの居場所はなくなっているに決まっていた。

寝床で粗相《そそう》をして目を覚まし、恥ずかしい思いをする子どもも時々いた。最悪の場合、下痢便《げりべん》でベッドを汚してしまう子もいた。あまりものを食べなければそれほどトイレに行かずにすむと、読者は思うかもしれない。だが、現実には逆のことが起きる。飢餓のせいで小腸の働きが異常になり、「飢餓性下痢」というたいへん厄介な事態が起きるのだ。夜中におなかが痛くなって目を覚ましたら、部屋の隅に置かれたバケツまで走っていってそこで用を足すしかなかった。屈辱的だった。

さっき言ったように年上の子どもたちは、メンゲレに選ばれないように僕に忠告し、気遣ってくれてはいた。たがいに助け合おうという気持ちが、たしかにそこにはあった。でも、彼らも人間であり、おなかを空かせた小さな子どもにすぎなかった。彼らは毎日のように、僕に割り当てられた食事を盗み取った。今の僕には、それを責める気持ちはない。

僕たちの部屋には一日に三度、ブロコーヴァ（囚人の世話をする女の囚人）が食べ物を運んできた。小さなパンのかけらと、ほんの少しのマーガリン、それにお椀《わん》に入った灰色のスープ。

スープの中身が何だったのかは、今も考えたくはない。とにかくそれは、すさまじくまずかった。それが一日に三度、変わることなく毎日繰り返された。でもそれが僕らの生命線であり、僕らはそれで命をつないでいた。

初めてその灰色のスープを飲もうとしたとき、年上の親切な子どもたちが、鼻をつまんで飲み下せと教えてくれた。臭いをかがなければ、吐き出してしまう危険は減る。お椀もスプーンも数が足りなかったので、何人かで一つのお椀を分け合った。スプーンに三口ずつ食べたら次の人に回し、中身が空になるまでそれを続ける。けれども時々、おなかを空かせた子どもが僕の番を飛ばしたり、僕の分までスープを食べてしまったりした。僕の割り当てのパンを取られたこともあった。ブロコーヴァがその場にいれば、あいだに入ってもらえた。大人の囚人はいつも、可能なかぎり子どもを守ってくれた。でもブロコーヴァが背を向けたとたん、僕の食べ物はいつもまた誰かにかすめ取られてしまった。

アウシュヴィッツの絶望の日々にもほんの小さな光はあった。僕らの場所には日中、子守としてユダヤ人の囚人が一人割り当てられていた。その親切な男の人は、床の塵《ちり》の上に絵や字を書いて、物語を聞かせてくれた。体が衰えても、心まで衰えることはないのだと、その人は教えてくれた。彼は僕らに言葉の綴り方や読み方を教えてくれたけれど、すべては秘密裏にこっそりと行われていた。子どもに勉強を教えているのがばれたら、その人は確実に殺されていただろう。年上の子どもたちは代わりばんこに棟の外で見張りをし、ＳＳの隊員が近くに来ると急いで警告を送った。すると僕らは大急ぎで円になり、アウシュヴィッツでの「玩具《がんぐ》」である小石や毛虫で遊んでいるふりを装った。

もしもあの晩、子どもの棟に思いがけない訪問者があらわれなかったら、あてがわれるわずかな食べ物だけで、僕がどれだけ生き延びられたかはわからない。

あれは、アウシュヴィッツに着いてから一週間後、いや四日後だったかもしれない。横に長い子ども棟の入り口の扉が開いて、母さんが中に入ってきた。

「ママよ、私の坊や！」。母さんはそう叫ぶと、部屋の奥にいた僕のところまで駆けてきた。僕はまわりよりずっと小さかったので、たくさんの子どもの中でもすぐに見つけ出せたのだろう。「マイケル、私のマイケル」。母さんは僕のことを、二度と放さないとばかりにきつく抱きしめた。

母さんは僕の見かけに驚いていた。到着からそのときどれくらい時間がたっていたかは定かでないが、僕はすでにやせ細り始めていた。母さんは制服のポケットを開けて、僕に中をのぞかせた。パン！　母さんは僕のために、パンをまるまる一切れ持ってきてくれたのだ。母さんはいっぺんにそれを出しはしなかった。誰かに見つかれば、また横取りされてしまうかもしれない。まわりに気づかれないように、ポケットの中でパンを小さくちぎり、一切れ一切れ僕に食べさせた。僕は片隅に立ったまま、パンを食べ、母さんと話をした。

母さんは、長居はできなかった。危険だったからだ。大きな子どもばかりの棟に小さな僕を残していくのは忍びなかった。夜になれば部屋にはネズミが駆け回り、お休みのキスをしてくれる人もいない。でも、母さんはとどまるわけにはいかなかった。母さんがいないことがばれれば、母さんのバラック全体の女性が、点呼のときに鞭で打たれたり殴られたりする。そして母さんは、いずれ見つけ出されてしまうだろう。

僕たちはさよならを言った。ただ、母さんが来るのはこれが最後ではなかった。僕の居場所をつきとめた母さんは以後、何度も子ども棟を訪れた。母さん自身ももちろん飢えていたのに、いつもポケットいっぱいの食べ物を持ってきてくれた。

ある晩、僕らの部屋の監視を任されているブロコーヴァが、母さんの頭を棒で殴って部屋から追い立てた。人は不安から凶暴な行動をとるものだ。ユダヤ人のブロコーヴァは、母さんがそこにいるのを見とがめられたら、自分も責任を問われ、おそらく殺されてしまうと思ったのだ。「やめて《ニット》!」。母さんは怒鳴った。「息子に会うのを、あんたなんかに邪魔させるものか!」。母さんは身長が一五〇センチにも満たず、飢えで体が弱っていたけれど、それでも全身の力を込めてブロコーヴァの背中を突き飛ばした。相手はついに観念した。

こうした場面は何度も繰り返された。母さんの頭には傷が増えた。点呼のときに殴られた傷ではなく、ブロコーヴァに引っかかれた傷だった。

母さんが来るのは喜びの種であると同時に、不安の種でもあった。仕事が長引いて母さんが来られない夜が一日でもあると、僕は母さんが、部屋の子どもの多くの母親と同じように、死んでしまったのではないかと思った。そんなとき僕は、木と藁のベッドの上で、おなかを空かせた子どもたちに挟まれながら、声を立てずに泣いた。

そんな晩は、母さんも不安にさいなまれながら眠りについた。母さんには、僕の胃が空腹できしる音が聞こえるような気がした。あと二四時間は食べ物を運んでやれないと思うと、胸が痛んだ。一晩空いたときはもちろん、持ってくる食べ物はそのぶん増えていた。母さんは僕に会えようが会えまいが、自分の食べ物から必ず僕のパンをより分けていたのだ。

そうしてついに、不安は限界に達した。母さんはパニックになり、もっと思い切ったことをしなければ、じきに僕が死んでしまうと思い詰めた。母さんはある計画を考え、ドーラおばあちゃんに相談した。いつも慎重なおばあちゃんは、ためらった。

「ソフィー、あんたは殺されるかもしれない。マイケルも殺されるかもしれない。そしてここにいるみんなを、危険な目にあわせてしまうよ」。おばあちゃんは寝床の中で声を殺し、ささやくように言った。

「SSのやつらが望めば、いつ何時だって私たちは殺されるかもしれないのよ！」。母さんは静かに、しかしきっぱりと言った。

義理の娘の言うとおりだと、ドーラおばあちゃんにはわかっていた。

## 15　フェンス越しの知らせ

バラックの中で、小さな子どもを持つ女性は僕の母さんだけではなかった。だが、その子どもがまだ生きているのは、うちの母さんを含め、おそらくわずかだった。母さんは、バラックの女性たちが自分に共感してくれることを期待した。

「息子マイケルは、子どもの棟で一人きりで、これ以上は生き延びられません」。母さんはある晩、部屋の仲間たちが一日の最後のエネルギーを振り絞って木のベッドによじ登ろうとしているとき、みなに呼びかけた。「息子には、守ってくれる人がいません。年上の子どもたちが食べ物を奪ってしまうので、このままでは飢え死にするのは時間の問題です」

「私は四人の子どもと夫と両親を失った。私たちにいったい何をしろと?」。一人の女性が言った。

ドーラおばあちゃんが助け船を出した。「あなたがたに何かをしてほしいわけではないのです。その逆です。何も言わないでほしいと、それだけをこの子はお願いしているのです」

「息子のマイケルをここに、このバラックに隠そうと思っています」。母さんは宣言し、人々の反応を待った。子どもを隠すことに対しては、相当な反対があるだろうと覚悟をしていた。

心配は杞憂《きゆう》に終わった。アウシュヴィッツの女たちのあいだには、暗黙のルールがあった。それは、子どもを見かけたら守ってやることだ。畑仕事を割り当てられた女たちは、収穫した野菜のいくつかをかすめ取っていた。それはもちろん自分のためでもあったが、彼女たちはいつも、収容所の中で栄養が極端に足りない子どもを探して食べ物を分け与えていた。

囚人がアウシュヴィッツに到着したときに取り上げられた貴重品は、「カナダ」と呼ばれる倉庫に運ばれていた。強制収容所の囚人にとって「カナダ」は富の象徴だった。「カナダ」で働く囚人はコマンドーと呼ばれ、集めた貴重品をより分け、ドイツに送る作業をした。そこで働く女たちは、盗みを見つかれば死刑になると知りながら、子どもたちのために下着やセーターをこっそりかすめ取っていた。

縫製の仕事をしていた女たちは、シーツと毛布をひそかに上着や肌着に変身させていた。そして僕の母さんと同じようにこっそり子どもの棟に行き、それらを配っていた。

ユダヤ人の囚人に比べると、カトリック教徒の囚人は、子どもの棟に近づいても怪しまれにくかった。彼女らもそうした立場を利用して、子どもたちを助けようとした。子どもがユダヤ人かどうかは気にしていなかった。

そんなふうだったから、母さんやおばあちゃんと同じバラックに暮らす大勢の女たちは、母さんが僕をうまくここに連れてこられるなら、子どもを隠すのに異論はないと、たやすく同意してくれた。そこにどれだけの女たちがいたのか、正確にはわからない。おそらく六〇〇人以上が約一六〇のベッドを分け合い、そこで寝食をともにしていたはずだ。でも、反対する人は誰もいなかった。

母さんは僕に前もって計画を教えたりはせず、自分のバラックにこっそり僕を忍び込ませる最善のタイミングを慎重に見計らっていた。ある晩遅く、子ども棟に忍び込んできた母さんは、僕の耳元で、誰にも聞かれないように小さな声でささやいた。

「マイケル、行くわよ」

「え？」。僕は信じられなかった。そのとき僕は、母さんと一緒にアウシュヴィッツを逃げ出すのだと思ったにちがいない。四歳の僕にとっては、たとえどこだろうと母さんやおばあちゃんと一緒にいるほうが、ひとりぼっちでどこかにいるよりずっとましだった。


僕が母さんと一緒に収容所の中を歩くのは危険だった。子どもが狭いエリアの外に出ることはめったになかったので、体の小さな僕が大人のエリアに向かっているのを看守に見られたら、きっと止められただろう。

でも、僕らはなんとかやりおおせた。母さんはSSの見回りの合間を縫い、監視塔からも見られないように細心の注意を払いながら、僕を女性たちのバラックに移すのに成功した。もしかしたら、僕らを見かけた誰かは、子どもを世話する係の人間が子どもをトイレに連れにいっているとでも思ったのだろうか？　母さんがどんな手管を使ったのかはわからないけれど、僕と母さんがめざす女性用バラックの扉の中に駆け込むと、中の人々はみな温かく僕を迎えてくれた。バラックの二人の「長老」でさえ、僕のほうにうなずいてくれた。「長老」はバラックの管理をする囚人で、食べ物の配布やルール遵守の徹底を任されていた。

集まっていた人々がそれぞれの場所に戻ると、ベッドの端に腰かけている元気そうなドーラおばあちゃんの姿が見えた。おばあちゃんは僕を抱きしめようと、両手を広げて待ち構えていた。「マイケル！」。おばあちゃんは僕の左右の頬にキスをし、それからやせ細った僕の体を見て、眉をひそめた。おばあちゃんはもともと陽気なあいさつをするたちではなかったけれど、そのときは僕を見て明らかに興奮していて、僕のことが恋しかったと言い、坊やのためにベッドの場所を空けておいたのだと話した。

その夜、木の寝床棚で母さんとおばあちゃんのあいだに僕がおさまると、おばあちゃんは僕をうんと近くに抱き寄せた。夜は冷え込むようになってきていたけれど、そうして抱きしめてもらえば暖かかった。脂肪の失われた体には、ポーランドの秋の寒さがひときわこたえた。

朝早く、日が昇るよりさらに早い時間に女たちが起き出すと、長老たちが小さなカップをみなに手渡した。そこには代用のコーヒーが半分ほど入っていた。それが女たちの朝食だった。母さんは一口それを飲ませてくれたけれど、ひどい味がした。母さんは、昼にはスープをあげると約束し、点呼に行かなければならないと僕に告げた。

「いい子ね、あなたはここで寝ているのよ」。母さんはベッドの藁を片側に寄せ、僕を木の台に横にならせた。そして僕の上にすっぽりと藁をかけると、僕に向かって言った。「いい？　そこでじっとしているのよ。おりこうさんにして、静かにしていられたら、お昼には食べ物を持って帰ってきてあげる」。そして母さんは警告した。「母さんがいないときに誰かがここに入ってきたら、ぴくりとも動いてはだめ。そしてひとことでも声を出してはだめ。うんと上手に隠れていなさい！」

僕はそうすると約束した。

こうして一つの問題を解決した今、母さんの心にはもう一つの大きな不安が頭をもたげてきた。男性用のブロックで、父さんはサミュエルのことを守ってやれているだろうか？　母さんは二人の無事を知りたくて、いてもたってもいられなかった。

サミュエルの髪が僕と同じように野蛮人の手で剃られてしまっていたら、次に会えたときにちゃんとわかるだろうかと母さんは思い悩み、夜にサミュエルが泣いていないだろうかと心配した。でも、サミュエルが死んでいるかもしれないと想像することは、どうしてもできなかった。その可能性はあまりに痛ましくて、考えることすらできなかったのだ。

男性用のブロックからの知らせを得たければ、男女のブロックを隔てている電気柵のところまで行かなければならないのは、アウシュヴィッツでは誰もが知っている常識だった。囚人たちは危険な電気柵越しに、ささやき声や泣き声で情報を交わしていた。

人目を避けて何かをするのなら、最適なのはやはり母さんだった。ドーラおばあちゃんは「カナダ」倉庫で、ものをより分けたり積み上げたりする仕事をしていた。年齢のことを考えると、「カナダ」での作業はおばあちゃんが楽にこなすことのできる数少ない労働の一つだった。そして、バラックの人々はドーラおばあちゃんの「調達」能力をおおいに頼りにしていた。

アウシュヴィッツでは、囚人はバラックで必要なものを「調達」していた。もしもスプーンが足りなければ（いつも足りなかった）、ドーラおばあちゃんが「カナダ」倉庫の旅行鞄からいくつかを調達した。靴下が足りなくなれば、ポケットにいくつかを突っ込んできた。もし見とがめられれば命はなかったけれど、おばあちゃんはどの看守がよそ見をしがちかを心得ていた。

そんなわけで朝の点呼のとき、母さんは電気柵のそばでの仕事を志願し、レンガ運びの仕事を確保した。運んだレンガは、収容所のすぐそばに建設中の建物に使われる。いざやってみるところは、弱った体にはたいへんな重労働だった。でも、サミュエルと父さんの情報が得られるなら、どれだけ骨が折れようとそれだけの価値はある。それにもしかしたら、二人の姿を見られるかもしれないと母さんは期待した。

仕事場所に到着すると母さんはすぐ、柵の向こう側で黙々と作業をしている一群の男たちを見つけた。その中の一人と母さんは目を合わせ、ひそかにうなずきあった。

「アン・ディー・アルバイト！」と母さんのそばにいた見張りが怒鳴った。仕事に戻れということだ。

それから数時間がたったころ、ようやくＳＳの見張りは小休止をとり、樫の木陰で何かを食べ、雑談を始めた。その間も囚人は働き続けていたが、監視の目はゆるくなっていた。

見張りの視線を避けて、母さんは電気柵の近くに駆け寄った。そして身振りで向こう側の男たちに、こっちに来るようにと示した。「イズラエルとサミュエル・ボーンスタイン！」。母さんは急いでまくしたてた。「ポーランドのジャルキから来た父子です。イズラエルは背は普通で、濃い茶色の巻き毛で――」

男の一人が母さんの言葉をさえぎった。「言っちゃなんだが、ここの人間はみんな同じ髪型だよ」。彼は自分の剃り上げた頭を触りながら言った。

母さんには、冗談につき合っている時間はなかった。「サミュエルは少年です。背はこれくらい――」。母さんは自分のあごのあたりを指さし、さらに続けた。「サミュエルとイズラエル・ボーンスタイン。この二人が無事かどうか、誰か知っている人はいませんか？」

男たちは名前に心当たりはないようだったが、その日の仕事が終わるころ、何かの情報を持ってきてくれると約束した。もし可能なら、サミュエル本人をここまで連れてくるとさえ彼らは言った。

母さんはその午後、ずっとレンガを運び続けた。レンガの大きさは変わらないのに、その重さはどんどん増していくように感じられた。疲労と不安が母さんをさいなんだ。昼食にバラックでルタバガ（スウェーデンカブ）とジャガイモとソバの灰色のスープが分けられたときも、母さんは自分のぶんを僕にぜんぶまわした。

午後遅く、日がちょうど沈みかけるころ、見張りがもう一度休憩をとった。母さんは、先ほどの男たちが気づかわしげに柵のほうに来るのを見た。男たちの不安な表情が、本当なら来てはいけない場所に来ているせいなのか、母さんに何かを告げなければならないせいなのかはわからなかった。

男たちはサミュエルも父さんも連れていなかった。

「あんたの名前はソフィーだね？」。電気柵の菱形《ひしがた》の金網越しに、一人の男が母さんにささやいた。「ソフィー、申し訳ない。イズラエルとサミュエルはもういない。二人はガス室に送られた」

母さんは地面にへたりこんだ。胸が斧《おの》でえぐられたように激しく痛んだと、のちに僕に話してくれた。母さんはサミュエルの顔を必死に思い出そうとした。でも、頭に浮かぶのはアウシュヴィッツに着いた日、サミュエルがくれた丸くて小さくてすべすべした小石のことだけだった。なぜあの大事な贈り物を救い出さずに、スカートをあっさり荷物の山に放ってしまったのかと、母さんは自分を責めた。

膝をつき、地面に顔をなすりつけるようにして、母さんは柵の近くにうずくまっていた。もう限界だと思った。飢えにも喪失にも恐怖にも、もうこれ以上耐えられない。この瞬間にまだエネルギーが残っていたら、母さんは多くの囚人がそうしたのと同じように、電気柵に飛びかかって絶命していたかもしれない。でも、そのエネルギーさえなかった母さんは、ＳＳの見張りに見つけられ、労働放棄のかどで頭に弾丸を撃ち込まれるのを待った。

数分間がたった。悲しい知らせを伝えた男たちはその場を去った。彼らにはそれ以外に選択肢がなかった。点呼のために整列する時間が近づいていたのだ。近くで仕事をしていた女たちは、母さんが地面にうずくまっているのに気がつかないようだった。あるいは、気づいていたとしても、母さんを助けるためにエネルギーを費やす気持ちになれなかったのかもしれない。見張りはまだどこか違うところを見ているようだった。

だが、母さんは僕のことを考えた。自分が守ってやらなければ、アウシュヴィッツで一週間も生きられないかもしれない小さな息子のことを考えた。母さんは最後の力を振り絞り、絶望を脇に追いやった。絶望したければ、もっとあとですればいい。でも今は、残された一人の息子を全力で守らなければ——。母さんは力の抜けた体を地面から引きはがし、点呼が終わると女性のバラックに戻った。そこでは、藁のマットレスの下に身をひそめた僕が、すやすやと寝息を立てていた。

# 16 予期せぬ旅立ち

ナチスの信条は効率性だ。彼らは、ユダヤ人の健康な囚人をできるだけ多く活用するために、しばしば収容所内を巡っては、特定の仕事に合う最適の労働者をかき集めた。

ある日、ぱりっとした制服に身を包んだ将校らがあらわれ、自分たちのまわりを競走馬のようにぐるぐる走ってみろと、母さんの班の女性全員に命令した。女たちはまず、衣服を脱げと命じられた。どの女の体にどれだけ脂肪が残っているかを、SSたちは見定めようとしていた。がりがりにやせて骨があちこちに飛び出ているような女では、役に立たない。SSが欲しいのは、もっとも健康な女たちだ。女たちを裸にするというプロセスにはまた、囚人を徹底的にはずかしめるという付随的なメリットもあった。

母さんは、栄養失調のほかの女たちと同じように、走り始めてすぐに疲れを感じたが、意地でもそれを表には出さなかった。足を踏み出すたび、つま先の裏に走る激痛も無視した。足にひどい水ぶくれができても、文句など言わなかった。足に水ぶくれができたくらいで「仕事に不適格」のラベルを貼られ、用済みとして殺されるなどたまったものではない。

将校たちの前を通るたびに、母さんは激しい息を必死になって隠した。ドーラおばあちゃんも同じことをしようとしたが、うまくいかなかった。いくらもしないうちに、全力疾走がジョギングのようになり、さらにジョギングがウォーキングのようなスピードまで落ちた。

女たちは衣服を着るのを許された。そして一〇人の女が選ばれた。母さんはその一人だった。選ばれた一〇人は一人一人質問を受けた。

「どんな技術を持っている？　どんな経験がある？」

「弾薬詰めならお任せください」。母さんは誇らしげに言い、ピョンキでしていた仕事の話をした。

過去の経験から母さんは、アウシュヴィッツのおおかたの仕事に比べて弾薬詰めが肉体的にずっと楽な労働であることを知っていた。そして、その種の仕事に配置換えしてもらえるかもしれないと、期待を抱いた。

「私のこの華奢《きやしや》な指を見てください」。母さんは小さな手を差し出しながら言った。「弾薬を詰めるのにぴったりでしょう？」。母さんは片言のドイツ語でたたみかけるように言った。「あそこにいる私の義理の母も、弾薬詰めのエキスパートです！」

だが、男たちはおばあちゃんには関心を示さなかった。

「おまえの番号は？」。男たちは母さんに怒鳴った。

母さんは袖をまくり上げ、入れ墨を見せた。将校の一人が母さんの番号を紙に書き、その瞬間、母さんの運命は決まった。

「一五分で支度を整えて、正門に集合せよ。おまえはアウシュヴィッツを出る」

母さんはオーストリアの労働収容所に送られることになったのだ。ほかの女性なら、この知らせにおそらく大喜びしただろう。でも母さんは、まるで罠《わな》にはまったように感じた。異を唱えようかとも考えた。でも、いったい何と言えばいい？　私の息子が物陰に隠れているのです。私が守ってあげなければ、死んでしまいます。ここを去るわけにはいきません！――などと言えるわけがない。母さんは、何をすることも言うこともできなかった。

母さんは僕の隠れているバラックに走った。藁のマットレスをどけた母さんは、僕の姿がそこにないことでパニックになった。

ちょうどそのとき、部屋の隅にあるベッドの木枠の奥でクスクス笑い声がした。僕は日中時々、目に入る景色を変えたくて隠れ場を移動していたのだ。母さんがまだ日の高いうちにバラックにあらわれたことを、僕は喜んだ。

母さんはちっとも喜んでいないようだった。

「マイケル、私のいい子。母さんは行かなくちゃならないの」。母さんは僕に言った。涙が顔をぬらしていた。「約束する。いつか必ず会いに来るわ、坊や。自由になったら、母さんは必ずあなたを見つけ出す。でも今の母さんにはどうにもできない。あなたをしばらくのあいだ、ここに置いていくほか道はないの」

母さんは、いつまた会えるかという具体的な話はしなかった。母さんはただ、これからはドーラおばあちゃんが僕の身を守り、食べ物や飲み物を確保してくれると約束した。

「おばあちゃんに伝えておいて、愛していると」。母さんは言った。「二人で一緒に助け合うのよ」

僕は泣き出したかった。でも、アウシュヴィッツで自分に誓った約束を思い出し、泣いたりわめいたりせず無言で母さんの頬にキスをした。そして母さんがいなくなると、藁の下に潜り込んだ。つま先の上に藁をもうひとすくい載せ、顔の上にもさらに藁を載せ、そのままおばあちゃんが戻ってくるのを静かに待った。心の痛みは僕にとって、飢えや恐怖と同じくらい自然なものになり始めていた。僕の心は傷つくことに無感覚になっていた。

# 17 幸運な病

それから数週間のうちに、死の収容所には大きな変化が起きた。僕たちが到着したころは、ナチスは毎日何千人もの囚人を効率的に殺していた。点呼は無限に、しかし秩序正しく行われ、日々の仕事は過酷《かこく》だが、統制されていた。

突然それが崩れた。アウシュヴィッツのシステムは崩壊したかに見え、ものごとは秩序を失った。監視塔は無人になり、労働を見張る十分な看守もいなくなった。ＳＳの人間も、日ごとに少なくなっていくようだった。

アメリカ軍とソ連軍の加わった連合軍が戦争で優位に立ったという噂も流れてきた。遠くで爆撃や大砲の音が聞こえることもしばしばあった。それは収容所の囚人みなに、解放は近いかもしれないという希望を与えた。

ドイツが戦局の悪化を認識するにつれ、ＳＳ隊員の最大の関心は、自身の犯罪の証拠隠しに転じた。アウシュヴィッツなどの絶滅収容所で行われていた悪事を世間にもらすまいと、彼らは必死になった。そのためにはアウシュヴィッツの囚人を急いで――偽りのシャワーや大きな炉では間に合わないくらい大急ぎで――一掃する必要があった。

一九四五年一月一七日、ドーラおばあちゃんは夜中に、僕のうめき声で目を覚ました。僕の肌は燃えるように熱く、毛穴からは汗が噴き出していた。バラックに水はいっさいなく、もちろん薬もなかった。おばあちゃんは僕の熱をどうしたら下げられるかと途方に暮れた。

ドーラおばあちゃんは僕と一緒に眠っているベッドから下に下りると、小走りに窓へと向かった。寒さをさえぎるために窓は固く閉ざされていて、窓を開けるわけにはいかなかった。それに冷たい風が吹き込めば仲間の女性がみな目を覚まし、凍えてしまうだろう。代わりにおばあちゃんは氷のように冷たいガラス戸に両手を押しつけ、感覚がなくなるまでそのまま我慢し、そして僕の寝ているそばに戻り、冷え切った両手を僕の額にあてた。何度も何度もそれを繰り返し、手を即席の氷枕代わりにしてなんとか僕の熱を下げようとした。

「何をしているの?」。窓と僕のそばを行き来しているドーラおばあちゃんに、ハンガリー出身のアリーダという女性が声をかけた。

「気にしないで、アリーダ。寝ていてちょうだい」。おばあちゃんは言った。

おばあちゃんは仲間の女性たちをおびえさせたくなかった。でも、僕の病気が何であれ深刻なものであることが、おばあちゃんにはわかっていた。正直なところ、小さな風邪でもアウシュヴィッツでは命取りになりかねなかった。栄養失調の体は、どんな侵略者であれ、戦うにはあまりに弱かった。

幸いにも、アリーダにそれ以上説明する必要はなかった。彼女はすぐにまた鼾《いびき》をかいて眠り始めたのだ。おばあちゃんはそれから瞬時に次にすべきことを決断した。このころにはもう点呼はほとんどなく、正式な仕事の割り振りも行われていなかった。アウシュヴィッツは混乱状態にあった。でも診療所はまだ開いていることを、おばあちゃんは聞き知っていた。

殺戮のために造られた収容所の中には、皮肉なことに、囚人の健康を守るために使われているという小さな診療所が一つあった。むろんドイツ軍はあらゆる法規を犯していたが、その事実を対外的には知られたくないと思っていた。だから、死の収容所には必ず一つ診療所が存在していたのだ。

「マイケル、いい子だね。おまえの体が弱っているのはおばあちゃんにもわかってるよ」。朝日が窓から差し込み始めたころ、おばあちゃんが僕にささやいた。「今から一緒に立つんだよ。絶対に口をきいてはだめ。おばあちゃんの手を握って歩きなさい。私が止まったら、おまえも止まること」

僕はふらふらになっていた。歩くなど——いや、立ち上がることすら——とてもできそうになかった。

おばあちゃんは藁の寝床から僕を抱き上げた。藁は汗で湿っていた。おばあちゃんは僕を戸口まで抱えていくと、僕の小さなはだしの足を地面に下ろし、アウシュヴィッツに来た日に与えられた木靴を履かせた。わずかな食べ物しか与えられていないのに、それでも四歳の体は成長しようとしたのか、ぶかぶかだったその靴は僕の足にだいたいちょうどよくなっていた。

「ボベシ[*14]、どこに行くの？」。僕はたずねた。

おばあちゃんは人差し指を口にあてて、（しゃべってはいけないよ）と僕に思い出させた。幸運にも診療所は、僕らのいる区画から数百メートルの距離にあった。おばあちゃんは可能なかぎり建物の陰に身を隠しながら、僕を連れてバラックのあいだを急いだ。収容所がこの当時もう無秩序状態になっていたのは幸運だった。残っている見張りもおおかたがこの時間はまだ眠り込んでいた。はるか遠くで、大砲が火を噴く音が聞こえた。連合軍が収容所に迫っているのだ。そのほかには何も、生きている者の音は聞こえなかった。

診療所の脇まで着くと、おばあちゃんは窓から中をのぞき込もうとした。でも、窓が高すぎて届かなかった。

「おいで、マイケル」。おばあちゃんは小さな声で言うと、僕を引き寄せた。

おばあちゃんは力を振り絞って僕を肩車した。

窓台のわずか上までしか頭は届かなかったが、部屋の中をなんとかのぞき見ることができた。冷たい空気が一時的に僕に活力を与えていた。そして僕は、なんとか役に立ちたいと必死だった。

「何が見えるかい？」。おばあちゃんが聞いた。

「女の人が、一《アインス》、二《ツヴァイ》、三《ドライ》、四《フィア》、五《フュンフ》人寝ているよ」。僕は覚えたてのドイツ語で数を数えた。

「兵隊はいないよ、ボベシ」。そしていかなる幸運のおかげか、僕の見立ては正しかった！

診療所の入り口にも見張りはいなかった。僕とおばあちゃんは中に忍び込み、空いているベッドを二つ見つけた。そして、恐怖のあまり早鐘を打っていた心臓が落ち着くやいなや、眠りに落ちた。

それから数時間がたったのだろうか。僕にははっきりわからない。ともかく目覚めるとそばにおばあちゃんが立っていて、その隣に医師がいた。医師はドイツ人で、ナチスの制服を着ていたけれど、その表情から、親切な人間なのだとわかった。医師は僕に、ひどい病気なので少なくとも五日間は――途中で僕が死んでしまわないかぎりは――診療所にいるようにと言った。おばあちゃんも一緒にいることを許された。僕の病原体に、ずっとさらされていたからだ。SSは、病気の蔓延《まんえん》によって労働力が損なわれるのを嫌った。

医師はおばあちゃんに、収容所はまもなく空っぽにされるだろうと話した。医師の聞き知ったところでは、囚人たちはまもなく塀の外へ行進させられるのだという。「でも、ここにいれば大丈夫です」と医師はおばあちゃんに言った。

診療所で、自分一人のベッドで眠れるなんて、そのときの僕には信じられなかった。ベッドには本物のマットレスが載っていて、シーツも――血の染みや汚れがついていたりはしたが――本物だった！　シーツの上で眠るなんて！　バラックの寝床と比べれば、とんでもない贅沢だった。ジャルキで暮らしていたころあまりに小さかった僕は、自分一人のベッドがあるのがどういうことなのかを忘れきっていた。そして、その贅沢のおかげで、熱にもかかわらず僕は自分が強くなったように感じていた。

診療所に残っているわずかな医師や看護師は、みな親切だった。扉の外で行進しているSSの隊員らと同じ高い階級なのに、彼らとはまるで違って見えた。医師の中にもヨーゼフ・メンゲレのように、子どもたちを実験台にして拷問まがいのことをする輩は存在した。でもメンゲレはもうすでに、ほかの高位の将校らとともに収容所を去っていた。

その夜、僕とおばあちゃんは、なんとしても生き延びようと強く思いつつ、眠りに落ちた。翌朝、目を覚ますと、外で大騒ぎが起きていた。その日は一九四五年一月一八日だった。SSたちは声をからして何かを怒鳴っていた。ホイッスルの音が鳴り響き、ブーツで行進をするカツカツという音がした。鞭を打つ音も聞こえた。銃声も聞こえた。窓一枚を隔てた外では、文字どおりの大混乱が起きていた。

僕はおばあちゃんのベッドにはい登り、二人でシーツの下に隠れた。そのほかにどうすべきなのか、わからなかったからだ。近くのベッドで寝ていた何人かの病人は、診療所に残っていては殺されると案じ、飛び起きて外に出ると、バラックの仲間たちのところに駆けていった。でもおばあちゃんは、前の日に会った医師の言葉に賭《か》けることにした。彼は、ここにいれば安全だと言ったのだ。だから僕らはそのままそこにとどまった。

大混乱はそのまま何時間も続いた。おばあちゃんは一度だけ、窓から外をのぞき見た。アリーダやベルカをはじめ、同じバラックの女性たちがみな寒空の下、上着もはおらずに並ばされていた。

そして、外の物音は遠くへ遠くへと動き始めた。そのあとには、奇妙な静けさが収容所を覆った。

このとき六万人近い囚人がアウシュヴィッツからヴォジスワフ・シロンスキの町まで行進させられたのだと、僕らはあとで知った。木の生い茂る森の中を、彼らは何日も歩かされた。道中で数万人が命を落とした。歩みが遅すぎて撃たれた人もいれば、飢餓や低体温で死んだ人もいた。このときの移動はのちに「死の行進」と呼ばれることになる。

もしそれに加わっていたら、僕も祖母もきっと死んでいた。幼い子どもと老いた女性が、そんな行進を生き抜ける可能性はなかった。なんとかヴォジスワフ・シロンスキにたどり着いた人々は、そこから貨物列車に乗せられて、ブーヘンヴァルトやダッハウなどのドイツの強制収容所に送られた。

結果的に僕の命を救った病が何だったのか、お話しできればいいのだけれど――。イスラエルのヤド・ヴァシェム・ホロコースト記念館が所蔵する資料の中に、アウシュヴィッツ入所者についての手書きのリストがあり、僕の当時の状況に関する記述もあった。その書類を最初に翻訳してくれた記録保管人は、僕はジフテリア患者として扱われていると考えた。ジフテリアは、死の危険もある感染症だ。ただ、別の二人の翻訳者は、書類に書かれた「dystrophie」というラテン語の医学用語が、単なる「衰弱」を意味するのではないかと考えた。

でも、病気の名前はどうでもいい。戦争から何年もたってから博物館で発見された一枚の書類によって、一つの奇跡が明らかになった——病気になったからこそ、僕は命拾いをしたのだ。

僕と祖母は、死に向かう道をかろうじて避けることができた。恐ろしい病という、奇怪だが時を得た恩寵が、僕らを助けてくれたのだ。

それから九日後、ＳＳの姿が影も形もなくなったアウシュヴィッツにソ連の兵士たちがやってきた。彼らが門をくぐり、行進してきたその日は小雪が舞っていた。「労働は自由をもたらす」という恐ろしい偽りの標語を掲げた門の下に、雪が降り積もっていた。

アウシュヴィッツに貨物列車で移送された数十万人の子どものうち、生きて収容所を出られた八歳以下の子どもはわずか五二人だった。みんな世界一の隠れんぼの名手だ。僕はそのうちの一人だった。

迷彩柄の制服と帽子に、膨らんだ革靴という見たことのない兵士たちがやってきたとき、恐れる必要はないのだと僕らにはすぐにわかった。その兵士たちは僕らに笑いかけていたからだ。僕たちを解放するためにやってきた彼らソ連の兵士たちは、チョコレートやクッキーを持ってきていた。僕らは自分が誰かを示そうと、兵士たちに入れ墨を見せたが、彼らは僕らの差し出した腕を戻し、一人一人の名前をたずねた。僕らはもう囚人ではなく、生存者《サバイバー》になっていた。僕らはもう番号ではなく、人間になっていた。そして僕らは自由になっていた。

「僕はマイケル」。僕は兵士たちに言った。

## 18 ルースへの訪問者

一九四四年の晩冬から一九四五年にかけてチェンストホヴァの女子修道院では、まるでミツバチの巣のように、大勢の人がせわしなく働いていた。修道院の敷地は、戦争中に親を亡くした孤児でいっぱいだった。建物の中では何十人もの子どもが、教室で科学や宗教を学び、ミサのときにはチャペルで祈りを捧げた。外の遊び場では、ウールのスウィング・コートの古着を着た少女たちが石蹴り遊びをし、少年たちが地面に棒で絵を描いたり追いかけっこをしたりしていた。かつてSS隊員らの怒鳴り声が響いていたホールは今、子どもの笑い声で満ちていた。SSはもう一人もいなくなっていた。

チェンストホヴァの町はすでにソ連軍によって、正式に解放されていた。そしてつい一〇日前、一人の訪問者が修道院の扉をたたいた。背の高いすらりとした女性で、金色の長い髪は背中の中ほどまであった。修道院長の部屋に通された彼女は、子どもを一人養子に迎えたいのだと説明した。

スイスから来たというその女性は、結婚して何年も子どもを望みながら、ずっとかなわずにいたという。神様がそんなふうにお決めになるはずはないと話すうち、彼女は泣き始めた。その女性は、ＳＳに両親を殺された孤児がポーランドに大勢いるという記事を読み、この修道院に心をひかれ、ここまでやってきたのだ。

修道院長はその女性と長い時間話をし、子どもを引き取りたいという気持ちは真摯《しんし》なものだと判断した。修道院長は女性を孤児院の遊び場に連れて行き、ここにいる子どもはみな、親を必要としているのだと話した。

院長はしかし、修道院にはとても厳しい決まりがあることを説明した。それは、子どもに養子縁組を強制はできないというものだ。もし子どもが望めば、養子として引き取ることは可能だが、子どもが修道院にとどまりたいと望めば、修道院は子どもを決して無理に養子に出さない。これは、例外のない絶対のルールだった。

そこにいる女の子や男の子を何時間も観察したりそばに行ったりしたあと、女性の目は、オリーブ色の肌をした小さな女の子に引き寄せられた。女の子の暖かい肌の色は、日の光をたっぷり浴びてきたかのように見えた。けれど女の子の笑顔に、太陽の暖かさはなかった。子どもを望んでいたその女性は、この子を引き取って、心の中まで輝かせてあげられたら、きっと本当の家族のようになれるのではないかと思った。

女の子の名前は、クリスティーナといった。年は五歳で、顔と同じように愛らしい声をしていた。スイスから来た女性は修道院長に、自分がはるばるこの修道院まで来たのはきっと、クリスティーナに自分を引き合わせようという神様の思し召しだと語った。女性は、自分とクリスティーナが運命で結ばれていると感じていた。

修道院長もそれを喜んだ。クリスティーナはとても感じやすいが、聡明な少女だった。良い家庭にもらわれればきっと幸せになるだろうし、目の前にいるこの女性は理想の相手に思われた。ところが、修道院長がクリスティーナに、この金髪の背の高い女の人があなたをスイスのおうちに引き取ってくれるのだと話すと、少女は「いや！　行かない！」と叫び、声を上げて泣きながら部屋を飛び出してしまった。「この人は、私の母さんじゃない！　知らない女の人とどこかに行くのなんかいや。行きたくないの、お願い！」

修道女たちは、クリスティーナがこんなふうにふるまうのを初めて見た。クリスティーナは、それまで大声を上げたことなど一度もなかったし、泣いたこともほとんどなかった。孤児院に来た最初の日でさえ、見るからにおびえてはいたものの、こんなふうに泣きはしなかった。修道女たちはおそらく、この親切な女性に託されるのが少女にとっても幸せだと思ったことだろう。でも、養子に関するルールを崩すわけにはいかない。修道院長は、スイスから来たその女性に、残念ながらクリスティーナは修道院にとどまると告げざるを得なかった。

それから数日後、修道院の正門の、巨大な木の扉の前に三人の訪問者があらわれ、修道院長と話をしたいと願った。

黒髪で背が低く、濃いひげを伸ばした紳士とその妻、そして夫妻の甥だという若い男は、修道女たちの暮らす区画に通された。夫婦は、戦争中この修道院の近くに置き去りにされた娘が、おそらくここの孤児院で暮らしているはずだと信じていた。「名前はルースといいます」。二人は修道院長に話した。

「申し訳ないのですが」。修道女は言った。「六年のあいだ、修道院の扉の前に置き去りにされた子どもはたくさんいますが、ルースという子はいません」。そして修道院長は、子どもの合意がないかぎり養子には出せないという決まりを説明した。

三人の訪問者とはもちろん、サム・ヨニッシュとゼシア・ヨニッシュ、そしてルースのいとこにあたるイーライだった。ジャルキの郊外にある農家の狭い屋根裏で二年半に及ぶ潜伏生活を続けた彼らは、もう通りを歩いても安全だと知らされるや、唯一の大事な使命を果たしに来たのだ。

ゼシアはポケットを探り、白地にピンクと緑の花模様のついた布切れを取り出した。この布切れが、自分がルースの母親だという唯一の証拠になるかもしれないとわかっていたゼシアは、離れて過ごしているあいだ、毎日、下着のスリップの外側に安全ピンでその布をとめつけていた。ゼシアは、万一SSにつかまって強制収容所に送られたら下着以外はすべて奪われることも知っていた。だからその布切れは長いあいだいつも、赤ん坊だったルースを昔おぶっていたゼシアの腰にとめつけられていた。

ゼシアは布を取り出し、修道院長の顔を見た。その表情からゼシアは、娘がここの孤児院にいるのだと悟った。

修道女も喜びを隠さなかった。子どもが修道院に引き取られたときの衣類や持ち物はすべて、孤児院が存続するかぎり、箱に入れてしまわれていた。クリスティーナの花模様のワンピースも安全に保管されていた。

　ゼシアは、心臓が高鳴るのを感じた。喜びと期待で体は震えていた。

　だが、ルールはルールだった。クリスティーナが、家族と一緒に孤児院を去るのに同意すれば、何も問題はない。ただ、もしクリスティーナがいやだと言ったら、ヨニッシュ夫妻は自分の娘であっても連れ帰ることはできないのだ。

　修道院長は、色めき立った訪問者らに告げた。「面会は一度に一人ずつです。クリスティーナはとても繊細な子なので、精神的に圧迫しないよう、注意してあげなくては」

　父親のサムは、自分がいちばんに行くと言ってきかなかった。サムの脳裏からはこの年月、修道院の外のベンチに置き去りにされたルースの姿がずっと離れなかった。別れてからすでに数年がたっていたが、ルースは前と変わらず、繊細で愛らしかった。そして、何かをこわがっているようにも見えた。修道院長がルースに、お父さんとお母さんが戻ってきましたよと話しても、ルースはおびえ、それは嘘だと言い張った。

「おちびちゃん！」。サムは声を上げた。ルースはこの背の低い、ひげ面の男を見つめると、鼓《こ》膜《まく》が破れんばかりの叫び声を上げた。サムは必死に説明した。父さんと母さんがおまえをここに置き去りにしたのは、おまえの命を救うためだった。ユダヤ人である父さんたちには、ほかに選択肢がなかったのだ、と。

この言葉はルースをさらにおののかせた。ルースは思った。自分がユダヤ人だなんて、ありえない。私はイエス様を愛していて、毎日心を込めてお祈りをしている。ユダヤ人なんて、汚くておぞましいブタだ。自分がその一人だなんて、絶対にありっこない――。

サムは、自分の娘をどうやってなだめればよいのかわからなかった。ルースはもう、抱き上げて抱擁するには大きくなりすぎていた。最後に会ったときから一五センチほども背が伸び、丸かった頬は少しそげ、大人びてきていた。もうよちよち歩きの幼児ではなく、五歳の少女になっていた。サムはルースをなだめようと背中をなでさすりながら、何度も「ルース、ルース」と言った。

だが、ルースは金切り声を上げてサムの手を押しやった。「私はクリスティーナっていうの!」と少女は叫んだ。

この騒ぎは廊下で待っているゼシアの耳にも聞こえた。ゼシアは修道院長に懇願した。「ルースはきっと私たちのことを覚えていないんです。私たちが手放したとき、あの子はやっと三歳の誕生日を迎えたばかりでした。でも、どうか、どうか、お願いです。あの子は私たちの娘なんです。あの子のドレスの布を見たでしょう? 私の娘だと、あなたもわかっているのでしょう?」

修道院長の心は痛んだ。サムが部屋から出てきたとき、その顔を院長はまともに見ることができなかった。院長はゼシアのほうを向いて、今度はあなたが試してごらんなさいと言った。ゼシアは娘との再会がこんなふうになるとは、想像もしていなかった。いとしいわが子にようやく再会できたのに、子どもを渡せないと言われるなど、いったい誰が想像するだろうか？　ゼシアの胸は今や、懐疑と不安で張りさけそうだった。

ゼシアは廊下の角を曲がり、ルースの待つ部屋に足を踏み入れた。座って窓から外を見ているルースの姿が目に入ったとき、ゼシアは息が止まるかと思った。その横顔は以前とずいぶん変わったようにも見えたけれど、たしかに、間違いなくルースだった。駆け寄って娘を抱きしめたいという強い思いがわき上がったが、ゼシアはありったけの自制心をかき集め、その衝動と闘った。自分の娘をこれ以上こわがらせたくはなかったのだ。

代わりにゼシアは、クリーム色の壁紙を貼ったその部屋の戸口に立ったまま、「アレフ、ベト、ヴェト、アレフ、ベト、ヴェト、ギメル、ダレト、ハイ、ギメル、ダレト、ハイ」と、ヘブライ語のアルファベットの歌を口ずさみ始めた。ルースはこの歌を、ゼシアと一緒に歌うのが好きだった。

ルースが頭をほんのわずかに傾けた。彼女もまた、窓から後ろを振り返り、誰が歌っているのかを見てみたいという強い衝動と闘っていた。ルースは失望するのが恐ろしかった。でもそのいっぽうで、どうしても見たくてたまらなかった。

ゼシアは歌い続けた。突然ルースがくるりと振り返り、ゼシアを見た。石のようだった表情は次第に喜びの表情へと変わった。笑顔なのに涙をこぼしながら、ルースは母親の腕に飛び込んできた。ルースはその歌を思い出した。母親の抱擁と、母親の顔を思い出した。そして、この黒髪の美しい女の人に愛されていたことを思い出した。
その瞬間ルースは、自分がもう二度と孤児にはならないだろうと知った。

# 19 歴史の中の写真

ソ連兵らがアウシュヴィッツを解放したその日、すべての囚人は自分の家に戻り、その後ずっと幸せに暮らしました――と言えたらどんなにいいだろう。でも現実は、まったくそうではなかった。人々は病気や飢餓に苦しんでいて、故郷に帰るための交通手段もなかった。故郷の家が破壊された人もいれば、故郷の町がまだドイツに占領されている人もいた。アウシュヴィッツは解放されたけれど、戦争はまだ終わっていなかった。ドイツはまだ敗北しておらず、ナチスの侵略軍はすべての町や国からまだ追い払われたわけではなかった。そしておおかたの囚人には、家族も残されていなかった。おばあちゃんの生きている僕は、まだ幸運なほうだった。そしてもちろん僕は、戦争が終わりつつある以上、母さんがきっとまた僕のところに戻ってきてくれるだろうと思っていた。

解放されたその日の夜、人々はみな収容所にとどまっていた。収容所はすでに、ソ連軍の管轄下にあった。人々はまだバラックで眠っていたが、みな、枕を与えられた。ソ連の兵士たちは清潔なシーツと着替えも手渡してくれた。人々はさらに「カナダ」倉庫に押しかけ、革靴やウールのコートやセーターを手に入れた。ドーラおばあちゃんは「カナダ」で見つけたラベンダー色のシルクのスリップの上に、白い厚地の木綿のネグリジェ、さらに革のロングブーツという豪華だが珍妙ないでたちで、バラックのあちこちを歩き回っていた。風呂場でシャワーを使うことを許され、シラミを駆除する特別な薬を全身に振りかけられた。必要なときにいつでも新鮮な飲み水を台所からもらう許可も出た。

場所自体は何も変わっていないのに、解放の日のお祭り気分は、ここが死の収容所であることを思わず忘れさせてしまうほどだった。

「ボベシ、マミシュはここに戻ってくるの？」。僕はおばあちゃんにたずねた。

おばあちゃんは僕に向かって、（そんな質問はしないでおくれ）というように手を振った。

「マミシュは、戦争が終わったらまた一緒になれるって言っていたよ、ボベシ！」。僕は食い下がった。

「マイケル。いい子だから、その話はまた今度におし。今晩はお祝いだよ」

その晩は、文字どおりお祝いだった。どのバラックでも人々は歌い、踊った。それまでまるで金《きん》のように珍重されていた鍋やフライパンやスプーンが、ドラム代わりに景気よく使われた。ソ連兵は男の囚人たちにウォトカをふるまった。そしてあちらからもこちらからも大きな声が上がった。「自由だ！　自由だ！　自由なんだ！」

おばあちゃんは踊りこそしなかったけれど、バラックの中段のベッドに座り、なめし革のブーツを履いた足を即興の音楽に合わせてゆらゆらと揺らし、その場の雰囲気にひたりきっていた。

僕はおばあちゃんの隣によじ登ってたずねた。「ねえ、ボベシ。みんな、『もう自由だ。家に帰れる』って言ってるけど、どういうこと？　これからどうなるの？」

おばあちゃんはぎょっとしたように僕のことを見た。もちろん今なら僕にも、なぜおばあちゃんがそんな顔をしたのかわかる。「自由」の意味がわからない人間など、どこにいるだろうか？

僕にはそれが、わからなかったのだ。スプーンとフライパンと鍋のリズムに合わせて足を揺らしていたドーラおばあちゃんは、突然、大声で笑いだした。気のふれたようなその笑い声に、僕はただ驚いた。僕の記憶の中に、おばあちゃんが笑っている姿はなかった。実際、そのときの僕にとって笑い声は、「自由」や「わが家」の概念と同じほど、見知らぬ何かになってしまっていた。そのとき聞こえた笑い声――おばあちゃんだけでなく、すべての生存者《サバイバー》たちの笑い声――は、怒りと恐怖といらだちと希望と喜びが一つになった瞬間、堰《せき》を切ってあふれ出た怒濤《どとう》のような笑い声だった。溶岩がぶくぶくと泡立つような笑い声だった。

11ブロックに死体がまだうずたかく積み上げられている状態の収容所の中で、僕らはお祝いをしていた。人々の腹は空腹で落ちくぼみ、心は喪失で張りさけそうだった。まわりの大人たちがそのとき何を思っていたのか、僕にはわからない。僕はただ音楽を楽しみ、母さんに早く会いたいとそればかりを考えていた。

ドーラおばあちゃんは、母さんとはまったく違うタイプだった。母さんは陽気で快活だったけれど、おばあちゃんはもっとストイックでまじめな性格だった。そんなおばあちゃんが声を立てて笑っているのを見て、僕は、この先やってくるのはきっと良いことなのだろうと即座に察知した。

母さんに会えると思うと、心臓が本当に弾むように感じられた。早く早く、母さんの腕に抱きしめられたい。髪の毛が生えかけた頭のてっぺんにキスをしてほしい。診療所の大きなベッドのことを話してあげたい。その大きなベッドを僕が独り占めしたなんて、母さんは信じないかもしれない。ドイツの兵隊が去っていったときのことを、そして良い兵隊がやってきて僕にチョコレートやクッキーをくれたことを、母さんに話してあげたい——。

「マイケル」。その夜、おばあちゃんは寝床の中で僕の目を見ながら言った。「いい子だからお聞き。マミシュはもういないんだよ。パパやお兄ちゃんがいなくなったのと同じように、マミシュももう戻ってこない」

「そんなことないよ」。僕は、当然のことのように言った。母さんは、もし二度と戻らないつもりなら、僕にそのことを言っているはずだ。また一緒になれると、母さんははっきり約束してくれたんだ。

おばあちゃんはそれに対して、もう何も言わなかった。きっと僕に反論する気力がなかったのだろう。

朝が来ても、点呼のために早起きする必要はもうなかった。ソ連兵たちはあちこちのバラックを回って、その日の午前中いっぱい、ドイツ人用の台所で朝食が食べられると大声でふれまわった。解放されたアウシュヴィッツでの朝食は、ストーブで焼いた卵と、ソバ粉のポリッジ（おかゆ）のクリーム添えというメニューだった。二種類のコンポートにクラッカーを添えたものもあった。クラッカーは、SS用の特別の貯蔵室に保管されていたものだ。

昨夜収容所に到着したソ連の医師たちが人々に、あまり急いでたくさん食べると、弱った胃が食べ物を消化できず、下手をすれば食べすぎで死んでしまうと警告した。僕は震え上がった。

「マイケル、ほら、このおいしいこと！　まるで神様の御業《みわざ》のようだね？」。ぱりぱりのクラッカーを二人でネズミのようにかじっているとき、おばあちゃんが笑顔で僕に言った。

僕らはつとめてペースを落とし、医師に忠告されたようにできるだけゆっくりと食べた。

「もう一包み、いかがですか？」。兵士がおばあちゃんに言った。あまりにおいしそうにクラッカーを食べるのを見て、おかわりをすすめてくれたのだ。

おばあちゃんは一瞬呆然とした。そしてすぐに「たくさんあるのでしたら」と答え、兵士にお礼を言った。でも、兵士がその場を去るとすぐ、そのクラッカーをポケットの奥深くにしまい込んだ。六か月間、生き延びるために「やりくり」をしてきたおばあちゃんには、ほかにどうふるまうべきなのか、わからなかったのだ。

その日の晩にはもっとたくさんのソ連兵が、トラックで収容所に到着した。彼らはアウシュヴィッツを非公式の「難民キャンプ」に変えつつあった。この「難民キャンプ」とは、囚人たちが永続的な居住地を見つけるまで、あるいは家に帰る算段を整えるまでとどまれる、一時的な宿泊場所のことだ。ソ連兵たちはいくつかのユダヤ人難民組織や国際赤十字と協力して、生き残った人々が親族を捜し出すのを手伝った。帰る場所をなくした人々が数か月あるいは数年間滞在できるような、より定住的なキャンプもいくつか建設が始まっていた。

兵士たちは生存者一人一人に質問をして、書類を作成した。僕とおばあちゃんは列に並び、自分の番が来るのを待っていた。そのとき、子どものバラックで一緒だった年上の男の子が近くにいるのに気がついた。僕より八歳年上のはずのその子は泣いていた。

「ボベシ。僕、あの子を知ってる」。僕は指をさしながら言った。「どうして泣いているのかな？」。僕はその年上の少年に自分で声をかけるのは不安だった。

「おちびさん、こっちにおいで」。おばあちゃんは少年にそう言葉をかけ、なだめてやろうとした。母さんならこういうときに相手を抱きしめて涙をふいてあげるけれど、おばあちゃんはそれはせず、少年のほうにかがみ込み、心からの慈愛を込めて「どうしたの？　何を困っているの？」とたずねた。

最初はその子があまり激しく泣いているので、なんと言っているのかおばあちゃんは理解できなかった。手助けをしようと、ほかの女性たちもまわりに集まってきた。

少年は泣きじゃくりながら、自分の名字がわからないのだと説明した。それだけでなく、両親の名前さえ、いつも「パパ、ママ」と呼んでいたせいで思い出せないのだという。

おばあちゃんが少年に手を差し伸べようとした瞬間、別の女性が割って入った。

「あなたの名前を教えて」。女の人は言った。その顔にはまるでやけどのような赤い傷跡があった。

少年は名前を言った。

「よしよし、すべて解決するまで私と一緒にいらっしゃい。愛する家族を捜し出せるまで、二人一緒にいればいいわ。ね？」

顔に傷のある女性はおばあちゃんのほうを見て、（それでいいですね？）という顔をした。おばあちゃんはうなずいて同意した。女性は少年を部屋の入り口にある大きな木の机のところまで連れていき、当座の保護者になる手続きをした。

おばあちゃんは僕のほうにかがみ込み、僕の耳にそっとささやいた。「ねえマイケル、私たちは一緒にいられて幸運だったね。神様《バルフ・アター・アドナイ》のおかげで私たちには家族が残った。きっともうすぐ家にも帰れるよ」

僕たちの書類を作る順番が来た。軍の通訳が手助けをしてくれた。彼らはポーランド語とハンガリー語とドイツ語に加え、イディッシュ語も少し話すことができた。

一人の兵士がおばあちゃんにこうたずねるのが聞こえた。「この男の子の両親は？」

おばあちゃんが僕のほうを振り返り、僕をちらりと見た。僕はあさってのほうを向いて、話を聞いていないふりをした。でも、おばあちゃんが何というか、僕は聞いていた。

「フェルシュトルベン」とおばあちゃんは小さな声で言った。ドイツ語で「死亡した」という意味だ。

心臓が激しく鼓動を打った。おばあちゃんの言葉を僕は信じなかった。母さんは死んでなんかいない。母さんはＳＳに連れられていったどこかから必ず戻ってくると、僕はともかくこの瞬間は確信していたのだ。

僕は、兵士がおばあちゃんに何か死亡の証拠を求めるのを待ったが、兵士はうなずいて、書類に何かを書き込んだだけだった。

僕の心臓はそれからもずっと激しく打ち続けた。その晩、きれいに掃除されたバラックで寝床に入ったときも、まだそれはおさまらなかった。ようやく眠りに落ちる直前まで、ドクンドクンという鼓動が耳の中に響いていた。

その夜、恐ろしい夢を見た。中身をはっきりとは覚えていない。でもおそらくそれは、以後何年も僕を悩ますことになる悪夢と同じだった。夢の中で、母さんはアウシュヴィッツにある大きな建物の中に入っていく。入り口にはたくさんの人が並んでいる。彼らは裸で、骨と皮のようにやせ細り、まるで一つの塊のようにくっつき合っている。建物の反対側ではユダヤ人の労働者が、人々のぐにゃりとした死体をスコップでできるだけ速くすくっている。夢の中で、母さんの遺体は大きな機械に放り込まれ、石鹼にされる。そしていつのまにか僕自身もその機械の中にいる。大きなローラーのあいだで体がすりつぶされていく。頭のすべての骨が、そしておなかのすべての骨が無数の破片に砕け、皮膚がどろどろに溶けていく。僕も石鹼にされてしまうのだ。

目が覚めたとき、僕はおばあちゃんの腕にしっかり抱きかかえられていた。僕が体をばたばたさせるのをやめるまで、おばあちゃんはずっと僕のことを抱いていた。

「ほらほら、マイケル。大丈夫。大丈夫。いい子だね、私はおまえを置いていったりしないよ。大丈夫だよ。大丈夫だよ」

僕はようやく泣き叫ぶのをやめて、深い、夢のない眠りの中に落ちていった。


解放から二日目の朝、バラックの窓から太陽の光が洪水のように差し込んできた。僕とおばあちゃんは「カナダ」倉庫から獲得したきれいな衣服を身につけた。僕には新しい靴もあった。それは厳密には「新しい」わけではなかったが、それでも、最初にここに来たときに与えられたぶかぶかの木靴とは比べ物にならなかった。その靴の柔らかくなった革は、たこで固くなった僕の足をやさしく包んだ。

この日の朝も僕らのために、ドイツ人の使っていた台所に朝食が用意されていた。

「レディース・アンド・ジェントルメン。こちらにどうぞ。まもなく朝食が整います」。レ、い、い、い、ディース・アンド・ジェ、ン、ト、ル、メ、ン。プ、リ、ー、ズ。これまで耳にしたことのない、初めての言葉に僕はたくさん遭遇した。そして、兵士がユダヤ人にこんなに親切に話しかけているのを初めて聞いた。

その日の朝食の光景は、僕がそれまで見た中でいちばんすばらしいものの一つだった。テーブルの上には何百もの固ゆで卵が、ぴかぴかの金属の盆に山と載せられていた。きつね色に焼いたビスケットや赤いビーツなど、まるで虹のように色とりどりの食べ物があった。人々は、いちどきに食べすぎないようにとふたたび注意を受けた。温かい食べ物を口にする心地良さに僕は感嘆した。温かい食べ物とは、なんと心の安らぐものなのだろう。それに、母さんはあの赤いビーツをきっと喜ぶはずだ。だって母さんは、いつも――。

マミシュ――。僕は母さんが恋しかった。

僕は皿を数センチ向こうに押しやった。それらの新しい食べ物の匂いのせいで、突然胃が裏返ってしまいそうな気がしたのだ。

「お食べ、坊や」。おばあちゃんが促した。おばあちゃんは僕の額を触り、熱がぶり返していないことを確認した。病気はもうすっかり治ったようなのに、おばあちゃんはまだ僕の容体を心配していた。

「もう病気じゃないよ、ボベシ」。僕は言った。「マミシュに会いたい」

おばあちゃんは僕の手を軽くなで、目をそらした。

何日かが過ぎた。解放の日に降っていた雪があらかた解けると、収容所はぬかるみで汚らしくなった。それでも全体に、前よりははるかにきれいになったように見えた。煙突からは、もうあのいやな臭いのする灰だらけの煙は吐き出されてこない。人々の衣類も清潔になったし、毛布からはシラミが駆除された。

おばあちゃんはずっと僕に言い続けていた。「もうすぐ家に帰れるからね——もうすぐだよ」

僕はジャルキのことは何一つ覚えていなかった。でも、きっともう母さんがそこで僕らを待っているのだろうと想像していた。

さらに三日か四日が過ぎたある朝、ソ連兵たちが生存者《サバイバー》の一部をあるエリアに呼び出して、以前の縞模様の囚人服をもう一度着てもらえないだろうかと言った。

おばあちゃんはその話を聞いて、ぽかんと口を開けた。なんで今さら、あの寄生虫だらけの、泥にまみれた制服を着なければならないの？

ソ連兵たちは説明した。自分たちはただ、収容所から人々が出てくる歴史的瞬間を映像で記録しておきたいのだ。収容所を解放した当日には、あいにくカメラを回していなかったので、と。

なんだか奇妙な話だった。けれど兵士たちは、縞模様の囚人服は消毒済みだし、着ている時間はほんのわずかだと請け合った。真冬で外は凍るように寒かったため、人々は囚人服の下に何枚も衣服を重ね着することを許された。兵士らは僕たちの健康をとても気遣っていた。

「お手伝いしましょうか？《ダヴァーイ・ヤ・チュベ・ポモフ》」。僕がバラックから出ようとしていると、一人の将校がロシア語で声をかけてきた。僕は三枚服を重ねた上に、かなりサイズの大きな青と灰色の縞の囚人服を着込んでいた。将校は僕に手を貸し、ボタンを上まで閉めると、おばあちゃんの手から僕を抱き取った。

おばあちゃんは止めようとしたにちがいない。唯一の保護者であるおばあちゃんは、僕が手の届かないところに行くのをいやがったはずだ。でも結局のところ囚人はみな、ソ連兵を信じるほかなかった。彼らは小さな子どもたちを列に並べた。歴史上最大の、そしてもっとも悪名高い死の収容所を生き延びた少数の子どもたちが、ずらりとそこに並んだ。「袖をまくって、みんなの番号を見せてください」。一人の兵士がカメラを回しながら指示した。ロシア語だったので、僕は理解できなかった。通訳が身振りを交えながら、もう一度ポーランド語で言い直した。僕はまわりの子どもたちと同じように、ぶかぶかの囚人服の袖をまくり上げ、入れ墨を見せた。

そのときにはわからなかったが、この映像はのちに世界じゅうの無数の人々にアウシュヴィッツの非道を思い起こさせる材料になる。そしていつの日か、スクリーン上に幼い自分の姿を見つけた僕を仰天させることになる。縞模様の囚人服を着た幼い僕は、アウシュヴィッツの隠れんぼチャンピオンの一人だった。

## 20 わが家

それからほどなくしておばあちゃんは、帰郷の準備ができたという知らせを受けた。「マイケル、ジャルキに帰るんだよ！」。アウシュヴィッツを永遠に去る日、おばあちゃんは満面の笑みを浮かべて言った。「おうちを見るのを楽しみにしておいで。居間はとっても広いんだ。大人の寝室を三つくっつけたくらいにね」。正面には大きな窓があって、家の中には僕だけの寝室があることを説明してくれた。

僕らは収容所の事務所の中で、指示を待っていた。おばあちゃんはエンピツを借りてきて、家の見取り図を紙に描いてくれた。「ここにおまえのベッドがあって、もちろんサミュエルのベッドもあった」。おばあちゃんは深いため息をついた。「これからはおばあちゃんと一緒の部屋で眠ろうね。そうすれば、さみしくないよ」。おばあちゃんは力強く言った。

サミュエルの名前を聞いた僕は、半年前にみんなでここに来たときの貨車の旅を思い出した。ピョンキからアウシュヴィッツまでの長い長い旅だ。四方から人に押され、かがみ込んだサミュエルの苦しげな顔が脳裏に浮かんだ。サミュエルの目には、茶色い髪が垂れていた——いや、茶色ではなくて黒だった？　どうして思い出せないんだろう？

髪の色を思い出そうとすればするほど、サミュエルの顔全体のイメージは頭の中でぼんやりと淡くなっていった。

記憶が、壊れてしまった――。

僕はそのほかの、いなくなった家族のことを思い出そうとした。

「ボベシ、父さんの髪は僕みたいにくるくるしていたんだよね？」

ほかの記憶を呼び戻そうとするうち、僕は泣きじゃくり始めた。

母さんがいつも僕とサミュエルに歌ってくれたのは、どんな歌だった？

「これがさいごの……」。だめだ、思い出せない。

夜、弾薬工場の仕事から帰ってきたときの母さんは、どんな匂いがしていた？

サミュエルはピョンキで、枕の下に小石をたくさん隠していたんだっけ？　そのことは、覚えていたはずなのに。

父さんはどんなあだ名で僕のことを呼んでいた？

元ＳＳの事務所の中で、ベンチにおばあちゃんと並んで腰かけていた僕の頭には、こんな問いが一つまた一つと果てしなくわき上がってきた。おばあちゃんは鞄の中をのぞき込み、道中のためにソ連兵が用意してくれた洗面具や衣類がきちんと入っているかを確認していた。おばあちゃんはもう、少なくとも一〇回は中身を確認し直していた。誰かに鞄を盗まれたときのために、ブラジャーの中には予備の食料まで隠されていた。

「マイケル」。おばあちゃんはやさしく、語り聞かせるように言った。「着くまでには何時間も何時間もかかるから、たくさんお話をしようね。家族のことを何でも話してあげるよ」

ジャルキに着くころには、家族みんなのことがすっかり頭に入っているはずだとおばあちゃんは約束してくれた。

ソ連兵がおばあちゃんに書類を渡すと、別の兵士が僕らをアウシュヴィッツの門のずっと向こうにある鉄道駅まで徒歩で連れていってくれた。

僕らの乗った列車は、ここに来たときとはまるで違う乗り物だった。ガラスの窓があり、木のベンチがあり、空いている座席さえあった。車内で飲むために、僕らは水の瓶をいくつか持ち込んでいた。

列車は時々停車し、そのたびに乗客は増えていった。駅に止まるたび、僕とおばあちゃんは両脚を伸ばした。

ポーランド南部の、うっすら雪の残る平原を列車がゆっくり進んでいくあいだ、おばあちゃんは約束どおり、家族の話をたくさん僕にしてくれた。

「兄さんのサミュエルは母さんに、弟が欲しい、妹なんかいらないって言っていたよ」。おばあちゃんは悲しそうに笑った。「生まれてきたおまえのことを、サミュエルはまるでおもちゃみたいに扱ったんだ。母さんが夜やっと寝かしつけたおまえを、サミュエルは揺りかごからこっそり子ども部屋に連れ出しちまうのさ。逆さにした箱を学校の机に見たてて、その〝机〟にまるで人形みたいにおまえのことを寝かせて、自分は先生のまねごとだよ。おまえはさしずめ、生徒ってところだね。まだ言葉なんてひとことも話せやしないんだけれどね。母さんはそういう現場を見つけるたび、『赤ちゃんを起こさないで！』って大声でサミュエルを叱って、おまえさんを揺りかごに、兄さんを毛布の下に押し込んで、扉をぴったり閉める——そして、父さんや私と一緒に笑いだしたものだよ」

この話を僕はその後もずっと覚えていた。ジャルキに着くまでの道すがら、おばあちゃんはそんな話をたくさん僕に聞かせてくれた。

列車はのろのろと北に向かっていった。途中で僕らは、兵士らが持たせてくれたクラッカーやキャンディを食べた。とても長い時間が過ぎたように感じたけれど、日没より前に列車はジャルキからそう遠くない駅に到着した。そこから町までは、難民機関の手配した御者が連れていくことになっていた。農業用の荷馬車の座席から、ポーランド人の農夫がにこやかに僕らにあいさつをした。

「ようこそ、ふるさとへ」。農夫はおばあちゃんに言った。「たいへんな……たいへんなご旅行でしたね」。うまい言葉を見つけられて、彼は安堵したようだった。「鞄を持ちましょうか？」。彼はそう言いながら鞄に手を伸ばした。

おばあちゃんは何も言わずに鞄を胸に引き寄せた。まるで話し方を忘れてしまったように見えた。古い木製の荷馬車におばあちゃんは無言のままひとりで乗り込み、僕に手を差し出して引っ張り上げると、隣に座らせた。農夫は前の座席に乗り、馬に鞭を当てた。やせこけた一頭の馬が荷馬車を引いた。

　うねうねとした泥道を荷馬車は進み、暗い森や平原を通り過ぎていった。風景があまりにのどかなせいか、荷馬車の車輪が一つだけ小さいことに僕らはしばらく気づかずにいた。一つだけ車輪が小さいせいでその荷馬車は、足のけがをかばいながら走る動物のようにぐらぐらと揺れた。懐かしい風景を見たせいで無数の思い出が一度によみがえってきたのか、おばあちゃんは唐突に、ふたたび昔語りを始めた。

「おまえの父さんは黒い目で、肌も浅黒かった。サミュエルや、それから私のようにね。小さな子どものころは、きらきらした茶色の巻き毛が肩にかかっていたんだ。あんまりきれいなので、私は何年も、その髪にハサミを入れられなかったのさ」。おばあちゃんは言った。

　一瞬、間をおいて、おばあちゃんはクスクスと小さく笑った。きっと何か楽しいことを思い出したのだろう。おばあちゃんはサミュエルが三歳くらいのころ——戦争が始まる少し前——の思い出を話し始めた。日曜の朝、町の噴水塔まで水を汲《く》みに行く父さんを、サミュエルは手伝うと言ってきかなかった。「こんどは一滴もこぼさないよ。絶対に、じょうずにお手伝いをするから！」。おばあちゃんの話によれば、父さんはそういうときいつも、だめだとは言えず、母さんをおおいにがっかりさせたそうだ。母さんとしては、満杯のバケツが戻ってくるほうが、そしてズボンのすそが乾いたまま息子が家に帰ってくるほうが、よほどありがたかったのだ。食事の支度をするにはきれいな水が必要なのにと、母さんとおばあちゃんは主張した。それでも父さんは毎日曜日の朝、二つのバケツを提げた小さなサミュエルの後ろを無言で笑いながら歩いた。サミュエルが一歩踏み出すたびにバケツはぐらぐら傾き、水はサミュエルのくるぶしにはねかかった。

父さんは笑顔でサミュエルを励ました。「おお、頑張っているね。手伝ってくれてうれしいなあ。母さんもおばあちゃんもきっと喜ぶぞ」

時々サミュエルは、家までの短い道のりのあいだに一休みして、すでに半分くらい水の減ったバケツを自分の口に傾け、今度は洋服のえりまで水びたしにした。

バケツを揺らしながら家の玄関に行進してきたサミュエルの得意げな顔を思い出し、おばあちゃんは顔をほころばせた。バケツに水はわずかしか残っておらず、おばあちゃんと母さんは落胆を――そして笑いを――こらえるのに必死だった。わずか四分の一しか水のないバケツを抱えて、ボーンスタイン家の二人の男は帰還したのだ。

おばあちゃんの昔語りを聞くうちに、荷馬車はジャルキに近づいていた。あたりにはうっそうとした森が広がっていた。荷馬車は、葉を落とした太い木の枝が垂れ下がる道を、まるでそれらを切り払うように進んでいった。道の両脇にはゴミやがれきが散乱していた。僕が想像していたよりも、ずっと汚い土地だった。おばあちゃんはいつもジャルキのことを、まるで楽園のように語っていたのに。

木々の合間から向こうを見やると、遠くに建物の輪郭が見えた。二階建ての建物がいくつかあったものの、遠目にもそれらは古びて薄汚れていた。その近くに教会のような建物があるのが見えたけれど、それを除けば、目を引くようなものは何もなかった。生い茂る木々が日光をさえぎるせいで、荷馬車の進む泥道は薄暗かった。枝の隙間からかろうじて差し込んでくる日の光が、地面にクモの巣のような模様を描いていた。

おばあちゃんは、前にいる農夫に荷馬車を停めてほしいと言い、彼が手伝うより早く自分で下に降りた。

旅のあいだずっと、ジャルキについての話をいくつもいくつも聞かされてきた僕は、とっさにこう言ってしまった。「ボベシ、ここは違うよね？　まだ馬車に乗っていようよ」

どうしておばあちゃんを困らせてしまったのだろう？

おばあちゃんは僕に手を貸して荷馬車から降ろし、農夫に別れを告げた。僕はその場に立ったまま、あたりを見回し、だだをこね続けていた。すると突然、道の真ん中でおばあちゃんは僕のお尻を思い切りたたいた。ゲットーで暮らしていたあいだ、そして収容所に行ってからも、僕は誰からも一度も平手打ちなどされたことがなかった。僕の愛する人は誰一人、僕に向かって声を荒らげさえしなかった。おばあちゃんの平手打ちは僕を一瞬で沈黙させた。

パカパカという馬の蹄の音が遠くに消えてからも長いこと、僕とおばあちゃんは路上に立ち尽くしていた。そしておばあちゃんはようやく口を開いた。僕に話しかけているのかそうでないのか、わからなかった。僕はただ、それに耳を傾けていた。

「みんな、行ってしまったんだね。今はもう、風の音になってしまったんだね、きっと」

おばあちゃんは、眼下に広がる薄汚れた町を見つめていた。町には、動くものは何もなく、人っ子一人歩いていないように見えた。

「塵《ちり》になり、灰になってしまったんだね？　それとも私が呼吸しているこの空気に？　さあ、私の足を動かしておくれ。もう私一人の力では、これ以上動けやしない」

おばあちゃんは気のふれたようにしゃべり続けていた。僕は口を挟むことができなかった。

すべてが、僕の想像していたのとは違っていた。町に近づくと、道路に古い看板があるのが見えた。それは、町の人々への警告文だ。「ユダヤ人ども《ユーデン》！　町を出るな《ゲー・ニヒト》！　罰は死刑《シュトラーフェ・イスト・デア・トート》！」

僕はその看板を読むことができた。僕に読み書きを教えてくれたのは――サミュエルだ。ピョンキで、父さんや母さんやおばあちゃんが仕事から帰るのを待つあいだ、一日の大半の時間、僕の世話をしてくれたのはサミュエルだった。サミュエルはそのころドイツ語がかなり上手になっていて、文字を指し示しながらドイツ語でどう読むのかを教えてくれたのだ。とても短い言葉の発音を教えてもらうと、僕はすぐにそれを覚えたものだ。

サミュエルのことを思い出した僕は、なぜか悲しい気持ちではなく、突然、明るく晴れやかな気持ちになった。だって、兄さんの顔を思い描けただけでなく、声まで思い出すことができたのだから。この町にいれば、今覚えている以上のことをきっと思い出せる。そして、母さんがいつか帰ってくるという希望をしっかり持ち続けていられる気がした。

　僕とおばあちゃんは森の中の道を黙々と歩いた。そして突然、まるで舞台の幕が上がるかのように森が開け、ジャルキの町があらわれた。広場はちょうど僕らの目の前にあった。広場のまわりには、レンガ造りの二階建てや三階建ての建物があった。床屋も一軒あったけれど、窓には板が打ちつけられていた。パン屋も一軒あったが、見たところ、何年ものあいだ一人のお客も来なければ、一つのパンも焼いたことがないようだった。革製品の店も一軒あったものの、やはり閉められていた。

「あの店で、安息日の食事のために肉をよく買ったものだよ」。広場の角にある建物を指さしながらおばあちゃんが言った。建物の正面には、幅の狭いガラスのショーウィンドウがあった。ガラスには銃痕が一つ残っていた。

　広場には町の人々が数人たむろしていた。太い葉巻タバコを吸いながら談笑している数人の男たち。天秤棒を肩に載せて歩いている若い二人の女性。天秤棒の両端にはバケツが下がっている。女たちは広場の真ん中にある噴水塔に近づくと、両方のバケツに水を汲んだ。おばあちゃんが道すがら話してくれたあの噴水塔はこれにちがいないと僕は推測した。ジャルキには一九二五年にもう電気が引かれていたけれど、それから二〇年がたってもまだ、上下水道の設備は整っていなかったのだ。ゆっくり踏みしめるように女性たちが歩くたびに、天秤棒のバケツは左右に揺れ、衣服に水がわずかにはねかかった。広場の人々は僕とおばあちゃんを、まるで別の星からやってきた人間のようにじろじろと見つめていた。

僕らはさらに歩みを進め、小さな通りに入った。道の両側にはそれぞれ異なるデザインの家が立っていた。茶色の板壁のコテージ風の家。灰色の石造りの家。赤いレンガの家。あちらこちらに雑草が生えている。アウシュヴィッツの堅牢に造られた建物に比べると、これらの家は今にも壊れそうに見えた。

赤レンガの家の前でおばあちゃんは歩みを止め、「マイケル、ここだよ、覚えているかい?」と言った。

思い出したかったけれど、僕には思い出せなかった。

「ここが私の家だよ、坊や。おまえの家だよ。ここで、みんなで暮らしていたんだ」

おばあちゃんは家の正面にある大きな長方形の窓を指さした。「おまえはあの窓の内側に立って、顔をガラスにくっつけて、父さんが夜、通りから帰ってくるのを待っていた。母さんも私も、父さんが近づいてくると、いつもすぐにわかったよ。父さんが見えてうれしくなったおまえが、ガラスを両手でパタパタたたき始めるからね」

窓の向こうで何かがふと動いたような気がした。でも、何かの影だったのかもしれない。

おばあちゃんは家の右側に向かってうなずきながら言った。「おまえの部屋はあそこだよ。サミュエルはよく夜に、もう少し起きていたいとだだをこねた。おまえもいつも、ちっとも眠そうじゃなかった。でも母さんがキスをして『おやすみなさい』と言うと、子ども部屋は黙想のときのシナゴーグみたいにしんと静まり返った。おまえたちは時々、眠らないで遊んでいようと頑張っていたけれど、たいていすぐに睡魔に負けて寝てしまったんだ」

おばあちゃんは僕の手を引いて、正面の扉に続く道を歩き始めた。自分の家がまだそこに立っていたことに、おばあちゃんは興奮を隠せずにいた。

扉の前の階段を上るとき、僕はおばあちゃんにぴったりくっついていた。両脇の手すりが何もないので、下に落ちてしまうのではないかと心配だったのだ。

木の扉はゆがんで、腐りかけているように見えた。おばあちゃんはそれを見て鼻にしわを寄せ、(こんなはずではなかったのに)というようにため息をついた。それからドアノブに手を伸ばした。でも、ドアノブはなかった。

この家は明らかに、何かの事情を抱えているようだった。

おばあちゃんがドアを押して開けようとすると、突然、僕らの目の前にむっちりと太った背の高い女の人があらわれた。髪は鮮やかな赤で、丸々とした頬はピンク色だった。きっと僕の母さんと同じ年くらいだろうと僕は想像した。

「何をしているんだい？　人の家にノックもしないで入ってくるつもりかい？」。甲高い、怒った声で女は言った。

赤毛の女はつばを吐き散らしながらしゃべった。くぼんだあごの先に唾液が何滴か飛んでも、女はそれをぬぐおうとさえしなかった。

おばあちゃんは背筋をまっすぐにして立ち、「失礼ですが、ここは私の家です。戦争の前から何年もここに住んでいました。あの当時――」。

おばあちゃんはいったん言葉を切って、心を落ち着けなくてはならなかった。

「息子のイズラエル・ボーンスタインは、ユダヤ人評議会の議長をつとめて――いました。これがイズラエルの忘れ形見で――」

赤毛の女はおばあちゃんの言葉を突然さえぎった。「あんた、ユダヤ人だね？　あのかまどから、どうやって逃げ出してきたのさ？　ずるがしこい女だね。仲間と一緒に焼かれちまえばよかったものを。さあ、とっととうちの玄関から出ていっておくれ。でないと警察を呼ぶよ」

この言葉とともに、おばあちゃんの家の扉は、目の前でぴしゃりと閉められた。

# 21 ヒルダおばさん

一九四五年の晩春、いなかの小さな駅の前に二人の女が立っていた。

青白い顔をした背の高いポーランド人男性が馬車から身を乗り出して話しかけた。「あんたがたのどちらかがヒルダさんかい？」

母さんの妹、つまり僕のおばがうなずいた。

「目的地までお連れするように言われてきたんだ。お連れさんも一緒に乗っていくのかね？」

ヒルダ・ヨニッシュは友人のアビゲイルと一緒だった。アビゲイルは、汽車で駅に到着してからなにかそわそわしているように見えた。

ヒルダは疑り深い目で男を見た。本来用心深い性格ではなかったけれど、五年に及ぶ戦争、ゲットー、そして四つの死の収容所を経験したせいで、猜疑心《さいぎしん》が先立つようになっていた。

「移動の手伝いをするお代は機関からいただくことになっている。あんたがた二人をすみやかに目的地まで送り届けるよ」

男の言う機関とは連合国救済復興機関（ＵＮＲＲＡ《アンラ》）のことで、強制収容所に収容されていた人たちの帰宅を助けるために多数存在していた援助団体の一つだ。

ヒルダとアビゲイルはすでに五〇〇キロ近い道のりを移動してきていた。ここに来るまでに何度も汽車を乗り換えなくてはならなかった。ドイツのオーシャッツからジャルキにいちばん近い駅まで来て、目的地まではあと数キロだった。ヒルダはもう精根尽きかけていた。UNRRAの職員からはたしかに、駅に迎えの馬車が来ているはずだと言われていた。

男の声には、人をほっとさせる温かい響きがあった。ヒルダの肩からは自然に力が抜けた。「俺はニコデム。友だちからはニコって呼ばれてる。あんたもニコって呼べばいい」。そう言って男がウィンクしたのでヒルダはぎょっとして、また肩に力が入った。

かつてのヒルダはどこに行っても男たちから注目される娘だった。だからこの男にも下心があるのではないかとっさに不安になったのだ。

そのときヒルダは、今の自分がどんな姿かを思い出した。最初に乗った汽車の窓に映った姿は幽鬼《ゆうき》のようだった。栄養失調で骨と皮ばかりにやせて、目にかかった髪を払いのけようとするまで、窓ガラスに映っているのが自分だと気づかなかったほどだ。飢餓状態が続いたせいで髪は薄くなり、病気のせいで頬には血の気がなかった。たしかに、この男は自分の気持ちを解きほぐそうとしているだけだ。

「それではお願いするわ」。ヒルダは言った。「友人のアビゲイルは、一緒に行くことをあとから決めたんです。私たち、ジャルキに行きたいのですが、そこまでの道はご存じ?」

ニコが一瞬たじろいでからすばやく気を取り直したようにヒルダには思えた。「もちろん知っているとも。さあ乗った、お嬢さんがた」

馬車に乗ろうとする娘たちにニコは手を差し出したが、二人はその手を無視してたがいに助け合って、御者台の後ろの空いている席に腰を下ろした。

馬車が砂利道を進み始めたとき、アビゲイルが突然叫んだ。「止めて！　お願い、止めてください！」。ひどく取り乱したようすだった。

アビゲイルはヒルダより一〇歳くらい年下で二〇歳になったばかりだった。帰る家も身寄りもなかったが、想像を絶する秘密と恐怖をともにくぐり抜けてきたヒルダとは固いきずなで結ばれ、家族も同然だった。

ヒルダとアビゲイルが最初に出会ったのはジャルキから東に五〇〇キロほど離れた、ルブリン郊外のマイダネク強制収容所だった。それからドイツのブーヘンヴァルト強制収容所まで、二人はなんとか離れ離れにならずにいることができた。その間、ある収容所でさせられた仕事について、二人は死ぬまで語りたがらなかった。彼女たちは特殊任務部隊《ゾンダーコマンド》の一員だったのだ。それは自分自身いつ殺されるかわからない状況の下で、女や子どもの死体を——たった数時間前に整列して点呼されているところを見ていた女や子どもの死体を——ガス室から運び出す仕事だった。ヒルダは死体を焼却炉に押し込む係だった。

マイダネクでは銃に弾薬を込める仕事をしていた。ピョンキで母さんがやっていたのと同じ仕事だ。細い指ですばやく作業のできる女性にはうってつけの仕事だ。

「いいことを思いついたの」。ヒルダは、アビゲイルと出会ったその日に大胆にもささやいた。その思いつきとは、三つ目の弾丸に火薬を詰めるのを忘れるというものだった。

アビゲイルは真っ青になった。仕事中に内緒話をしているのを見つかったらと思うだけで気が気でないのに、ましてやドイツ人の看守が監視する中でわざと不良品を作ろうだなんて、考えるだに恐ろしかった。

「正気なの？」。アビゲイルはささやき返した。「つかまったらどうする気？」

ユーモアとは無縁のその場所で、ヒルダは忍び笑いをもらした。「つかまったら、どうするですって？」。そして扉のところにいる看守をあごでしゃくった。「知らなかった？　私たちマイダネク強制収容所にいるのよ。とっくにつかまっているじゃない」

自分たちは規則を破り命の危険を冒すことで、もしかしたら、ナチスと戦う人たちを三人に一人救っているのかもしれない――そう思うとアビゲイルは気分が高揚した。それ以上に、自分をつかまえている相手を出し抜いていると思うと痛快だった。

こうして数か月がたった。ヒルダとアビゲイルは毎朝従順な子羊のように持ち場につき、必ず三つ目の弾丸を空砲にした。

それから二年、二人はあらゆる苦難をともに耐え忍び、固いきずなで結ばれて、今ここにこうして座っていた。

「お嬢さん、どうした？」。ニコは急いで馬車を停め、アビゲイルにたずねた。

「ヒルダ、大好きよ。あなたは私にとって血を分けた家族も同じ」。アビゲイルは言った。「でも、これ以上一緒には行けないわ。だってあなたはこれから自分の家に、あなたを待つ人たちがいる家に帰るのだから」。自分の道は自分で探さなくてはならない、今やっとそのことに気づいたと、アビゲイルは説明した。自分には、戦争が始まる前にアメリカに渡ったアダムといういとこがいる。なんとかして観光ビザを手に入れれば、彼を頼ることができるかもしれない。ここに来るまでずっと心が揺れていたけれど、これ以上ヒルダのそばにいるのは正しいことではない気がする――。「私の未来はどこか別の場所にある。ここまで来てやっとわかったの。私は復興機関に戻るわ」

頬には涙がとめどなく流れていた。でも、アビゲイルの声は決然としていた。ヒルダが思いとどまらせようとしても意志は固かった。

「家族とアメリカに来ることがあったら、たずねて来てね。きっとお金持ちの実業家と結婚して、夜な夜な暖炉にあたりながら罰当たりなごちそうを食べていると思うわ」。そう言って笑った。「私の子どもたちはきっと、幸せの歌を歌うわ。私たちがゲットーでよく歌っていたお気に入りの歌じゃなくてね?」

悲しい別れのあいさつを交わすと、アビゲイルは馬車を降り、駅に向かって歩きだした。手綱をぴしりと鳴らす前にニコが目頭を押さえるのをヒルダは見逃さなかった。馬車はふたたびジャルキをめざして走りだした。

長い沈黙のあとでニコがとうとう口を開いた。「それじゃあんたはヒルダっていうんだね。そのところはわかったよ。残りの話はどうだい？　あんたもいろいろあったって顔をしているぞ」

自分の身に起きたことを現実に誰かに話して聞かせるとしたら、その言葉をどうやって探せばいい？　考えただけでヒルダはぞっとした。どんな言葉を使っても、自分が見てきた恐ろしい事物をすべて説明するには足りないだろう。そこでヒルダは「私のことはいいわ。あなたの話はどうなの？」と切り返した。

「わかったよ、じゃあ俺が話そう」。ニコはそう言ってやさしくほほえんだ。

屈託のないニコのようすに、自分にもかつてはこんなところがあったのだろうかとヒルダはぼんやり記憶をたどった。

俺はクラクフで生まれた――ニコはそう話し始めた。戦争が始まる前は、工具とか金物とかそういったものを作る小さな鍛冶《かじ》工場を経営していた。自分の店を持つのが夢だった。長年お金をため、両親にも出資してもらった。それが、ドイツ空軍《ルフトヴァフェ》が落とした爆弾で火事になってすっかり燃えてしまった。

「今あんたにぐちを言うつもりはないよ。俺の苦労なんてあんたに比べりゃものの数じゃないだろうからな」

ニコは口をつぐんで、自分の言葉にヒルダが何か言い返すのではないかとようすをうかがった。

でもヒルダが黙ったままだったので、それからはずっとどちらにも当たり障りのない話を続けた。ニコの気遣いがヒルダにはありがたかった。ニコの声を聞いていると心が安らぐ気がした。この見ず知らずの男性は、誰かから守られているというほとんど忘れかけていた感覚をヒルダに思い出させてくれた。

ヒルダの夫、ユーゼフ・ヴィゴスキがアメリカに行くと言ってポーランドを出ていってからもう何年にもなる。それは空爆が始まる何か月も前、戦争が遠い先の話に思えていた時期のことだった。ユーゼフは大きな旅行鞄に荷物を詰めて、俺はこの国を出ていくと宣言した。ヒルダにもヒルダの家族にも手紙を書くと言ったきり、一度も便りはなかった。そのときヒルダは二〇代で、自分は残りの人生を一人で生きていくのだろうと思った。

広い肩越しに振り返ってあごで行く先を示したり、話の途中でほほえみかけたりするニコのようすを見ているうちに、なにやら不思議な、なじみのない感情が胸にこみ上げてきた。それは未来への希望だった。もしかしたら今からまた、新たな人生が始まるのかもしれない。もしかしたら。

ヒルダと御者のあいだにたしかなきずなが生まれていた。おそらくそのせいだろう。あと数分でジャルキに到着するというところで、ヒルダにあらかじめ心の準備をさせておこうと、ニコは覚悟を決めた。

「ヒルダ、あんたに話しておかなくちゃならないことがある」。ニコは、勇気を吸い込もうとするかのように深く息を吸った。「あんたの町は……そりゃあすてきなところだ。俺も商用で何度も足を運んだ。だが戦争でひどくやられちまって。わかってほしいんだが……」

「ええ、わかっているわ」。ヒルダはニコの言葉をさえぎった。ジャルキが無残に破壊されたことは知っている。ドイツ軍の空爆の被害をじかに確かめるために一度来たことがあったのだ。でも今自分がむしょうに会いたいのは人であって建物ではない。私の親族の多くはゲットーにとどまることをゲシュタポに許されていた。「義理の兄は町の有力者で、力のある人だったの」

ジャルキはオープン・ゲットーだったので、僕の母さんは北のワルシャワに送られる郵便物の中に何度か手紙を紛れ込ませて妹と連絡を取り合っていた。だからヒルダは、僕の父さんのユダヤ人評議会での立場についてもすっかり知っていたのだ。

「ヒルダさん、聞いてくれ。ドイツ人は、やつらは一九四二年の秋にゲットーを一掃した」。ニコは言った。コミュニティがまるごと消し去られ、ユダヤ人は一人残らず連れ去られた、と。

振り返ると、その言葉を聞いたヒルダががっくりと肩を落とすのが見えた。ニコは手綱を引いて馬車を静かに停めた。

「そんなばかな、お願い、嘘だと言って」。ヒルダは言った。

ニコは途方に暮れたが、一つだけ、チェンストホヴァの友人たちから聞いた、信じられないような話を思い出した。ジャルキのゲットーは一掃されたが、ある家族の何人かは生き残って町に帰ってきたのだという。「たしかJで始まる名字だったと思う」。ニコはそこでちょっと考えてから言った。「そうだ、ヨニッシュ家だ」

ヒルダはしばし呆然としたのち、あらためて御者に自己紹介した。「ニコ、私の名前はヒルダ。ヒルダ・ヨニッシュというの」

目を丸くしている御者にヒルダは、一刻も早くジャルキに到着できるように先を急いでちょうだいと頼んだ。

# 22 亡霊の顔

「ボベシ、角にある灰色のおうちの前を通るとき、いつも、通りの反対側に渡るのはどうしてなの？」

それはジャルキの市場からの帰り道のことだった。おばあちゃんは僕のほうを向いて首を横に振った。「ああ、マイケル、昔あの家に住んでいた家族に良くないことが起きたらしくてね。だからあの家とは少し距離を置きたいのさ」

そのときは知らなかったけれど、それは僕の母さんが、血の月曜日に一家が墓地で処刑されるところを見たベリッツマンの家だった。それは五年以上も前の出来事だった。

「距離と言えばマイケル、まだ先は長いよ、あんたは足をしっかり上げて歩かなくちゃいけないよ」

僕たちはそれから長いこと歩いた。狭くてほこりっぽい道路に続き、うっそうと木が茂る一画を通った。おばあちゃんは石や木の枝につまずいて転ばないように、足元をよく見ながら歩いた。こうしてえんえんと歩くと砂利道に出る。その先には僕たちが冬の終わりから家と呼んでいる打ち捨てられた農家があった。

ボーンスタイン家のものだった町の家が占拠されていて、その上ジャルキの町にはユダヤ人の帰郷を快く思わないポーランド人たちがいることを知って、おばあちゃんは、町から離れて暮らすのがいちばん安全と決めたのだった。

農家には屋根のある鶏小屋があって、母屋より原形をとどめていた。農場の敷地ではすでに梨が花盛りだった。まるで花の季節には早すぎることにも気づかず、僕たちだけのために花を咲かせてくれたかのようだった。春が来たので戸外の寒さも和らぎ、土間に厚く藁を積んで過ごす夜もかなり快適だった。

おばあちゃんは早起きして仕事を探しに出かけることがよくあって、僕を起こさないようにつま先立ちで出ていこうとしたけれど、僕はきまって目を覚ました。おばあちゃんは店先の歩道を掃いたりショーウィンドウを磨いたりといった臨時の仕事をもらっていた。家を出ていくときは、アウシュヴィッツにいたときとまったく同じように「ここで待っておいで。物音を立てるんじゃないよ。必ず帰ってくるからね」と言うのだった。

そして必ず帰ってきてくれた。

「明日はルースの家で遊べるかな?」。農場が見えてきたとき、僕はたずねた。「ボベシ、僕、とくべつ早起きするよ。たくさん歩かなくちゃいけなくてもぐずぐず言ったりしないよ」

ジャルキで僕たちほど運のいい人間も珍しかった。アウシュヴィッツの死の収容所を生き延びたばかりか、故郷に帰れば、僕たちを待っていて抱きしめてくれるいとこやおじさんたちがいたのだから。ヨニッシュ家の玄関口に、ぼろぼろの服を着てやつれ果てた僕たちが立っているのを見て、おじさんたちは言葉を失った。ドーラおばあちゃんもおじさんたちを見て言葉を失っていた。

修道院の孤児院に預けられて難を逃れたというこのルースを、僕は覚えていなかった。モニエク、サム、デイヴィッドの三人のおじたちのことも忘れていた。ルースのお母さんであるゼシアおばさんとは初対面も同然だった。けれどももう一人のおじさんであるムレクは――その顔は、青い目もほかの何もかもが、僕の顔とも母さんの顔ともそっくりだった。

「マイケル、俺、おまえの父さんと間違われそうだなあ」。おばあちゃんと僕が玄関口にあらわれたとき、ムレクおじさんはそう言ってから「しまった」という顔をして首をすくめた。

でも僕はもうそのころには、父さんとサミュエルが天国に行ってしまったという考えに慣れていた。それでも母さんのことが恋しかったし、昼間は遊び仲間が欲しかった。おばあちゃんが町の通りを掃いているあいだ、鶏小屋に置き去りにされるのはいやでたまらなかった。時にはおばあちゃんが僕を早く起こして、ルースと遊べるようにヨニッシュの家に連れていってくれることもあったけれど。

正直なところ、なぜおばあちゃんが母さんの親戚の住む家にさっさと引っ越さないのかと、僕は少し腹を立てていた。

「ああ、いいんだよ、ゼシア」。おばあちゃんは、ゼシアおばさんの申し出をそう言って断ったのだ。「私たちは農場でまったく申し分なくやっているんだよ、誰に気兼ねすることもなく。ねえそうだろう、マイケル？」。おばあちゃんの言葉には有無を言わせぬ迫力があった。だから僕たちが本当はまともな家に住んでいないことは、誰も知らないままだった。

ヨニッシュ家とドーラおばあちゃんは血縁でなかった。おまけにその家にはすでに僕のおじさんたちと、もう一人のおばさんと、遠縁にあたる二人のいとこまで押しかけていた。だからおばあちゃんは、これからも一人でやっていくほうがましだと考えたのだ。たとえそのせいで、空っぽの鶏小屋にほとんど毎日僕を置き去りにすることになっても――。

時々一人でいるときに、おばあちゃんと並んで母さんが帰ってくるところを空想したものだ。日が傾きかけるころ、農家の手前の砂利道にひょっこり母さんが姿を見せるところを――。マミシュ、お帰り！　僕は叫ぶ。それから道を駆けていって母さんの腕に飛び込む。母さんは、抱っこするには大きくなりすぎていることにも気づかずに僕を抱き上げる。そして左右の頬と頭にキスしてくれる。

でも、この日は空想にひたっている時間はなかった。おばあちゃんは仕事を早く切り上げていったん家に帰り、僕を連れて市場に行き、僕の母方の親族と迎える特別な安息日用の食材を仕入れた。蠟燭に火をともしてから安息日を迎えられるように、日没までに到着しなければならなかった。

僕は母方の親族と過ごす時間が大好きだった。当時は考えもしなかったけれど、これほど大勢の親戚が生きているというのは奇跡に近かった。ドイツ人はユダヤ人の町を「一掃」しようとした。でも、その夜ヨニッシュ家の食卓を囲む椅子はほぼ満席になるはずだった。

大急ぎで鶏小屋に駆け込むと、おばあちゃんは僕に、二週間お金をためて買ってくれた清潔なウールのズボンと白い綿のシャツを手渡した。そのズボンは、アウシュヴィッツを出るときに連合軍の兵隊がくれたごわごわのズボンと違って、僕にぴったりだった。おばあちゃんは、すてきだよと言ってくれた。

服を着替えて支度をすませると、僕は飛び跳ねるようにして砂利道を通り、木が生い茂る一画を抜け、安息日のごちそうを思い浮かべながら、ヨニッシュ家に向かった。

太陽が地平線に迫っていた。家に近づくと、六人ばかりが玄関ポーチに集まってがやがやとおしゃべりしているのが見えた。

そのうち一人の声には聞き覚えがあった。女の人の声だった。低くて穏やかなゼシアおばさんの声ではなく、もっと高い声で、それを聞いた僕の膝はがくがく震えだした。

「ムレク、あんた、こんなにスマートになったの生まれて初めてでしょ。おなかまわりのお肉はどこに行っちゃったのかしら？　あんたには戦争がお似合いよ！」。聞き覚えのある声が言った。

そこにいるみんながクスクス笑った。さらに近づくと、デイヴィッドおじさんがその女の人の肩に腕を回しているのが見えた。横顔しか見えなかったけれど、その人は立ち居ふるまいも声も、まさしく母さんだった。母さんは帰っていたんだ。僕だけはあきらめなかった。母さんが帰ってくると、僕にはわかっていた。

「マミシュ！」。矢も盾もたまらず僕は叫んだ。「マミシュ、マミシュ！」

僕は泣きながら叫び、叫びながら泣いた。

おばあちゃんは僕の手をさらに強く握りしめようとした。僕はそれを振りほどいて、駆け出した。

家族のみんなが振り向いて、ソスノヴァ通りを飛ぶように駆けてくる僕を見た。女の人も振り向いた。だけど――その人の顔は母さんではなかった。ふっくらした丸いあごも彫りの深い目も僕の母さんとよく似ていたけれど、浅黒い髪と眉が、以前はなかった縁取りのように見えた。まるで母さんの亡霊のようだった。

「マイケル、私のマイケル！」。亡霊が僕に向かって叫んだ。「こっちにおいで、かわいい坊や。あなたにどれほど会いたかったことか。あなたをどれだけ思ったことか。でも私はあなたのママじゃない。坊や、違うのよ」

その女の人は、立ち尽くしている僕に向かって駆け出した。両腕を大きく広げ、僕を抱き上げ、抱きしめようとするかのように。母さんならきっとそうするように。その人は匂いまで母さんと同じだった。初めて会う人なのに、こんなに懐かしい感じがするなんて、気味が悪くてぞっとしたほどだった。

僕は片手を上げた。万国共通の「ちょっと待った」のサインだ。そしてできるだけきっぱりとした口調で「あなたは誰？」とたずねた。

「おちびちゃん、あなたは私を知らないわよね。私はヒルダおばさん。あなたのママは、私のお姉さんで親友でもあるの」。その人が僕の腕に触れたとき、道路の真ん中にいる僕たちにおばあちゃんが追いついた。「こんにちは、ドーラ」。その人はおばあちゃんににっこりほほえんであいさつすると、僕をまたじっと見つめた。「ずっと長いあいだ、あなたに会う日を夢見ていたわ。あなたのことは何から何まで、あなたの母さんが手紙で知らせてくれたのよ」

その瞬間の、体の内側から力が抜けていくような、裏切られたという思いは今もうまく説明できない。狐につままれたような、一杯食わされたような気分だった。ヒルダおばさんが誰なのか、僕には見当もつかなかった。そういえばおばあちゃんの話の中に一度か二度出てきたかもしれない。でも、僕にとってはまったく見ず知らずの人だった。

それでも、僕の腹立ちなどおかまいなしに引き寄せられ抱きしめられたとき、僕は長いあいだ味わったことのなかった安心感に包まれた。おばあちゃんはすべてを犠牲にして僕の命を守ってくれた。でも、心を守ることにまでは気が回っていなかった。

僕はその人の胸に顔をうずめ、声を上げて泣いた。しばらくして落ち着くとヒルダおばさんは僕の手を引き、ゼシアおばさんの家まで連れていった。おばあちゃんは一足先にポーチでほかの人たちと待っていた。ヒルダおばさんが僕を落ち着かせるあいだ、おばあちゃんは僕たちを二人きりにしてくれたのだ。僕たち両方にそれが必要であることを、おばあちゃんは理解していた。

「マイケル、ヒルダおばさんとお近づきになれたようね」。ゼシアおばさんが言った。「さ、ルースと手を洗ってらっしゃい、坊や。席について安息日のごちそうをいただく時間よ。もうすぐお祈りが始まるわ」

僕は台所の水差しから顔にバシャバシャと水をかけた。大泣きしたことが恥ずかしくて、一刻も早く証拠を洗い流してしまいたかった。

居間に入るとすでに歌とお祈りが始まっていた。蠟燭に火がともされ、誰もが深い物思いにひたっていた。それはただの安息日ではなく、いくつかの意味で重要な日だった。

一九四五年五月七日、ドイツ軍最高司令部はアメリカ、イギリス、ソ連をはじめとする連合軍との無条件降伏合意書に調印したとドイツの軍司令官が発表した。ヨーロッパの戦争は正式に終わった。ナチスが敗北したのだ。

家族の男たちが立って体を前後に揺らしながらお祈りを唱えているあいだ、僕のおなかはぐうぐう鳴った。アウシュヴィッツにいるときはおなかの虫を上手になだめることができていたのに、ジャルキに戻ってからはどういうわけか空腹に苦しめられた。

「今ちょっとだけ何か食べちゃだめ?」。赤ちゃんみたいに僕を膝に抱っこすると言ってきかなかったヒルダおばさんに、僕はそっと耳打ちした。ほんの少し前に知り合ったばかりなのに、お祈りの最中に質問してもこの人なら「しんぼうのない子」と叱ったりしないだろうと僕にはわかっていた。

「台所から水を取ってくるわ」。ヒルダおばさんは大きな声でそう言うと、僕を膝から下ろして立たせ、自分も椅子から勢いよく立ち上がった。「マイケル、こっちに来てお手伝いをしてちょうだい」。そう言って片目をつぶってみせると、食卓の反対側にいる同い年のルースにも小声で、「ルース、いえ、クリスティーナ、あなたもこっちに来て手伝ってくれない?」とやさしく声をかけた。

でも僕にはルースが来ないことがわかっていた。ルースは母親のそばを絶対に離れようとしないのだ。

「いいわ、それじゃ、すぐに戻るわね」。台所に行って扉を閉じると、おばさんは安息日用の平たいパンを一つ僕にそっと渡した。

崩れかけている端っこの部分を僕は少しだけかじった。そのとたん少しだけ気がとがめたけれど、どうしても我慢できなかった。お祈りが終わって食事が始まるまで待っていたくなどなかった。

「マイケル、誰にも言っちゃだめよ。これは私たちの秘密よ!」と、ヒルダおばさんが言った。おばさんは、母さんがいつもしてくれていたように、頭のてっぺんにキスしてくれた。泣くまいと思ったが、僕の目は言うことを聞かず、涙がこみあげてきた。

「マイケル、どうして泣いているの? ねえ、私もあなたと同じものを見てきたわ。私には何でも話していいのよ」

「ヒルダおばさん。母さんはまだ生きていると思う？　ボベシはどうしてあんなにきっぱり、母さんは死んだって言うの？　いつか自由になれたら会えるって、ママシュは僕に言ったんだよ」

ヒルダおばさんはふーっと大きく息を吐いた。

僕はおばさんの目をまっすぐに見つめた。観念して正直に話してくれることを願いながら――。

「お願い、ヒルダおばさん、みんなはおばさんに何て言った？　ママシュはどこへ行ったの？」

「ソフィーは、あんたのお母さんは、オーストリアの労働収容所に送られたの。そこでどんな仕事をしていたのかはわからない。私が知っているのは、そこで火事があったと、あなたのおばちゃんが聞いたということだけ。マイケル、あんたのお母さんが連れていかれた労働収容所は火事で灰になってしまったの。生き残った囚人は一人もいないそうよ」。ヒルダおばさんの目にも涙が浮かんでいた。「でもねマイケル、たしかなことなんてない。収容所で火事が起きたとき、お母さんが工場に閉じ込められていたって確信を持って言える人なんていない。だから、いつの日かママは帰ってくるかもしれない、あんたがそう言ってほしいなら、そうよ、ママは帰ってこないとは言えないわ」

それを聞いて僕は胸がいっぱいになった。

ヒルダおばさんは続けた。「私がジャルキに帰ってくるなんて、誰も思っていなかった。でも、私はここにいる。そしてここで、私たちみんな――一三人で特別な安息日を祝うために食卓を囲んでいるわ！」。僕の頭をポンとたたくと、ヒルダおばさんは一瞬遠い目をした。きっと僕の母さんに思いをはせていたのだろう。「どんなこともありうる。私はそう思っているわ、マイケル。でも今は、自分たちが手にしているものを喜び、お祝いしましょう」

水差しに水を注ぐあいだ、おばさんは僕に平たいパンをもうひとかじりさせてくれた。それから僕たちには、居間に一時的に移してある食卓に戻った。なにしろその日は食堂におさまりきらないほど大勢のお客が集まったのだから。

# 23 扉をたたく音

「もう待てないよ。お願い、おばあちゃん。今すぐ出かけられない？」

昼食の時間だったけれど、僕は気がせいて食事どころではなかった。

最後に親族が集まってから二週間が過ぎ、いとこのルースの家に泊まってもいいという許しがおばあちゃんから出た。農場にいるとひどく蚊に刺されるので、きちんとした扉と窓のある、虫の入ってこない家で眠れる日が待ち遠しくてたまらなかった。その上、ゼシアおばさんが僕らをベッドに入れたあと、眠るまでヒルダおばさんがお話を三つしてくれることになっていた。ヒルダおばさんはそのころ、ルースの寝室の床で寝起きしていた。

その日も安息日だったので、安息日用の蠟燭をともしてごちそうを食べ、ユダヤ教の戒律にかなったコーシャワインをみんなで味わうことになっていた。正直なところ、ワインは僕にはひどい味に思えた。とはいえ、ワインを飲むことが僕らにとって名誉であるのは明らかなので、僕とルースはグラスが回ってきたら必ず唇をつけた。一滴でもなめると口が焼けるように熱くなる。それでも僕たちはおやつを食べるときのように唇をなめた。

「ラハイム！」。僕たちはそろって乾杯する。――人生に！　ユダヤ人は安息日の食卓を囲むとき必ずラハイムと言う。特に当時は、人生に祝杯を上げることに格別な重みがあった。

その金曜日は、僕があまりにしつこくねだるので、ついにおばあちゃんも根負けしていつもより早くゼシアおばさんの家に連れていってくれた。ただし自分は夕食までには失礼すると言ってきかなかった。

「あらあら、ありがとうよ、ゼシア。いつも誘ってくださって本当にご親切に。だけどごらんのとおりこのごろ疲れ気味でね。お言葉だけありがたくちょうだいして安息日は自分の家で（——つまり鶏小屋で——）過ごすことにするよ。それに一人になったところで寂しくなんかないよ（——つまり一年じゅう寂しいから——）。マイケルが世話になるね。この子ったらみんなと一緒にいられるというのでとても興奮して。これで私もいくらか余計に朝寝を楽しめるよ」

おばあちゃんは、春の花を入れたかごと僕を親戚のいるポーチに残して、別れのあいさつをすると帰っていった。

正直に言おう。おばあちゃんと少し離れることができて、僕はうれしかった。アウシュヴィッツを出てから、おばあちゃんはずっと悲しみに沈んでいるように見えた。いつも悲しんでばかりいる人と一緒にいるのはつらいものだ。僕はおばあちゃんが大好きだったけれど、もう頑是ない子どもではなかったし、楽しい気晴らしも必要としていた。

親族と過ごす安息日は、僕にとって輝きに満ちたひとときだった。ゼシアおばさんが蠟燭に火をともし、自分のほうへ三回手を振って安息日の女王を——もちろん霊の女王を——家に招待し、両目を手で覆った。

まるで見計らっていたかのように、その瞬間、激しく扉をたたく音がした。

デイヴィッドおじさんが蠟燭の火を吹き消した。このあたりの方々の町で、反ユダヤ主義[*15]を標榜《ひょうぼう》する暴漢が家を一軒ずつ回って、収容所から帰ってきたユダヤ人を見つけ出してはいやがらせをしたり、つきまとったり、時には腹いせに殴ったりしていた。そんな連中がジャルキにも来て、ユダヤ教の儀式が行われている証拠を見つけたら、まさしく火に油を注ぐことになる。

「ゼシア、ハッラーの皿を小麦粉の袋に隠せ！ デイヴィッド、蠟燭！ 吹き消すだけじゃだめだ、隠すんだ」。サムおじさんができるかぎり声をひそめてみんなに命令した。「マイケルとルース、いやクリスティーナは急いで寝室に行って布団に潜っていろ。音を立てるんじゃないぞ、さあ早く！」

その瞬間、僕はおじさんの口調に動転して固まってしまった。落ち着こうと思ってヒルダおばさんのほうを見ると、おばさんの顔も青ざめていた。

見かねたルースが、前ボタンのついた僕の真新しい白いシャツの袖をつかんで、二階の自分の部屋に引っ張っていった。僕はとっさにベッドの下に潜り込んだ。ベッドのまわりには、すその長いほこりまみれのベッドカバーがたっぷり垂れ下がっていて、隠れるにはもってこいだった。アウシュヴィッツにいた経験がある人ならば、いちばん忍び込みやすくて安全な場所を瞬時に見つけられるようになる。

ルースはもちろん言われたとおりに行動した。ルースはいつだってそうだ。言われたとおり布団に潜った彼女は、しくしく泣き始めた。ルースは自分の気持ちを隠そうとしない。母親のそばを離れなくてはならなくなると——たとえそれが同じ家の中でも——しょっちゅう泣いた。

階下では家族のみんながユダヤ教の伝統の証拠となるものが残っていないか、わずか数十秒のあいだに血眼《ちまなこ》で探して、それらしいものを大急ぎで隠した。

サムおじさんが玄関の扉を開けた。

それからの出来事は、そのあと何十年もゼシアおばさんが微に入り細に入り話して聞かせる一族の語り草になった。

玄関扉のすぐ外には五人の男が立っていた。ごくひいき目に言っても、どの男も意地の悪そうな顔をしていた。小さな目をすがめて、いかにもけんか腰で口を真一文字に結び、サムおじさんがこんばんはとあいさつする前からすでに両手に握りこぶしをつくっていた。

「この家は儀式のような匂いがするな」。一人の男が言った。「ここにはもう、おまえたち薄汚いユダヤのネズミどもが住む場所はない。ユダヤの祭りをここでしようったって、そうはさせないぞ」

もう一人の怒った男がずかずか家に入ってきて、モニエクおじさんの目をにらみつけた。

「おまえたちが——おまえたちのシナゴーグと黒魔術の蠟燭が——この国に敵を呼び寄せたんだ。ドイツ人はこの戦争で一つだけいいことをしてくれた。それはおまえらユダヤ人をポーランドから追い出したことだ」

三人目の男が入ってきて、デイヴィッドおじさんのシャツのえりをつかんだ。男たちがけんかをしに来たのは明らかだった。ひょっとすると誰かを血祭りに上げるつもりかもしれない。

でもそのとき、男たちの相手を買って出た人がいた。ヒルダおばさんだ。ヒルダは、見当違いの恨みを抱く根性曲がりの五人のいなか者におめおめといたぶられるために、ワルシャワのゲットーといくつもの死の収容所を生き抜いてきたわけではなかった。

「みなさんは誤解されているようですわ」。ヒルダおばさんはそう言いながら、ゼシアおばさんと一緒に待っていろと、おじさんたちからきつく命じられた台所から出てきた。だが、相手が見上げるような大男たちだったので（どの男もおじさんたちより背が高かった）、一瞬、息が止まりそうになった。グループの頭《かしら》とおぼしき男の片方の頬には奇妙な形のこげ茶色のあざがあり、目には悪意がみなぎっていた。だがおばさんにはとっさに思いついた策があり、それにかけると決めたからには、もはや後戻りはできなかった。

「ここがユダヤ人の家なものですか」。考えただけで胸が悪くなると言わんばかりに、ヒルダおばさんは床につばを吐いた。「それどころか、うちもみなさんと同じカトリックよ。その証拠に、うちの姪はたった今、聖アンティオーコの夕べの祈りを唱えてロザリオを片づけたところなの。ほら、ごらんになって」

ヒルダおばさんは男たちを居間に通した。彼らはまだ怒ったような顔つきをしていたが、もうこぶしを握りしめてはいなかった。ヒルダはソファの脇にあるサイドテーブルから木製の長いロザリオを取り出して、そっと口づけした。

「こちらへどうぞ」。ヒルダおばさんはそう言うと、寝室へ続く階段を上がるように、男たちに手で合図した。「この騒ぎですもの、うちのクリスティーナはまだ眠れないでいると思うわ。あなたがたのために喜んでお祈りを唱えてくれるはずよ」

暴漢たちをこれ以上家の奥に招き入れるのかと、サムおじさんは気が気でなかったにちがいないけれど、そのときは反対することもできなかった。

つきあたりを曲がり、大きな体をすぼめて一人ずつルースの寝室に入ると、男たちの表情が目に見えて変化した。ルースのベッドの上には、正面にイエスの像を刻んだ大きな木の十字架がかかっていた。いっぽう僕はほこりっぽいベッドカバーの下でじっと息をひそめていた。

サムおじさんとゼシアおばさんは、修道院からルースを連れて家に帰ってくるやいなや、そこに十字架をかけた。物心つくまでのあいだ修道女の手で育てられたルースを、恐れや罪悪感でゆがめられたかたちでユダヤ教に改宗させたいとは望んでいなかった。修道院時代に指針となっていた宗教を失ったら、娘が途方に暮れてしまうのではないかと案じてもいた。二人は自分たちの宗教を心底大切に考えていたけれど、それ以上に娘を愛していた。だから、ルースが安心して幸福に暮らせるように、修道女たちから贈られたロザリオを持たせておき、イエスに捧げる夕べの祈りを唱えるように後押しさえした。

「カトリックのシンボルを娘のベッドの上にかけるなんて、どういう了見《りょうけん》だ？」。壁に木の十字架が取りつけられた日、デイヴィッドおじさんは嫌悪のこもった声で言った。

「ここは私の家よ。そしてルースは私の娘です」。ゼシアおばさんはぴしゃりと言い返した。「ここに住むかどうかはあなたの勝手よ。でもあの十字架は、私の娘が必要とするかぎりあそこにかけておきます」

それからいくらもたたないうちに、その十字架に命を救われることになるなど、いったい誰に想像できただろう？

「みなさんが誤解なさったのもわかります。何といっても町のこのあたりは、かつてはユダヤ人ばかりがあふれかえっていましたものね。この家は空き家だったので、無駄にしちゃいけないと思ったのです。教会のそばにあった私たちの家は空襲でめちゃめちゃになってしまったものですから。そういうわけで私たちは今ここに、かつてユダヤ人の住んでいた家に住んでいるんです」。ヒルダはまたしても嫌悪を装って鼻にしわを寄せた。「クリスティーナがもう一度夕べの祈りを唱えるのをお聞きになりませんか？　あなたがたも神の祝福が必要なごようすですもの」。今やぽかんと口を開けて恥じ入っている男たちを押しのけて、ヒルダは部屋に入ってきた。ほこりっぽいベッドカバーのレースの穴から僕には彼らの姿が見えたけれど、向こうからこちらは見えていなかった。

ヒルダが、ルースの小さな顔だけが見えるところまで、慎重に布団をめくっていった。ルースはまだ目に涙をためていた。「クリスティーナ、どうしたの？　知らない人の声が聞こえてきておびえてしまったのね。さあ、いい子だから、このおじさんたちにみごとなお祈りを唱えてあげてちょうだい」

ヒルダは腰をかがめて涙でぬれたルースの頰にキスしてから、ベッドから下りるルースに手を貸した。ルースがベッドの足元にひざまずくとき、膝があたってベッドカバーがめくれたら、見つかってしまうのではないかと僕は肝を冷やした。

僕はカトリックのお祈りを一つも知らない――それはたしかだった。当時の僕は、イディッシュ語とポーランド語、それに看守や兵士がしゃべっているのを聞きかじったいくつかのドイツ語がごちゃごちゃになった言葉を使っていた。

幸運にもルースはいつもどおり賢明で慎重だったので、お祈りするためにひざまずくときも、ベッドカバーがめくれないように気をつけてくれた。

「唯一全能なる父、イエス・キリストより賜《たまわ》りたるただ一つの御言葉、広きお慈悲により、あなたのしもべであるわれを見捨てたもうなかれ、われの胸にとこしえに安らいたまえ……」

お祈りは果てしなく続いたが、ルースのポーランド語は非の打ちどころがなかったので、もしもここにいてお祈りを聞いていたら修道女たちもさぞ鼻が高かっただろう。ルースの家族も誇らしい思いだったにちがいない。なにしろそれまで腹を立てていた男たちの中にすすり泣きを始める者まであらわれたのだから。

お祈りが終わるとあざの男が謝罪した。ナチスのやつらは俺たちの国で一つだけ良いことをしたが、いくつかの地域ではそれが元どおりになってしまっている。ユダヤ人たちが帰ってきているのだ。「黒い帽子と黒いマントのやつらが町をふたたび侵略しようとしていると不安がる人たちを、そんなまねはさせないって安心させてやりたいだけなんだよ」

別の男が口を挟んだ。「ところがこともあろうに俺たちは善良なカトリック教徒の家に押し入ってしまったらしい。どうか神に免じて許してほしい」

ほかの男たちも次々と心からわびた。

あんたがた家族に二度と迷惑はかけない、と男たちは約束した。寝室から最後に出ていった男――例のあざの男――が振り返って言った。「おやすみクリスティーナ。ぐっすり眠りな」

ルースはベッドに潜り込んで、家の外から聞こえてくる男たちの声が次第に遠ざかり完全に聞こえなくなるまでじっとしていた。

それからベッドの横に身を乗り出して、クスクス笑いながら、ほこりだらけの白いレースのひだを引っ張り上げた。「もう出てきても大丈夫よ、臆病猫さん」。そしてにやにやした。

僕たち二人は階段を大急ぎで駆け下りて、大人たちの待つ部屋に飛び込んだ。彼らは見るからに憔悴していた。

やっとのことでヒルダが気力を奮い起こし、感極まったようすで言った。「あなたって天才ね！　クリスティーナ＝ルース、あなたのお祈りは今夜まっすぐ神様のお耳に届いたわ。わかって？　あなたは私たちみんなの命を救ったのよ」

　モニエクおじさんが僕のほうを向いて言った。「そうそう、おまえさんのことを忘れるわけにはいかないな。ちびっこマイケル！　おまえはお祈りのあいだじゅうどこに隠れていたんだい？ヒルダさえ見当がつかなかったぞ。衣装だんすの中か？　それとも、ベッドの下か？　物音一つ聞こえなかったな！」

　僕はみんなに、ルースのベッドの下で息を止めていたと話した。ルースが完璧なポーランド語でお祈りを唱え始めたとき、あやうく笑い出しそうになったことは黙っていた。

　ものの数分もしないうちに、僕らはふたたび安息日のごちそうを囲んで席についていた。蠟燭に火をともさずに、ワインと自家製ハッラーに祝禱《しゅくとう》を捧げてからグラスと皿を回してみんなで味わった。

　食卓の上のごちそうに最初に手を伸ばしかけたモニエクおじさんを、サムおじさんが止めた。「すっかり夜になってしまった」。サムおじさんが上座からみんなに呼びかけた。「思いを深くして、沈黙のうちに感謝の祈りを捧げるひとときを全員で持とうではないか？」。おじさんが、僕たちにどんな祈りを期待していたのか正確にはわからないけれど、僕は頭《こうべ》を垂れ目を固く閉じて、「マミシュ、どうか帰ってきて。マミシュ、どうか帰ってきて。マミシュ、どうか帰ってきて」という単純な祈りを心の中でひたすら繰り返した。

　自分が何を祈ったかを眠りにつく前にヒルダおばさんに打ち明けると、おばさんはこともなげにこう言った。「私もまったく同じことを祈っていたわ。知ってる？　今晩安息日の食卓を囲んでいた人たちは一人残らず同じことを祈っていたのよ」

# 24　母の帰還

「連中は僕がいることさえ気づかなかったんだよ！　そいつらの脚と僕の鼻はこれっぽっちしか離れてなかったのに」。僕は、二本の人差し指を数センチだけ離してみせて、おばあちゃんに自慢した。

次の日、サムおじさんに農場まで送ってもらった僕は、家にやってきた侵入者のことを話すのにすっかり夢中になって、おばあちゃんに「よい安息日を《シャバ・シャローム》」と唱えるのを忘れていた。

本物の家の本物の寝室にある、本物のベッドで一晩眠ってから、鶏小屋で過ごす土曜の午後はことのほかわびしかった。救いのないことに、外は雨で、屋根から雨もりがして小屋の隅に泥だまりができていた。

「たいした晩だったようだね。その場にいなくて惜しいことをしたよ」。最近ほほえむことを思い出したおばあちゃんは、ありったけの力をかき集めて笑顔を作った。「私がベッドの下に隠れるには年をとりすぎていることも、たとえ罪のない嘘でも、嘘をつくには正直すぎることも、神様にはお見通しなんだね。さあ、マイケル、安息日はまだ終わっちゃないよ。お日様はまだ沈んでいないのだから。おいで、一緒にハブダラの祈りを唱えよう」。それは安息日の最後の儀式で、ハブダラの祈りを唱えて人々は安息日に別れを告げる。

神様、神様、神様――おばあちゃんの頭はいつも神様のことでいっぱいだった。僕はため息をついて、おばあちゃんのあとに続いて鶏小屋の奥まった場所に行った。そこでは安息日用のねじれた蠟燭に火をともす準備ができていた。

「幸いなるかな、わが主、宇宙の王、火の光を創造されたお方よ」

僕たちは光の祈禱を唱え、続けて香料とワインの祈禱を唱えた。お祈りを唱えながら、おばあちゃんは農場のそばの森に捨てられていた古い磁器のコップにワインをなみなみと注いだ。安息日の儀式に使えるような家族の形見の品はうちにはなかった。

簡単な食事をすませると、ゼシアおばさんの家からもらってきたウールの毛布と枕を藁のベッドに載せて、僕はさっさと寝てしまった。よその家に泊まったせいでまだ疲れていた。

数日後の朝のことだ。僕はおなかがぐうぐう鳴って目が覚めた。おなかがすいた、と僕がしつこく言うものだから、おばあちゃんもついに自分の毛布からはい出てきた。

「町へ行こう！　おばあちゃん、約束したよね？」

この前町に行ったとき、市場のある広場で、僕は生まれて初めて小さなワイルド・ストロベリーを食べた。オスカルという男が果物を並べる屋台の前でおばあちゃんは足を止め、有り金をぜんぶはたいてこのおいしい果物を紙の袋にいっぱい買ってくれた。

おばあちゃんは僕のことで気をもんでいて、僕が何か食べるたびに大喜びした。僕の体重がまだよちよち歩きの幼児と同じくらいしかなかったからだ。背は伸びたけれど、体はがりがりにやせていて、髪がまた生えてくる気配もなかった。だからおばあちゃんは、僕が一袋ぶんのイチゴをぺろりと平らげたばかりか、香りを吸い込もうと空っぽの袋に顔を突っ込むのを見て、次に市場に来るときはもっとたくさん買ってあげると約束してくれたのだ。

「はいはい、私の早起き鳥さん」。おばあちゃんはため息をついた。「今起きるから、あと五分だけ年寄りのおばあちゃんを寝かせておくれ。そうしたらイチゴを買ってあげよう」

僕はおばあちゃんをもう少し寝かせてあげることにした。そしておばあちゃんのご機嫌をとろうと鶏小屋の隅で悪臭を放っているおまるを空っぽにした。金属の容器をそろそろと運び出して、鼻が曲がりそうに臭いおまるの中身を野生のケシが咲く野原にぶちまけた。

でも、鶏小屋に戻って数秒もしないうちに、またしても僕がしつこくせき立てたので、ついにあわれなおばあちゃんはアウシュヴィッツの「カナダ」倉庫から取ってきた灰色のセーターを着て茶色の長靴下をはいた。靴下をはくと、ふくらはぎを稲妻のように走る鮮やかな血管が見えなくなった。「イチゴを一袋、うちのはらぺこ坊やに買ってくるとするか」。おばあちゃんはやれやれといったようすで言った。「さて出かけよう」

町までは徒歩で、おばあちゃんと一緒だと三〇分ほどかかった。砂利道を通り、木々が生い茂る石ころだらけの道を抜け、ほこりっぽい道路を歩くと、かつて僕たち家族が住んでいたあたりに出る。のんびりぶらぶら歩きながら、僕は道端の背の高い草のあいだに生えている黄色いタンポポをせっせと摘み、茎を数本ずつ縒《よ》って輪にして、それをつなげて長い鎖を作った。

そのときふいに、この上もなく温かくて陽気な気分が全身を駆け抜けた。まるで頭の先から爪先まで幸福というペンキで彩られたみたいに。母さんの記憶がありありとよみがえってくるときは、いつもこんな気分になるのだった。記憶の中の母さんはタンポポの腕輪を手首に巻いていた。兄さんのサミュエルが母さんのために編んだのだろうか。それとも明るい色が大好きな母さんが自分で作ったのかもしれない。

「ほんの少し黄色があれば毎日がもっと幸せになるわ」。母さんが一度ならずそう言っていたのを僕ははっきりと覚えている。

「幸せに装えば幸せに過ごせるものよ」。ある日ピョンキで、窓ガラスを鏡にして、闇で手に入れた頬紅を塗りながら母さんは仲間にそう言っていた。

僕は市場に着くまでずっとタンポポの鎖を作っていた。「おばあちゃん、見て！ こんなに長くなったよ！」。僕は、タンポポの黄色い鎖を持つ手を左右に大きく広げて胸を張った。

「ほほお」。おばあちゃんはせいいっぱい感嘆して見せた。

どんよりとくもった日だった。ジャルキの町全体も少し沈んでいるように見えた。それなのに、どうして自分があんなふうに元気の塊になっていたのか、自分でもわからない。

でも町の中心部にほど近い場所まで来ると、市場もその日の僕と同じくらい活気づいていることがわかった。聖シモン教会のあたりではみなが忙しそうにしており、町じゅうの人が市場に買い物に来ているように見えた。もちろん昔に比べれば町はまださびれていた。ジャルキの住民の三分の二はユダヤ人だったが、ほとんどの人は亡くなったか帰ってこなかった。

ただ今日のジャルキには生命の兆しがあった。オスカルの果物屋台の前には行列ができていたので、僕はがっかりしておばあちゃんを見上げた。おばあちゃんは果物屋を見てはいなかった。一頭の白いぶち馬に引かれたおんぼろ馬車が屋台の近くを通り過ぎるのを、じっと見ていた。

僕も見た。大きく目を開けて。もっとはっきり見ようとまばたきをした。今見えているのは幻にちがいない。がっかりしないように、ごくりとつばをのみ込んだ。御者の隣に座っている女の人の横顔は、母さんの横顔と瓜二つだった。ヒルダおばさんに会ったときのような混乱した気持ちにはならなかった。女の人の顔立ちは、母さんの顔と何から何まで同じだった。

昔から、誰かに見つめられると視線を感じることがあると言うけれど、まさにそのとおりのことが起きたようだ。僕がじっと見つめていると、数秒後、その人がくるりと振り向いて人混みの中にいる僕をまっすぐに見つめ返したのだ。

その瞬間、その人が御者の腕をぴしゃりとたたいたので、御者はびっくりして馬車の速度を上げた。「止めて!」。やかましい人混みの向こうから、その人の叫び声がかすかに聞こえた。「止めて!　止めて!」

女の人はまだ完全に止まっていない馬車から、トランポリンのように勢いよく飛び降りた。そして、立ち尽くしている僕のほうへ人混みをかき分けて走ってきた。僕はおばあちゃんの手を握って呆然としていた。

マミシュ？

その人が僕のもとに駆け寄るまで一五秒ほどだったかもしれないけれど、もっと長く感じられた。

「マイケル、私よ！　お母さんよ！」。うっそうとした森の木々をかき分けるように、行く手をふさぐ人たちをかき分けながら、その人は叫んだ。「お母さんよ！　帰ってきたのよ！」。信じられずにその場に凍りついている僕にその人はひたすら叫び続けた。

髪は薄くぼさぼさで、肌の色もアウシュヴィッツにいたときよりいちだんと土気色《つちけいろ》を増していた。でもその瞬間僕は、これほど美しく、これほど心癒やされる光景を見ることはこの先二度とあるまいと確信した。

母さんに両手で抱きしめられたときの喜びはとても言葉にならない。僕たちが二人とも、この世に存在しえないほどの悲しみをくぐりぬけてきたのだとしたら、その瞬間、それとまったく逆のことが起きていた。それはまさに絶望の対極だった。

母さんは地面にひざまずいて、僕の頬と、髪の毛のない僕の頭のてっぺんにキスの雨を降らせた。

それから僕たちは二人でおばあちゃんを抱きしめた。おばあちゃんは泣いていた。僕も泣いた。幸せのあまり誰かが泣くのを見るのは初めてだったのでなおのこと、大地を揺るがすような激しい歓喜のほとばしりに僕は圧倒された。目を開けて母さんの肩から頭を上げると、まわりに人だかりができていて、僕たちを見つめていた。

一人の女性が前に進み出て母さんの腕に手を置いた。僕は知らなかったが、僕が生まれる前にメイドとして両親の家で働いていた人らしい。

「おかえりなさい、ボーンスタインさん」。その口調は穏やかだった。集まった人たちの中で僕たちの再会に感動しているのはその人だけではないようだった。ほかにもこの奇跡の瞬間に心打たれて涙をぬぐう人たちの姿があった。母さん、おばあちゃん、そして僕――僕たちは三人とも死んでいて何の不思議もなかったのだ。

「マイケル、あなた生きているのね？　生きているのね！」。母さんはまだ信じられないようすだった。「わかっていたはずなのに」。母さんは僕からさっと体を離すと、頭の先からつま先まで僕の体を注意深く調べてから、袖の上の縫い目と肩がぴったりそろうように、新しいシャツをピシッと伸ばした。いかにも母さんらしいその仕草がうれしかった。自分の母親と同じくらいやさしく触れてくれる人なんてこの世にはいないのだから。

母さんは、髪のない僕の頭に何度もキスした。それから僕の顔をもっとよく見ようとして体を離した。「あなたのために帰ってくるって、わかっていたでしょう？」。そうたずねる母さんの青い瞳は涙でぬれていた。

「わかってたよ」。僕は母さんの肩にそっと頬を乗せた。ずっとわかっていたよ。母さんが生きているって、僕はずっと信じていた。母さんとふたたび会えたその日、僕はとっても驚いたけれど、これでいいのだとも思った。だってそれは、僕が頭の中で思い描いていた再会の場面そのままだったのだから。

# 25 サバイバーズ・クラブ

僕は早く母さんをみんなに会わせたくてたまらなかった。母さんの兄弟はさぞびっくりするだろう。もしかするとうれしくて泣いてしまうかもしれない。母さんの義理の妹にあたるゼシアおばさんも、手をたたいたり小躍りしたりして喜ぶはずだ。

でも、いちばん喜ぶのはなんといっても母さんの妹のヒルダだろう。ヒルダおばさんはジャルキに戻ってまもなかったけれど、会うたびに母さんの話をしてくれた。僕たちは二人とも、母さんはいつか帰ってくると希望を持ち続けていた。それでも、大好きな姉のソフィーがドアから入ってくるのを見たらヒルダは言葉を失うだろうと、僕にはわかっていた。

「生きていたんだね、あんた」。感極まったおばあちゃんの声は、かすれていた。おばあちゃんは僕らのかたわらに立ち、涙をぬぐっていた。「たしか、私たちは——アリーダやほかの女たちは——こう聞いたんだよ。あんたがオーストリアの労働収容所に連れていかれたってね。あとで看守たちがその収容所のことを話しているのを聞いたよ。火事で焼け落ちたって彼らは言っていたんだ。ソフィー」

「ドーラ。お願いだから、落ち着いて。それはそのとおりなの。私はオーストリアのその収容所に移されて、そこに何週間もいた。でもそれからまたよそに移されて。だから火事の日には、そこにいなかったの。ほんとに運が良かった──というより奇跡ね。それに私はマイケルに、戻ってくるって言っていたの。約束は守らないと。そうよね、坊や?」。母さんは僕を見下ろしてほほえんだ。

「僕、ボベシに言ったんだよ、マミシュ! 僕、言ったんだ。マミシュが僕に言ったことをそのとおり。ねえ、ボベシ。僕、マミシュは戻ってくるって言ったよね」

「ああ、そうだね、マイケル。おまえはそう言ったよ。おまえの言うとおりだった。ちゃんと聞けばよかった。でも、もう勘弁しておくれ。ほら! ごらん! 母さんだよ。母さんはもう無事だ。もう二度と離れ離れにはならないよ」

僕らは三人で手をつなぎ、市場の裏手を通り抜け、ゼシアおばさんの家に向かった。高揚感と達成感に満ちあふれ、やさしさに包まれ、僕は守られていると感じていた。

母さんは、わが子の手をふたたび握ることはあるまいと思っていたという。神様に祈ってはいたけれど、もうほとんど神の存在を信じていなかった。この瞬間までは──。でも、こうしてまた母親でいることができた。じつに久しぶりに、神様は母さんの祈りの一つをかなえてくれたのだ。

歩く道すがら、話すことが山ほどあった。

「僕、病気になったんだよ、マミシュ。マミシュに見せたかったよ。だって僕、ボベシの肩に登って診療所の中をのぞいたんだ。見張りの人は誰もいなかったよ。だから、そのあと僕たち、正面の入り口から入ってベッドに潜り込んだんだ。自分一人のベッドだよ」

僕は母さんに、生まれて初めて一人で眠ったときのようすや、僕たちが目を覚ますと外はいろいろな音で騒がしかったことを話した。「ボベシはこわがっていたけど、僕はこわくなかったよ」

診療所に逃げ込んだときのことも、アウシュヴィッツに収容されていた人が全員――僕たちのバラックの女の人たちも――外に並ばされたときのことも、思い出せるかぎり話した。それらの人々がみな、道を行進して木立の中に消えてゆき、収容所の中がすっかり静まり返ったことも、収容所が解放されてから数日後にソ連兵が僕たちにふたたび囚人服を着せてカメラを回したことも話した。

母さんは僕たちにオーストリアの収容所での話をした。母さんは、ピョンキのときと同様、軍需工場で働いていた。銃の小さな部品がいっぱい並んだ大きな作業台の前に、何時間も立ちっぱなしだったという。仕事は、部品についた油をきれいに取り除き、組み立てられるように準備することで、ここでも母さんのすばしこい指が役立った。

その収容所で母さんは、ＳＳの見張りからまっとうな扱いを受けた。状況はアウシュヴィッツのときよりもましだった。とはいえ一日に一二時間から一四時間、立って作業をしなければならなかった。

その後、選別されて、また別の軍需工場で働くことになった。連れていかれた場所は母さんにも正確にはわからない。でもオーストリアにある、マウトハウゼンと呼ばれる収容所を中心とした巨大な強制収容所施設のどこかであったことは間違いないようだ。移ってからほんの数日後、おそらく二日しかたたないうちに、前の工場でひどい爆発事故があったと母さんは知った。どの軍需工場にも、一つ屋根の下に火薬や爆発しやすいものが大量にあり、危険だった。もしも最初の工場にいたら、たぶん母さんは死んでいただろう――中にいたほかのすべての人と同じように。

「来る日も来る日も、あなたのことを考えていたわ、マイケル」と母さんは言った。アウシュヴィッツでおばあちゃんはうまくやっているだろうか、僕の栄養が足りるだけの食料をかき集められているだろうかと、いつも考えていたという。「あなたなら隠れおおせて当然だったわね、私のいい子」。母さんは歩きながら僕の手を握りしめた。「サバイバーだもの、あなたは」

　母さんをいちばん驚かせたのは、妹のヒルダが戻っていることだったようだ。

「ああそうだ！　ヒルダには、みんなびっくりだった」とおばあちゃんが母さんに言った。

「最初は僕、おばさんのこと、マミシュだと思ったんだ」。僕は、ヒルダというおばさんがいることを本当に覚えていなかったのだと説明した。「ヒルダおばさんが言ってたよ。子どものころマミシュは歌ばかり歌っていたので、モルデカイおじいちゃんがよくいらいらして、大声でこう言ったって。『ソフィー、父さんはもう音符一つも我慢できん！　外に行って、空に向かって歌いなさい。ハッシェム（神）はおまえの歌を喜んで聴いてくださるだろうが、父さんには休息が必要だ！』」

母さんがクスクス笑った。「そのとおりよ、いい子ね。でもね、今でも母さんは歌が大好きなの！」。そう言って母さんは、少し考えてから急に歌いだした。「かわいいマイケルにまた会えた……もう二度と離れない。行って、みんなにも知らせましょう……ソフィーは、もうどこにも行かないと！」。母さんはおかしいくらいに陽気だった。母さんのそういうところをいらだたしく感じる人もいれば、とてもチャーミングだと思う人もいたのだろう。父さんには母さんの明るさが、きっととても魅力的だったのだ。

だからこそ父さんは、母さんを好きになったにちがいない。

母さんはずっと即興の曲を鼻歌で口ずさんでいた。でもソスノヴァ通りまで来ると、歌も笑顔も大またの足取りもピタッと止まった。

突然、母さんは泣きだした。両手で顔を覆い、さめざめと泣いた。それを見て僕はおびえた。かわいそうな母さん！

母さんがなぜ泣いているのか、僕には初めわからなかった。でも今は思う。母さんは僕の兄さんと父さんが死んだ悲しみを心のどこかにしまいこみ、ずっと、生き延びることだけをひたすら考えていた。けれども、懐かしいわが家を行く手に見て、長いあいだ心にとどめていた打ちのめされるほどの悲しみを、もうこらえきれなくなったのだ。

「悲しまないで、マミシュ。泣かないで」。僕は言った。

すると、おばあちゃんまでまた泣きだした。

僕はまだほんの小さな子どもだった。その僕の目の前で、僕を守ってくれる二人が泣きじゃくっていた。僕は途方に暮れてその場にただ立ち尽くしていた。胃はしめつけられるように痛んだ。母さんとおばあちゃんはいつまでも、涙を流しながら無言で抱き合っていた。

自分の手を見下ろした僕は、広場まで歩く途中で作ったタンポポの鎖をまだ握りしめていたのに気づいた。僕は二人の邪魔をしないように、何も言わずに花の鎖を母さんの肩にかけ、スカーフのように垂らした。

母さんは僕の作った鮮やかな黄色の鎖を見てほほえんだ。まだ泣いてはいたけれど、気に入ってくれたのが僕にはわかった。本当に気に入ってくれていた。

それから数分のあいだ、母さんとおばあちゃんはたがいの涙をぬぐい、静かに言葉を交わした。そして、ようやく僕たちはまた通りを歩き始めた。

けれども、母さんはふたたび衝撃を受けた。僕らが昔の家を通り過ぎ、程近いゼシアおばさんの家にまっすぐに向かったからだ。

「誰かほかの人が住んでいるって、どういうこと？　あたしたちの家なのに！　じゃあドーラ、マイケルと二人でどこに暮らしているの？　どこに？」

鶏小屋についての会話は、もう少しあとになる。さしあたりおばあちゃんは、あるポーランド人女性が僕たちの家に移り住んでいて、出ていく気がないようだとだけ説明した。今の町の状態では警察に何を言っても無駄だとおばあちゃんは話した。「とりあえず、このままにするしかないよ、ソフィー。そのほうがいい」。その口調は揺るぎない確信に満ちていた。「マイケルと私はうまくやってきたんだから。さあ、今はただ家族との再会を楽しもうね」

町角で感情を解き放ったあとだけに、母さんには家を失ったことを嘆く気力がなかった。僕たち三人は、ゼシアおばさんとサムおじさんが住む二階建てのレンガ造りの家へと歩いた。

僕は小さな手で母さんの親指を握っていた。母さんの心臓の鼓動が速くなっていることが、親指の脈から感じられた。母さんは自分の兄弟や妹と再会できることに心躍らせていた。

母さんはノックもせずに玄関ドアの取っ手を回し、中をのぞきこんだ。「こんにちは《ア・グートン・ターク》」。母さんは、イディッシュ語で呼びかけた。

入り口も居間も無人だった。「サム、ヒルダ、ムレク？」。母さんは震える声で呼んだ。

返事はなかった。みんな留守だった。拍子抜けし、不安にもなりながら、僕たち三人は居間の長椅子に腰を下ろして待った。でも、長くは待たなかった。

五分ほどしたころ、ポーチに向かってくるみんなの聞き慣れた声がした。母さんは長椅子から跳び上がり、玄関口に駆け寄った。ドアのガラス窓の向こうで、ヒルダおばさんが大きく息をのんだ。初めは恐怖からだった。家の中に誰かいる！

恐怖は、たちまち喜びに満ちた驚きに変わった。

「ソフィー！　幽霊じゃないのね？」。ヒルダおばさんがドアを勢いよく開けて、母さんの顔に触れた。「ああ姉さん、生きて帰れたのね？」

ヒルダの後ろから兄弟と親類たちが、本当かどうか確かめようと家になだれ込んできた。モニエクが言った。「もうあきらめていたよ、ソフィー。もうあの世でしか会えないだろうと思っていた」。モニエクは顔を覆い、下を向き、あふれる涙をこらえようとした。デイヴィッドも、サムも――みんながこらえられずに、わっと泣きだした。僕の思ったとおりだった。

いとこのクリスティーナ＝ルースは当然ながら僕の母さんを覚えていなかったけれど、この数週間のうちに突然の再会がいくつもあったので、この瞬間の重大さは理解できた。

「マイケルのお母さん？」。ルースが僕にささやいた。

僕は誇らしい気持ちでうなずいた。

母さんはヒルダを抱きしめ、ほかのみんなも抱きしめてから、ルースを抱き上げた。

「そして、あなたはルースね。美人になったこと」。母さんがやさしく言った。「ルースにも会えなくてさみしかったわ。あなたもマイケルも、最近はさぞや手が焼けることでしょうね」

「おばさまのこと、聞いています」。ルースが得意げに言った。「こんにちは。ソフィーおばさま！　でも、あたしの名前はクリスティーナです。クリスティーナ＝ルース・ヨニッシュです」。

ルースが毅然《きぜん》とした口調で言った。

母さんがいぶかしげな表情でサムとゼシアを見た。

「あとで説明するから」。サムたちは楽しげに笑った。「とりあえず、いろいろあったとだけ言っておくね」

そういうことはみな、今はまったくどうでもよかった。みんなは次々に家の奥へ入って、母さんが幻でないことを確かめるために母さんの腕や頬に触ったり肩をぎゅっとつかんだりしていた。彼らはそれぞれ想像を絶する記憶や、恐怖という重荷を背負っていた。

ヒルダは、ある収容所でガス室からいくつもの死体を引きずり出したことや、どこかのユダヤ人の心臓を貫くのだろうかと心配しながら弾丸を詰めたことを、決して忘れはしないだろう。

ルースは、両親と離れて一度ならず見知らぬ人に預けられたつらさを抱えていた。

サムとゼシアの夫妻は娘のルースを手放さねばならなかったことで、心に苦しい傷を負っていた。

モニエクとムレク、そしてデイヴィッドと妻のグティアは、日の光の中を大手を振って歩けるときがまたいつか来るのだろうかと思いながら、窓のない暗い屋根裏部屋に隠れて過ごした年月の苦悶《くもん》を抱えていた。

母さんはむろん、息子と夫がアウシュヴィッツのガス室で窒息死したと知ったときの恐ろしい気持ちを忘れなかった。おばあちゃんにもまた、その事実を知ったときの心の痛みがあった。

けれどもその夜は、苦痛に満ちたすべての思いは——少なくとも、しばらくのあいだは——脇に置かれた。そのときに僕たちが感じたのは、神の光だった。

僕は母さんの膝に座って夕食を食べた。もうそういうことをするには少し大きすぎたけれど、かまわなかった。クリスティーナ＝ルースも母親の膝に座っていたが、それは、いつものことだ。

ヒルダはずっとにこにこ笑っていた。母さんは、しおれかけた金色のタンポポの鎖を指でやさしく回しながら、きょうだいと話したり笑ったりしていた。

テーブルを囲む僕らは、窓からのぞき見た人には、どうということのない、ただ食事をしている一座に見えたかもしれない。けれども、実際にはとてもたぐいまれな一座だった。結束の固いヨニッシュ家のきょうだいは戦争のあいだ別々の道を歩み、ふたたび一緒に過ごせるとは夢にも思っていなかったのに、ここにこうして集まれた。ルースと僕、そしてルースのいとこのイーライとそのきょうだいも、家に帰り着けた。今日の晩餐会はもしかしたら、亡霊たちの集まりになっていたかもしれない。けれど、ここにいる僕たちはみな生き延びることができたのだ。

ジャルキにはホロコーストの前まで、三四〇〇人のユダヤ人が暮らし、働いていた。でも戻ってきたのは三〇人に満たなかった。僕の一族がそのおおかたを占めていた。僕たちは、幸運によってあらゆる劣勢を克服した生存者《サバイバーズ》たちのクラブだった。

# 26 アメリカン・ドリーム

「ここでずっと暮らしていたの?」。母さんは、地面に穴を掘って住んでいたほうがまだましだといわんばかりに、僕たちの鶏小屋を眺めた。けれども、僕たちには雨をしのぐ屋根があった。敷地には水をたたえた井戸があり、足を洗ったり服を水洗いしたりできる小川もあった。おばあちゃんは卵用の仕切り箱を逆さにして家具代わりにしていたし、僕たちが眠るときに敷く藁も、わりと清潔で柔らかかった。この小屋では何年も家畜は飼われていなかったので、中の空気も外と同じようにさわやかな香りがした。だから僕には、母さんが僕たちの住んでいる場所を見て、どうしてそんなにショックを受けたのかわからなかったけれど、とにかく、母さんはひどく驚いていた。

「みんなよく、私の顔をまともに見られたもんだわ。そろいもそろって、食卓越しに私に笑いかけたり、私をどれほど愛しているかって言ったりしておいて、私の子どもにここで動物みたいな暮らしをさせておくなんて。みんなは王様みたいに眠っているのに。自分のベッドも毛布もあって、ちゃんとした共有の台所で朝食も作れるっていうのに、マイケルは、ここなわけ?」

母さんは顔を真っ赤にして怒っていた。

「ああ、それは違うよ、ソフィー。みんなに腹を立てないでおくれ。ゼシアもサムも、一緒に住むようにと何度も言ってくれたんだ。デイヴィッドとモニエクは今じゃチェンストホヴァにアパートがあって、毎週ジャルキに来てサムと仕事をしていてね。デイヴィッドたちからもチェンストホヴァにぜひ来てくれって言われたんだけど、私たちはここがとても居心地がいいの。夜は本当に静かで落ち着けるしね。マイケルと座って、話をしたり虫たちが奏でる夜の歌に耳を澄ましたりするんだよ。そうだよね、マイケル？」

おばあちゃんが僕の顔を見た。

おばあちゃんが僕に、母さんのあからさまな不満を払拭《ふっしょく》できる話をしてほしがっていることはわかった。僕がうなずいて、この鶏小屋にいるほうがずっといい、ここなら少しは羽を伸ばせるからと言えば、おばあちゃんはきっと満足だったのだろう。

ああ、おばあちゃんはきっと当惑したことだろう。クリスティーナ（ルース）の家に移ってもかまわないと僕は答えてしまったのだから。

「今からでも、あそこにいさせてもらえるかな？　マミシュ」。僕は母さんにきいた。

母さんは小屋を見回して、広さはたっぷりあるし、アウシュヴィッツの部屋よりはましだと気づいたようだった。

母さんはため息をついて言った。「マイケル、いい子ね。もう遅いし、今日はいろんなことがあったからね。眠って、朝になったら、また考えればいいわ」

けれども、母さんはそう言いながらも、まだおばあちゃんのほうをじっとにらんでいた。

僕は外に出て、木のそばで用を足した。小屋に戻ると、もう母さんは藁の寝床の上に、体を少し丸めて心地良さそうに横になっていた。僕は這《は》って母さんの前のスペースに陣取った。この上なく安らかで、満ち足りた気持ちがした。

僕はだらしない笑みを浮かべながら、知らず知らずのうちに眠りに落ちていった。

でも、まどろみかけたとき、母さんがおばあちゃんに小声で言った言葉が耳に入り、ぱっと目が覚めてしまった。それでも僕は目を閉じたまま眠ったふりをしていた。

「この子、今にも死んでしまいそうに見える」と母さんが小さな声で言った。「どうして髪の毛が元どおりにならないのかしら？　アウシュヴィッツで剃られてからもう九か月になるのに！」

おばあちゃんは何か答えていたけれど、僕は毛布を頭までかぶっていたので、声がくぐもって聞き取れなかった。もしかしたら、ちゃんと目が覚めていなかったせいで、その部分を聞き逃したのかもしれない。とにかく、おばあちゃんが何と答えたのかはわからなかった。

そのうちに母さんが、ジャルキにずっとはいられないと言うのが聞こえた。「ドーラ。ここには、あたしたちに何も残されていないわ」

おばあちゃんが何と答えたにせよ、それは反対の意見だったにちがいない。なぜなら母さんが「いいえ！」と、きつい調子で言い返したからだ。

母さんの頭に、町にとどまるという選択肢はなかった。もしもとどまれば、ちょうどそのとき僕たちが横になっていた鶏小屋の鶏同然の暮らししかできない。「ユダヤ人じゃない人たちは、私たちにいてほしくない——大半の人は、私たちを憎んでいる。もう一人の子どもまで失うものですか、絶対に！」

　母さんが何の話をしているのか、僕にはわからなかった。僕は元気だった。たしかに腕や脚の発疹はなかなか消えないし、髪の毛はなかなか伸びなかった。けれども、僕は健康で丈夫だった。

「私たちは行くわ。行くかどうかはもう問題じゃない。いつ行くかが問題なの。行かせてほしいと頼んでいるわけじゃない。一緒に来ませんかと言っているの」

　母さんとおばあちゃんがほかに何を言ったのかは覚えていない。僕はいつのまにか眠ってしまっていたのだろう。

　あくる朝、おばあちゃんはまだご機嫌斜めのようだったけれど、母さんの機嫌は天気と同じく晴れやかだった。

「ところで、ドーラ。この小さな鶏小屋にも、それなりにいい点はあるわ。私の兄弟たちと一緒に住んだら、やっと買えた食べ物も弟のサムが平らげちゃうだろうし、それにサムは、奥の部屋で皮をなめすって言って譲らないし！」

　潜伏先からジャルキに戻ってきたヨニッシュ家の兄弟たちは、秘密の隠し場所にいくらか残っていた財産を全部はたいて動物の皮を買い、処理を施して販売していた。お客は増え始めていた。

結局のところ、誰しも靴やコート用の革を必要としていたのだ。こうしておじたちにはいくらか現金が入るようになった。けれども、母さんは兄弟がその仕事を再開しようと考えたことに冷ややかだった。

―こんなゴーストタウンで商売するなんて。しかも皮をなめす薬品類のせいで、家の奥へ行くと、死体がクロロホルムの中で発酵しているような臭いがするし！」。母さんが辛辣《しんらつ》に言った。「少なくとも、ここは空気も新鮮だし、静かね。ともかく、それを楽しめるあいだは楽しみましょう」

「どういうこと？」と僕はきいた。「ソスノヴァ通りの家に戻るの？」

「そうじゃないの」。母さんが意味ありげに答えた。僕は母さんがおばあちゃんに目くばせするのを見た。おばあちゃんはひどく怒った顔をしていた。

「本気なのかい、ソフィー？」。おばあちゃんがきつい口調で言った。「あんたはいつだって慎重で分別のある人だったのに。頭がどうかしたの？」

何を言い争っているのかはわからなかったけれど、母さんもおばあちゃんも不満そうに深いため息をつきながら、あいまいな言葉で話していた。二人は何かの件で意見が食い違っていたのだ。

「ドーラ、これからのことを話しましょう」。母さんは言った。母さんは自分の兄弟のいるチェンストホヴァに一緒に引っ越そうと、懸命におばあちゃんを説得していた。チェンストホヴァにいるのは一時のことで、そのあとはみんなでアメリカに行くのだという。母さんは、まるで子どもが「キャンディ」と言うときのような口調で「アメリカ」と言った。母さんは、アメリカほど友好的ですばらしい国はないのだと僕に話した。アメリカで大人になれれば、自分で事業を始められるとも言った。「アメリカなら、稼いだお金を誰も取ったりしない。人の家に無理やり入り込んで、占領するようなやつもいないのよ、マイケル」。成功するチャンスは、想像もつかないほどたくさんあるはずだ――アメリカへ渡航するための書類をなんとか手に入れさえすれば――と母さんは僕に断言した。

母さんは本当に話が上手だった。母さんにかかれば、松やにのスープだっておいしそうに聞こえただろう。何かに夢中になると母さんの目はきらきら輝き、困難に直面すると、それがどんな難題だろうとなんとかまた幸せになる方法を見いだした。それこそが、母さんに備わったサバイバーの資質だったのだろう。それは、天賦《てんぷ》の才だ。もしかすると僕は母さんからその才能を少し受け継いだのかもしれない。

「帽子の作り方を覚えるわ！」。母さんはうれしそうに言った。そしておばあちゃんそっちのけで僕の両手を取り、それを体の前で外と内とに交互に振りながら、また即興でたわいのない短い歌を歌った。母さんがどういうつもりでこういうことをしたり言ったりしているのかわからなかったけれど、母さんのワクワクした気分は伝染した。「僕は何を作れるようになればいい？」

「何でも好きなものでいいのよ。アメリカに行ったら、何でも好きなものを作ったり、好きなことをしたりしていいの。弁護士になりたかったら、なれるのよ！　政治家はどう？」。そう言って母さんは笑った。「でも、まずは――学校ね！　学校で一生懸命に勉強するのよ、坊や。あんたは兄さんがつかめなかった二度目のチャンスを手にしたんだから」

母さんにとっては、サミュエルのことを口にするのもつらかったにちがいない。母さんの顔に悲しみが一瞬よぎるのを見て、僕も悲しくなった。けれども、すぐに母さんは楽しそうな表情に戻って言った。「アメリカ！」

母さんは僕に、まずはチェンストホヴァに行ってデイヴィッドとモニエクと一緒に暮らすけれど、それは数か月だけだと言った。おじさんたちの仕事を手伝えば、母さんにもお金が入るという。「今度は楽しいでしょうね。一生懸命働いて、ちゃんとお給料をもらえるんだから」。母さんは誇らしげに言った。

けれどもそのあと、僕にとってつらい話があった。おばあちゃんは一緒に行かないのよと、母さんが言ったのだ。アウシュヴィッツで僕を守り、ジャルキに僕を連れて帰ってくれたおばあちゃんに別れを告げるなんて、考えただけでまた僕の胸は張りさけそうだった。僕たちは死の収容所で一つのベッドに眠り、今はジャルキの鶏小屋で藁を敷いて一緒に眠っているのに。

けれども、母さんや僕がどんなに頼んでも、おばあちゃんの気持ちは変わらなかった。

「いい子だね、おまえは母さんと一緒に行かなきゃだめだよ。おばあちゃんは年だから、これ以上の冒険は無理だ。新しい旅に出る元気はもうないよ。でも、二人は元気だし、いくらでも新しい暮らしが始められる」。おばあちゃんの決心は固かった。「今回はいくら言っても無駄だからね。ジャルキは私のふるさとだ。ここがおばあちゃんの居場所なのさ」

# 27 岐路

数日後、みんな一緒にサムとゼシアの家で、お昼にブリスケット（牛の胸肉）とザウアークラウトと、ルバーブの小さなケーキを食べた。僕の五歳の誕生日祝いだという。誕生祝いなんて本当に久しぶりだった。みんながポーランド語やイディッシュ語やヘブライ語で歌を歌ってくれた。それ以外は普通の昼食だったけれど、そのうちに、この先どうするかについての議論や思案が始まった。

僕らはホロコーストを生き延びた。でも、これからどうすればいいのだろう？　いよいよ母さんが自分の考えを述べる時が来た。ヨーロッパの戦争は終わったのに、ジャルキはユダヤ人が暮らしていける状況ではない。僕たち一族はみな行く先々で、しめ出されている感じがしてならなかった。ジャルキには僕たちの帰還を歓迎してくれる人たちがいるいっぽうで、僕らの存在を目障りに感じているらしい人たちもいた。

母さんはアメリカに行くようみんなを説得する作戦に乗り出した。みんなが戦争前にしておくべきだったとつくづく思っていることを実行しましょう。ここを離れましょう、と。

おばあちゃん以外は全員が、すでにまったく同じ計画を夢見ていた。でも母さんの兄弟は、やりかけの仕事の始末をまずはつけなくてはならないと言った。すでに根を下ろし始めていた革商売の、商品や材料を売り払う必要があったのだ。

「手伝うわよ！」。おじたちが頼むまもなく、母さんが大声で言った。

「えーと、ああ、もちろん頼むよ、ソフィー。全員の手が必要だろうからね。ソフィーとマイケルはチェンストホヴァのアパートでデイヴィッドや僕と一緒にいればいい。ソフィーには、見本を商店に持っていって、買ってもらえるかあたってほしいんだ」。モニエクが母さんの気持ちを察して言った。

「いいわよ。楽しそう！」。母さんが高い陽気な声で答えた。

楽しそうだと僕も思った。母さんと僕は一緒に冒険を始めるんだ！　それにヒルダおばさんも一緒だ。みんなでチェンストホヴァに住み、そこで家族そろって、革商品のわずかな在庫を新たな出発の共同資金に変えるのだ。

チェンストホヴァまでは馬車で一時間もかからないので、ジャルキには頻繁に来ることもできる。

その晩、僕たちは鶏小屋に戻り、母さんは翌日の移動のためにわずかばかりの荷物を肩かけ鞄に詰め込んだ。翌朝とても早く、僕たちはヒルダおばさんと一緒に馬車で出発した。おばあちゃんは道端に立ち、僕たちに——僕に——手を振っていた。その姿が遠い小さな点になるまで、おばあちゃんは手を振り続けていた。

空気は湿っぽく、木々に覆われた道沿いの葉に露が宿っていた。低い枝が馬車をかすめるたびに、冷たい霧が降りかかった。みんな、まだのどがすっかり目覚めていないかのように、道中はほとんどずっと黙りこくっていた。ようやく道が開けて、行く手にチェンストホヴァが見えてきた。

僕には、それが大都市に思えた。チェンストホヴァの話は、おばやおじたちからも、いとこのルースからもたびたび聞いていた。ルースは戦時中、チェンストホヴァの修道院にいたのだ。ジャルキ同様、チェンストホヴァでも爆撃とナチスの大虐殺によって多くの人の命が失われた。チェンストホヴァの「血の月曜日」は、のちに歴史書に記されることになる。ただ、戦後ユダヤ人が二七人しか戻ってこなかったジャルキとは異なり、チェンストホヴァはその一帯の生存者《サバイバー》たちの集合地になっていた。僕たちが着いたとき、チェンストホヴァには一三〇〇人以上のユダヤ人が住民登録をしていた。チェンストホヴァからまた別の地に行く人も多かったけれど、ほとんどの人はポーランドの中でユダヤ人として生き直すことを望んでいた。

僕の親族は、その可能性をほとんどあきらめていた。僕たちが望んでいたのはただ、しばらくのあいだここに滞在して、アメリカに行く資金を集めることだった。

「さあ、着いたよ」。御者はそう言いながら、おじたちが住む灰色のコンクリートのアパートの前で僕たちを降ろした。代金を払う必要はなかった。デイヴィッドとモニエクがもう支払ってくれていた。

二人のおじがアパートの前の通りまで出迎えてくれた。

「みんな、ようこそ!」。デイヴィッドおじさんはそう言うと、前かがみになって母さんとヒルダの左右の頬にキスをした。デイヴィッドはヨニッシュの兄弟の中でいちばん背が高かった。それも、ずばぬけて。「それから、きみも。こんにちは」。デイヴィッドおじさんは手を差し出して僕と握手をしてくれた。階段を上がった二階の三部屋からなるおじたちのアパートは、動物収集家の隠れ家のようだった。どこもかしこも、動物の皮やなめし革の小片がテーブルや椅子にかかっていた。開け放したいくつかの窓からそよ風が入ってきたけれど、皮をなめす薬品の強烈な臭いをごまかすにはまるで役立たなかった。

「うわーっ!」。僕は鼻をつまんで咳をこらえた。母さんとヒルダはおじたちを恨みがましい目で見つつ、何も言うことはできなかった。デイヴィッドとモニエクは、雨風をしのぐ住まいとチャンスを提供してくれるのだから。それに、おじたちには子どもがいないので、化学薬品の蒸気が小さな子どもに及ぼす影響など考えもしなかったのだ。

食べ物は往々にして、どんな事態も改善してくれる。特に、一口一口のありがたみを知る人々にとってはそうだ。だから、アパートのその臭いも、ビーフシチューとビーツのサラダというボリュームたっぷりの昼食のあとには、さっきより我慢しやすいように思えた。大人たちはまた今後のことについて話し始め、朝早くからの移動でまだ疲れていた僕は長椅子でうたたねをした。

チェンストホヴァでのことはあまり覚えていない。でも、何週かが過ぎるうちに僕が前よりも丈夫で健康になったのだけはたしかだ。髪の毛は伸び始め、また抜け落ち、それからもう一度伸び始めた。僕の体は闘っていった。胃は間違いなく大きくなっていったし、脚と腕も伸びてシャツやズボンのすそから不格好に突き出し、服はみんな小さくなった。母さんとヒルダも太ってきた。腕や脚も肉づきがよくなり、腰も今ではちょうどよい柔らかさと丸みを帯びていた。ヒルダはどこかの収容所で歯を一本折っていたけれど、今は治療するだけのお金があった。ヒルダの肌は健康的で、母さんもヒルダも髪の毛がふさふさと豊かになっていた。

ヒルダは数学と経理に詳しかったので、できるときは僕の勉強をみてくれた。ヒルダと母さんは交代で僕の世話をし、おじたちの仕事も手伝った。僕は短期間のうちに、母親のまったくいない状況から母親が二人いるような状況になった。

にぎやかな市場や活気あふれる店の並ぶチェンストホヴァにどのくらいいたのか、正確にはわからない。たぶん半年ほどたったころ、海を渡って一枚の葉書がヒルダのもとへ届いた。ヨニッシュ家のきょうだいの中でいちばん年上のオラおばさんからの葉書だった。オラの一家はシベリアを横断し、戦争が始まった一年半後に日本にたどり着いていた。彼らを救ったのは、杉原千畝《すぎはらちうね》という日本の有名な外交官だった。その外交官は戦時中、自国政府の要請に反して約六〇〇〇人のユダヤ人にビザを発給していた。

オラおばさんは今、妹のヒルダもポーランドを離れられるよう手はずを整えてやりたいと思っていた。聡明なオラおばさんは、いちばん下の妹を守らねばという気持ちが強く、スウェーデンまで行ってそこからキューバ行きの船に乗るのがより良い暮らしへのいちばんの近道だとヒルダにすすめていた。

「一緒に行こう、ソフィー！」。ヒルダはオラからの葉書を服のポケットにしまいながら、そう頼んだ。「ソフィーとマイケルとあたしで、三人でキューバへ行くの。そして、そこから――アメリカへ！」

でも、母さんの頭には別の計画があった。

母さんは、まずドイツのミュンヘンに行って、そこでアメリカへの渡航書類を手に入れるという話を前からしていた。「ミュンヘンでは、いろいろな便宜をはかってもらえるのよ」と、母さんはおじたちやヒルダに言った。「職業訓練で手に職をつけられるから、仕事につけるわ。マイケルを快く受け入れてくれる学校もあるし。そうしたら、マイケルもヘブライ語を勉強できるのよ！　でも、大事なのは、マイケルをいい医者に診てもらうこと。何よりもまずマイケルを健康にしなくちゃ」

新たな行く先を知って、僕はとまどいを感じたにちがいない。「ドイツ」という言葉は、何年ものあいだ「悪」と表裏一体だった。僕たちと戦争をした国が――数か月のうちに――なぜ僕たちに平和と保護を与える場所になったのか、理解するのは難しかった。

母さんの説明によると、戦争で破壊されたミュンヘンを連合国が再建しているという。多くの救済組織がそこで僕たちを援助すべく待機していた。戦争で難民になった人々のために仕事や住まいを見つける活動がミュンヘンではすでに始まっていたのだ。
こうして母さんと妹のヒルダがふたたび別れ、いつの日かまた、それぞれの道が合流するのを祈るときが来た。

母さんとヒルダがポーランドに別れを告げる前に、僕たちはみなでもう一度ジャルキに戻り、サムとゼシア、ムレク、そしてもちろんおばあちゃんにも会った。それは僕たち、つまりおばあちゃんと僕にとって、ほろ苦い別れだった。今回は、本当に永遠の別れになる気がした。

ゼシアおばさんの家の食堂で僕はおばあちゃんの隣に座り、ずっとテーブルの下でおばあちゃんの手を握っていた。夕食がすむと、おじたちは居間で立って祈りを捧げ、僕は母さんとおばさんたちが食卓の片づけをするのを手伝った。みんなが食器棚に広口瓶をしまっているとき、母さんがかがんでおばあちゃんに何か耳打ちをした。

「おやめ！」。おばあちゃんはそう言って、母さんを思いとどまらせようとした。でも、無駄だった。

母さんはエプロンをはずして調理台に置いた。「マイケルとポーランドを離れる前に、ちょっと一仕事、片づけなきゃならないの」。母さんはヒルダにそう声をかけた。ヒルダは母さんにウィンクをして答えた。

「わかったわ。行ってらっしゃい、ソフィー。ここで待っているわ」

母さんがそれからしたことを僕が知ったのは、ずっとあとになってからだった。

## 28 残っていたものは

母さんはコートをさっとはおり、夜の冷気の中へ出た。通りを小走りで行く足取りは軽く素早かった。母さんは昔のわが家へと一直線に走った。

そこはもう、とてもわが家には見えなかった。五年に及ぶ戦争のあいだに、家は明らかに朽ちてきていた。窓の木枠の塗料はぼろぼろにはがれ、正面のドアは蝶番《ちょうつがい》から今にもはずれそうで、窓ガラスもほこりに覆われていた。

(今は、そのほうがかえって好都合だわ!)母さんは、かつてのわが家と隣家とのあいだの三メートルほどの空き地を忍び足で歩きながら、そう思ったにちがいない。

心臓がドキドキしていたけれど、引き返す気はなかった――目当てのものを見つけるまでは。威勢がよくて無遠慮なところのある母さんは、裏口につかつかと歩み寄ってドアを激しくたたきたいという衝動に一瞬駆られた。わが家を乗っ取った女と対決する覚悟はあった。でも幸いにも母さんの現実的な側面がそれを押しとどめ、母さんは目的のものに向かい、狭い道をひそやかに歩き続けた。

裏口のポーチのへりまで行くと、数を数え始めた。一《エイン》、二《ツヴェイ》、三《ドライ》、四《フィル》と頭の中で唱えながら、慎重に歩幅を測りながら一歩ずつ歩みを進めた。

父さんが現金や宝石類を隠して埋めた直後なら、どこを捜すべきかわかっていたので、ありかを見つけるのはわけもないことだった。

けれど五年がたった今、母さんはおおよその距離を頼りにしなければならなかった。

(イズラエルは一三歩って言ったかしら、それとも一四歩だったかしら?)

母さんは試しては修正した。何度か歩幅を変えては、家からの距離と隣家の裏庭までの距離を確認し、隠し場所と周囲のすべてのものとの位置関係を正確に思い出そうとした。

家族は心配して気をもんでいるにちがいなかった。とうとう母さんは両膝をつき、両の手で地面を掘り始めた。突然、突き刺すような鋭い痛みが人差し指に走り、思わず大きなうめき声を上げた。栄養不良で弱くなっていた爪が後ろにパキッと折れて、皮膚からはがれていた。

血を止めようと、指先をもういっぽうの手の指でしっかり握りしめた。小さな指先が、ひどく痛んだ。けれども、指先のことを考えている時間はなかった。

母さんは、その鋭い痛みを鈍いしびれに変えろと脳に命令した――アウシュヴィッツやそのほか数えきれないほどの場所で苦しみを麻痺《まひ》させたように。母さんはそのままひたすら掘り続けた。しばらくすると、皮膚があらわになった指先はまだ出血していたものの、痛みは感じなくなった。

隣家の室内で明かりがともったことに、母さんは気づかなかった。

母さんは地面を掘っては、両手にいっぱいの土をすくって投げ捨てた。

ついに土の中から、ちらっと何かが見えたように感じた。月の光のおかげで、かろうじてそれが何であるかがわかった。父さんがこしらえた間に合わせの地下貯蔵庫の中の、黄麻布《おうま》の袋だった。

（ああ、助かった）

母さんは、新たな町で一から始められるだけの現金を父さんが袋に詰めたのを知っていた。袋の中にはほかにクリスタルの花瓶やさまざまな形の金《きん》、真珠の首飾りなどの貴重品も入っている。それらをお金に換えれば、きっとマイケルの学費やきちんとした衣服をまかなうのに十分な金額になるはずだ。

力が湧いた母さんは、さらに掘り続けてから袋の上端を引き、袋を地中から引っ張り出した。その最後の一引きとともに、袋が宙に浮いた。

（どうしてこんなに軽いの？）

顔に血が上った。黄麻布の袋の中に手を入れてみるまでもなかった。またしても、奪われたのだ。

母さんは思った。裏庭で大きな石を見つけて、昔のわが家の台所の窓に投げつけてやろうか。それとも、裏口のドアを狂ったようにたたきながら「この泥棒が！　あんたたちは血も涙もない泥棒だわ！」と怒鳴り込んでやろうか――。

けれども、母さんはすぐに悟った。今わが家に住んでいる人と宝物を盗んだ人は同じではないかもしれない。ナチスや地元の心ない無法者は、ジャルキからユダヤ人が一人残らず追い出される前でさえ、隠された宝物を探して庭や地下室をずかずかと歩き回っていた。そういうことはきっと、ユダヤ人たちがいなくなってからもずっと続いていたのだ。

（家の土台の下に埋めておけばよかった！）

頼みの綱が消えてしまった。父さんとのかつての暮らしの思い出の、最後の品々とともに。心の一部がまた、粉々に砕けたように感じられた。打ちのめされた母さんは、袋を地面に放り出して帰ろうかと思った。でもそのとき、ふと気づいた。袋の中にまだ何か軽いものが入っている。あたりは闇だったけれど、暗がりの中で三〇分も土を掘っていたために手の感覚は鋭くなっていた。

袋の底に手を突っ込むと、ひんやりした丸みのある何かに触れた。細い脚に上部の広い口――それが何かは、すぐにわかった。正直なところ、そのときの母さんには金貨のほうがうれしかったかもしれない。母さんは一瞬、捨《す》て鉢《ばち》な気持ちで己をあわれんだ。けれども、そのほんの数秒後には、袋の中に残っていたものは、どんなに多くの紙幣やどんなに高価な宝石よりも価値があることを思い出した。

母さんはもういっぽうの腕をそっと袋の中に入れて、わが家に伝わるキドゥーシュの銀のカップを引っ張り出した。

ユダヤ人でない泥棒かナチスの悪党が、ユダヤ人の工芸品をガラクタだと思ったのだろうか。

でも母さんにとって、それは何よりも大切な宝物だった。ナチスは何百万人ものユダヤ人を殺害したが、その晩きわめて明白になったことがある——人々を殺害はできても、信仰を破壊することはできない。

安息日の夕食と渦巻く笑い声の記憶を胸に、満ち足りたほほえみを浮かべて家の横手に向かいながら、母さんはカップを袋に戻し、しっかりと胸に抱きかかえた。お金ならなんとかなる。ミュンヘンに行けるだけのぶんは兄弟たちがなんとか工面《くめん》してくれるだろう。でも、一家のキドゥーシュ・カップは、かけがえのないものだ。

だが、家の正面へと角を曲がったとき、カチリという大きな音がした。その一瞬後、目の前に拳銃の銃身があった。

# 29　裏庭の出会い

「もう逃げられないぞ、このブタ野郎！」。男が叫んだ。拳銃は、母さんの顔に向けられていた。引き金には指がかかっている。「そこに何を持っている？」。男は、母さんが胸に抱えている袋に向かって、あごをしゃくった。

（命乞いをするのよ！　そして、男の手から銃をもぎ取って、逃げるのよ！）

母さんは幾度となく死の手をかわし、死を逃れてきた――ジャルキでの血の月曜日も、アウシュヴィッツでの選別のときも、オーストリアの労働収容所でも。何百キロもの道のりを経てジャルキに戻り、同じく死をまぬかれた息子とようやく再会を果たしたのだ。それなのに今、わが家の裏庭で、同郷の人間の手にかかって死ぬことになるかもしれないなんて。

「さっさと答えろ！　弾は三発入ってるが、おまえの息の根を止めるには一発で十分だ」

そう言われても母さんは口がきけなかった。首を少し傾け、なんとか体を動かそうとした。そうやって首を少し傾けたおかげで、月明かりが母さんの横顔を照らした――それが誰かがかろうじてわかるほどに。

「ソフィー？」と男が言った。「ソフィー・ボーンスタイン？」

母さんは答えなかった。答えられなかった。けれども、顔はまさしくソフィー・ボーンスタインの顔だったにちがいない。

「ソフィー、私だ。覚えているか？　ルカシュ・バロスだ」

母さんは、もちろん覚えていた。会計士だった父さんは戦争の前の年、ルカシュをたいへんな経済的窮地から救い、彼の農場と銀行との悶着を解決してあげたのだ。ルカシュが夜遅くに家をたずねてきたことも母さんは覚えていた。おそらく、ユダヤ人と仕事でかかわっているのを見られては、まずかったのだろう。

「戻っていたのか？」。ルカシュが言った。そして、まだ母さんに拳銃を向けたままなのに気づいた。彼は拳銃をしまい、謝罪した。「ソフィー、君だとわかっていれば、拳銃を抜いたりしなかった。金目のものを探して避難民がうろついていると思ったので」

やっとのことで母さんは、口も体も動かせるようになった。「ルカシュ、ここは私の家よ。あなたも覚えているでしょう？　私はイズラエルが残してくれたものを取りに来ただけ。でも来てみると、何一つ残っていなかった。袋は空っぽだった」

ルカシュが母さんに危害を加えるようすはなく、もう命の心配はなくなった。それでも母さんは、溶かして銀を手に入れるためだけにしろ、キドゥーシュ・カップを取られることを心配した。

ルカシュは首を横に振りながら聞いていた。「君たちの同胞はほとんど戻ってこなかった。このあたりの家々は、君らがいなくなってからずっと空き家だった。それで残った住民が、家の手入れや地域の治安のために住もうと考えたんだ。私はあの家に二年ほどいる」。ルカシュは、隣の家を頭で示しながら言った。

「ちょうど見張りをしていたんだ、隣のイサ・オルコフスキーのために」。かつて僕らが住んでいた家を指し示しながら、ルカシュは言った。「戦争以来ずっと、このあたりはいろいろ物騒で――住民みんなにとって。だから、おたがいに見張りをしているんだ。今、君の家に別の人が住んでいるのは、気の毒に思う」。そう言ってから、彼はわずかにとまどうような口調でつけ加えた。「ご主人に……どうかよろしく伝えてもらえるだろうか？」

「ええ、伝えておくわ、ルカシュ。お元気で」。母さんは話を早く切り上げたかった。相手に自分の人生や悲しみを話したいとも思わなかった。

母さんはただ、家族のもとに戻り、チェンストホヴァに帰り、ポーランドを永久に去るために今一度荷物をまとめたかった。僕を連れて汽車に乗り、窓から外を眺め、ポーランドの風景が遠のくのを見ながら、アメリカで安息日を祝うことを空想したかった。いつの日か甘いワインをなみなみと注いだキドゥーシュ・カップを手に掲げるのだ。

きっと未来は明るいはずだと母さんは思った。社会にひそむ反ユダヤ主義の低いうねりが、最後にもう一度恐ろしい困難を――僕に――もたらすことを、母さんは知らずにいた。

# 30 がれきの街

ドングリほどの大きさの何かがのどに込み上げてきたけれど、僕はそれを懸命にのみ込み、チェンストホヴァの駅でおばあちゃんとヒルダおばさんに別れの手を振った。忙しいおじたちには、その日の早いうちに別れを告げていた。おばあちゃんはジャルキから出るのを好まなかったけれど、馬車でチェンストホヴァまで来て僕たちを見送ることには同意してくれた。

「はい、これ。坊や」。おばあちゃんは落ち着いた声でそう言いながら、いい香りのする紙袋を僕に手渡した。「汽車の中で、お開け。ドイツでも元気でね。私は、こっちで元気でいるから」

おばあちゃんはいつもどおり言葉少なで、大騒ぎなどしなかった。その腕に飛び込んで抱きつきたいと僕は思った。心変わりをさせて、ミュンヘンに一緒に連れていきたかった。でも、おばあちゃんは「真剣なときの」おばあちゃんで、僕たちの幸福を祈っていると言うばかりだった。

ヒルダおばさんは正反対で、僕の頬やあごや鼻じゅうにキスをした。チュ、チュ、チュ……。別れを惜しみ愛情を降り注がせながら、音を立ててキスをした。

「アメリカでチキンスープとロクシェンのランチはどう？　今から一〇年後くらいに」。ヒルダおばさんは母さんのほうを振り向いて言った。

「そうね、もちろんよ。ヒルダ」と母さんが答えた。

二人の母であるエスターおばあちゃんがいつも言っていたように、どんなときも前を向いていようと母さんとヒルダは約束した。ヒルダはまもなくスウェーデンに旅立ち、それからキューバに向かう。そこから最終的にはアメリカに行きたいと考えていた。

「じゃあ、そろそろね？」。母さんは、いよいよだという合図に僕を見た。僕は列車のデッキに上がり、またいつか会いたいし、会えると思いながら、おばあちゃんとヒルダおばさんに手を振った。

「シャローム、坊や」。僕に向かっておばあちゃんがそう口を動かすのが見えた。「シャローム」はヘブライ語で、「こんにちは」、「さようなら」、そして「平和」という三通りの意味がある。おばあちゃんは最後の意味で言ったのだと、僕は思いたかった。永遠の別れを告げられていると思うのは、あまりにつらすぎた。けれども、おばあちゃんはそのつもりだった。それが、僕がおばあちゃんに会った最後だった。僕たちはおばあちゃんの存命中にはジャルキに一度も戻らなかったし、僕の知るかぎりでは、おばあちゃんはジャルキをその後一度も離れなかった。

「ボベシがくれたプレゼント、開けていい？」。僕は汽車の空いた席に腰を下ろすなり、そうたずねた。

「おばあちゃんが、いいって言ったのならね」

僕は紙袋を破って開けた。そして、あっけにとられたような笑みを顔じゅうに浮かべた。赤くて丸々した立派なワイルド・ストロベリーが二〇個以上も入っていたのだ。おばあちゃんから遠く離れると思うとつらかったけれど、ミュンヘンに行くことにわくわくしていたのも事実だ。

母さんは木の実や天然の蜂蜜やそのほか元気の出るおやつを袋いっぱいに詰め込んでいた。肩掛け鞄には僕たちの所持品がすべて入っていた。僕のはズボン三着、シャツ二枚、靴下五足、肌着類。母さんのは肌着類、帽子一つ、ゼシアおばさんが手縫いしてくれた木綿の花模様のワンピース一着。そして、キドゥーシュの銀のカップも入っていた。

母さんと僕は一日じゅう、旅をした。最初にクラクフまで南下し、それから西に向かってチェコスロヴァキアに入った。そして最後に、ミュンヘン行きの汽車に乗り換えた。

ミュンヘンに着いたのは夜遅くだった。僕は母さんの腕に頭を押しつけて眠り込んでいた。母さんにゆすり起こされ、座席に両膝をついて窓の外をのぞくと、汽車がミュンヘンの駅に停車するところだった。母さんから聞いていたのとは、ずいぶんようすが違っている気がした。母さんもそうだったのかもしれない。二人とも何も話さなかった。僕たちは無言で汽車のデッキから降りた。そして標識に従って、近くの大きな広場に向かった。

僕らが向かったのは市内の小さな難民宿泊所だ。母さんは事前にユダヤ移民支援協会（ＨＩＡＳ）と連絡をとっていた。その協会はほかの難民救援組織とともに、生存者たちの戦後の自立を手助けしていた。めざす難民宿泊所はミュンヘンの中のアメリカ支配地区にあり、僕らの到着を待っているはずだった。

けれど、そこに行き着くには暗い通りや路地を抜けなければならず、それらの道は高さ六メートルほどもあるコンクリートやレンガのがれきでほとんどふさがれていた。戦争の傷跡は、ミュンヘンでもまだ生々しかった。ミュンヘンはドイツの首都ではない。でもナチス政権の中心的な場所だったので、連合軍から最大の攻撃目標にされた。連合軍は空から容赦なく絨毯《じゅうたん》爆撃を行い、数世紀もの歴史のある新古典主義やルネサンス様式の建築物を破壊した。ミュンヘンの貴重な建築物の大半は、開戦以降ナチスの管轄下に置かれており、ゲシュタポはバイエルンの王たちがかつて暮らした宮殿を牢獄として使った。ほかの数多くの荘厳な遺跡と同じく、その宮殿も空襲で破壊された。

深夜なのに、人々が機械を使って作業する大きな音が鳴り響いていた。復興に向けて奮闘する町の、前進する力強い響きだ。僕たちが歩いた中に、建物がすべて無事な通りは見るかぎり一つもなかった。住めそうな建物はいくつかあったものの、多くは気味が悪いほど人気《ひとけ》がなかった。

そのとき、機械の音ではない、人の声がした。

「もう夜更けだよ。家に帰ろうか？」

通りがかった地元の人々の何げない会話だ。けれども、それはドイツ語だった。僕の脳が今やアウシュヴィッツと同一視する言語だ。それを耳にしたとたん、聞こえるはずなどないのに、ピカピカの革のブーツで人々が行進する音が聞こえるような気がした。僕は身震いし、ＳＳの隊員がそこらにいるのではないかと肩越しにおそるおそる何度ものぞき見た。たずねこそしなかったものの、母さんも同じ思いだったのではないかと思う。ナチスが何か月も前にポーランドを撤退して以来、僕たちはドイツ語を耳にしたことがなかった。

母さんはミュンヘンの地図を広げながら、僕を連れて通りを抜けていった。「あれだわ！」。宿泊所の名前が書かれた横断幕のある建物を指して、母さんが叫んだ。宿泊所は連合国救済復興機関（ＵＮＲＲＡ）によって運営されていた。アメリカの国旗が、入り口のそばの高い石棚にかかっていた。そこはまさしく、住む場所のない移民が保護を求めてやってくる場所だった。

そこには、四階か五階建てのコンクリートの建物がいくつも並んでいた。僕たちが本部らしき建物に足を踏み入れたとたん、騒々しい物音が耳を襲った。深夜だというのに、異様だった。ナイトガウンやコート姿の、神経を高ぶらせた女たちがあたりを右往左往していた。人々はそこここに集まって心配そうに話をし、なかには涙を流している人もいた。部屋の前にある木のテーブルのところでは、係員が数人ずつ固まって低い声で話をしながら時おり、うろたえたように激しく腕を振っていた。

「あの人は、五日間ずっと泣きどおしだったのよ。誰かがいつもつき添っていてあげればよかったのに！」と係員の一人が言うのが聞こえた。

「悩んでいるのは知っていたけれど、でも、まさかこんなことをするなんて」と別の係員が言った。

僕と違って状況を理解している子どもは涙ぐみ、それを大人の女たちがなだめていた。母さんは、みんなの会話が僕にわからないように、僕の耳を覆ったり立ちふさがったりした。数分後、外でパトカーのサイレンが聞こえた。

母さんは部屋の中で、僕を騒ぎから遠ざけようと隅っこのほうにいた。そんな僕たちに、親切な職員が気づいてくれた。彼女はそばに来て、自分はタリアだと名乗った。それから僕たちを事務室へ連れていき、登録手続きをしてくれた。

タリアはロビーの混乱についても、建物のすぐ外で起きた――そして救急車とパトカーが来るもとになった――出来事についても、何も言及しなかった。彼女はただ僕たちの情報をいくつか書きとめて、寝場所を教え、そこまですみやかに案内してくれた。そして、ゆっくりくつろぐようにと言った。

広い部屋は、スチール枠のベッドに横になった難民でいっぱいだった。僕らがやっと簡易ベッドの上掛けの下に潜り込んだとき、まわりは痛ましい噂話でもちきりだった。

「だんなさんも子どももなくして、もう生きていたくなかったのよ。あたしにそう言っていたもの、何度も何度も。気持ちはわかるわ」

「まったくだわね、イリット――私だって勇気があれば、おんなじことをすると思う。今ごろゴルダは天国でかわいい子どもたちを抱きしめているわ。あたしはと言えば、家族を一人残らず亡くして、望みのないこの世に生きているなんて！」

「もうやめて、ショシャーナ！　そんななげやりな考え方はだめよ。自分で自分の命を絶つために、苦しみと屈辱に満ちた死の収容所で二年間生き延びたわけじゃないでしょ？　もう一度チャンスを授かったのよ！　ビルから飛び降りて、そのチャンスをふいにするほうがいいの？」。古着にちがいない青い縞柄のナイトガウンを着た女が言った。深くあいた丸えりのガウンのえり元から大きな胸がのぞいていた。

ショシャーナと呼ばれた女性が声を立てて笑った。「あら、ビルから飛び降りるなんて言ってないわ！　橋から、そうね、きれいな浅い川に飛び込むわ。さもなければ、酒瓶に睡眠薬をたっぷり入れて飲もうかしら。そのほうがずっと快適な死に方だもの」。女性はいたずらっぽく笑って言った。

その会話のどこが面白いのか、母さんにはわからなかった。母さんはのちにこう話した。お金や渡航ビザを手に入れるほかにも心配の種があることに、あの晩気づかされたのだと。それ以来、母さんはゆううつな気分が僕らに忍び寄るのを心配するようになった。母さんも僕も、あまりにも多くの恐怖を目の当たりにしてきたからだ。

眠りにつくとき母さんは僕の耳元で、耳になじんだあの歌を小声で歌ってくれた。「断じて言うな。これが最後の旅だとは。これが最後の道だとは……」

それは僕たちの旅の終わりではなく、始まりにすぎなかった。問題は、僕たちの心の痛みが終わりにならなかったことだ。ドイツの多くの人々はあいかわらずユダヤ人を憎んでいた。そして僕はまもなく、その過酷な事実を思い知らされることになる。

# 31 ミュンヘンの闇の顔

最初の晩は大騒ぎだったものの、難民宿泊所は悪いところではなかった。清潔なシーツは常備されていたし、洗濯や入浴用の水にも困らなかった。何百人もの人々が食事や間食を自由に楽しめるカフェテリアもあった。

僕は、むさぼるように食べた。僕と食べ物は、すぐにやっかいな間柄になった。宿泊所の周辺やカフェテリアでカウンターに並んだ果物やお菓子の鉢を見ると、手を伸ばさずにいられず、食べすぎて何日もおなかが痛くなるほど食べた。

母さんは栄養面よりも学校教育のことを主に考えていた。宿泊所で紹介された授業に僕の申し込みをし、自分もどんな訓練を受けようかと検討した。選択肢は驚くほど多かった。ユダヤ人に仕事を斡旋《あっせん》する組織が、映画館でのフィルム映写から服の仕立てまで何でも訓練してくれる。結局、母さんは当初の計画どおり、帽子作りを習うことにした。一週間後、母さんは、ウールの布きれやリボンや色とりどりの羽根をみごとな帽子に変身させ始めた。

毎日、母さんは朝早く職業訓練に出かけ、僕は講堂式の広い部屋でほかの難民の子どもと一緒に勉強した。その部屋では授業を始めるにあたって、年齢と話す言語でグループ分けがされた。

僕たちの親の大半は、教育はよりよい未来への切符だという点で考えが一致していた。僕は授業がいやではなかったし、母さんも宿泊所がいやではなかったものの、なんとかして自立したいと思っていた。

またしても僕は、日時が思い出しにくいことを認めねばならない。六歳の少年にとっては三日が三か月に感じられたり、その逆だったりする。そういうわけで僕たちがミュンヘンの難民宿泊所にどのくらいいたのか正確には言えないのだけれど、住む家が見つかりそうだと知ったときに母さんが大喜びしたのは覚えている。ミュンヘンのＨＩＡＳ事務局が住まいを確保する手助けをしてくれた。その物件は、町の中心からそう遠くない場所にある、荒廃した建物の二階だった。ＨＩＡＳがすべての手配をし、保証金と最初の一か月の家賃を負担してくれた。

「ここは全部あたしたちの部屋よ！」。わずかばかりの所持品を下ろしながら、母さんは顔を輝かせた。僕たちが入ったのはアグネス通りにある建物で、部屋を見たのはそのときが初めてだった。二階は一部屋だけで、部屋の隅に小さな簡易ベッドが一つと、あとは布地がすりきれた茶色の長椅子があった。その長椅子で僕は眠るのだ――僕専用の長椅子で。

ＨＩＡＳが賃貸借契約に連帯保証人として署名していて、僕たちは家主の女性に会わないまま、ＨＩＡＳの本部から鍵を受け取っていた。もしも先に家主に会っていたら母さんがこの機会を辞退していたかどうか、それはわからない。きっと、いくらかためらいながら契約に署名したのはたしかだろう。

「ごあいさつと、ご用があれば下にいるとだけ知らせに来ました」。僕たちが荷物を下ろした二、三分後にドアをノックした女性が言った。女性は、ルネ・ミュラーと名乗った。

母さんは息をのんだ。やせぎすで、鼻筋が通ったその女性は、厳しい表情を浮かべていた。暗褐色の髪はボブに切りそろえられ、地味なベージュ色の上着とスカートのセットを着ていた。けれども、母さんがそれとわかるほどにハッと息をのんだのは、女性のいかめしい外見のせいではなかった。原因は女性の首飾りだった。首にかけた金色の鎖に下がっていたのは、金色の太い鉤《かぎ》十字《じゅうじ》[*16]だった。ナチスのシンボルは母さんと僕にとって夜の月と同じぐらい見慣れたものだった。そのシンボルを身につけていることは紛れもなく、「ユダヤ人は大嫌いだ」という無言のメッセージだった。

ミュラー夫人は母さんが首飾りに目をやったことに気づいたが、謝りはしなかった。夫人は、金色の鉤十字の角にそっと手を触れながら言った。「いつも下で、見ておりますからね。さっきも言いましたように」

「わかりました。ご親切に感謝しますわ、ミュラー夫人。ありがとうございます《ダンケ・シェーン》」。母さんは発音に注意しながらドイツ語で礼を言い、懸命にほほえんでドアを閉め、鍵をかけた。

部屋には台所がなかった。ＨＩＡＳの話では、夫人の台所を使ってかまわないとのことだった。

「さてと」と母さんが大きな声で言った。「楽しい仕事が山とあるわよ！」。そして、母さんは満面の笑みを浮かべた。「ぼろきれを探しましょう。新しいわが家の窓掃除を手伝ってよ、マイケル」

ミュラー夫人は、ユダヤ人の移民二人をわざわざ家に住まわせたいと望むような人にはとても思えなかった。どうしてユダヤ人に部屋を貸したりしたのだろうか？　母さんにはさっぱりわからなかった。

一瞬、母さんはすぐにそこを飛び出そうかと考えたにちがいない。サムとゼシアとルースもちょうどそのころミュンヘンに到着し、革商売でためたお金ですぐにアパートに入っていた。僕たちのアパートから五キロほどのところだ。頼めばきっと僕たちを一緒に住まわせてくれるだろう。けれども、いつものごとく、母さんは逆境にくじけず最善を尽くそうと思った。僕たちは、ミュラー夫人の家にとどまった。

翌朝、母さんは僕の手を引いて、ヘブライ語学校の入学手続きに行った。そこは特別な学校で、先生たちは朝から夕方までヘブライ語しか話さない。それは僕にとっては、お仕置きのように思えた。僕はヘブライ語を少しは知っていた。とは言っても、イディッシュ語やポーランド語、それに今はドイツ語でさえ、ヘブライ語よりも僕には楽に使えた。僕は母さんに、その学校に入れないでと一生懸命に頼んだ。

「僕、ばかに見えちゃうよ！　何にもわからないもん、ねえ、マミシュ！　みんなに笑われちゃう！」。僕を学校の上がり口のほうへ引っ張っていく母さんに、僕は言った。

「ねえ、マイケル」――母さんが願いを聞き入れてくれないのはわかっていた――「あんたは頭のいい子だから、すぐに覚えるわ。そしたら、すてきね！　一緒にヘブライ語で話せるのよ。マイケルがこのドアを入っていくのを父さんが見たら、どんなに誇らしかったでしょうね」

僕は授業も心配だったけれど、みっともない髪のことも心配だった。ふさふさした見栄えのいい髪にはまだなかなか戻らないのだ。ミュンヘンに着いてすぐ医者に診てもらったところ、極度のビタミン不足で壊血病《かいけつびょう》になったせいだろうと言われた。今はちゃんとした食事をとり、特別な薬も飲んでいたのに、僕の体は完全には元どおりになっていなかった。

以前は母さんほど心のやさしい人はいなかった。でも、今はアメリカに行くことで頭がいっぱいで、他人の気持ちを理解する余裕がないようだった。母さんはただ僕の頰にキスし、僕のシャツのえりを直し、やる気にさせようとするだけだった。「心配ないわ、おちびさん。とってもハンサムよ！」

僕たちはやけに大きくてものものしい入り口を通って中に入った。広い玄関広間に僕はまずおじけづいた。ミュンヘンのヘブライ語学校は実に巨大だった！　大勢のユダヤ人がミュンヘンに移り住んでいて、その多くがパレスチナへの移住を望んでいた。ヘブライ語を覚えることは最優先事項だった。けれども、アメリカへ行くつもりの僕がなぜヘブライ語を覚える必要があるのか、僕にはまるでわからなかった。

母さんは、学校の立派な造りにいたく感銘を受けていた。校長室に入ると、母さんは胸を張り、流暢《りゅうちょう》なヘブライ語で誇らしげに話した。そして、息子はこの学校の新たなすばらしい一員になるでしょうと宣言した。いやが応でも、僕は学校へ行くことになった。

　アパートに戻ると、ミュラー夫人がポーチに座っていた。夫人は朝もポーチにいて、僕たちが出かけるのを見ていた。夫人はほとんど何もしゃべらず、僕たちがそばをそろそろと通るときに、じっと見つめて会釈するだけだった。

　二日後、僕が学校へ行く初めての朝、僕たちはいつもよりも早くアパートを出た。母さんは自分も職業訓練の日だったので、僕を一人で行かせなければならなかった。

　僕たちはアパートの狭い階段を大急ぎで駆け下りて外に出た。案の定、ミュラー夫人は玄関口のポーチにいた。

「すみません《エントシュルディゲン》」。母さんが言った。「ばたばたしまして。今朝は、ちょっと急いでいるものですから」

　ミュラー夫人は僕たちをじっとにらんでいるように見えた。とにかく、そんな気がした。僕たちはできるだけ夫人を無視しようとした。

「ママ、お願い。学校の正面玄関まで一緒に来てくれない？」。僕は頼んだ。

「あのね、マイケルと母さんは今、どちらも生徒なのよ。見てごらん、坊や」。母さんが通りの先を指さした。「学校までは、ほんの数ブロックよ。母さんは自分の授業に行かなきゃならないの。あと五分で授業が始まっちゃうのよ」

　母さんは、僕がかぶっている灰色のウール帽のひさしの下に頭をひょいとかがめ、僕の頬にキスすると、あっというまにどこかに消えた。残された僕は、学校までの残りの道のりを一人で歩いていかなければならなかった。遠くはなかった。僕はできるだけ急いで歩いた。けれども、学校までほんの二、三〇〇メートルのところで――僕がヘブライ語学校に向かっているのが傍目《はため》に明らかになったところで――少年が二人、近づいてきた。おそらく一二歳ぐらいだろう。二人は「ユダヤ人《ユーデ》!」と叫びながら寄ってきて、代わる代わる僕を小突いた。僕はよろけながらも倒れまいとした。

「のうのうとよくもこの町を歩いているもんだな。俺らの脇の下を洗う石鹸になっていたはずなのに」と一人があざけった。そして、もう一人が僕の帽子を取り上げた。みっともない頭皮があらわになるのは、殴られるよりももっといやな気分だった。二人は、生えそろっていない綿毛状の僕の頭を見た。彼らが僕を指さして侮辱的な言葉を叫び、意地悪く笑ったようすを、僕は決して忘れない。

そういう場面はミュンヘンの町なかで何度も繰り返された。いつなんどき困った状況に陥るかわからなかった。一年が過ぎ、髪が元に戻ってからも、僕はすごく太っていたためにやはりいじめられた。話そうと口を開けば、イディッシュなまりのために、僕の宗教が露呈した。僕はドイツの子どもに会うたびに、自分はとるに足らない存在なのだと思い知らされるような気がした。

けれど、一生忘れられない打撃を僕に与えたのは、大人だった。それは、思いもよらないときにやってきた。

# 32 鉤十字の首飾りの婦人

時おり、母さんは「秘密の仕事」をしに一人で出かけた。闇市場での商売だ。ミュンヘンの町を見回っているアメリカ兵から紙巻きタバコや靴下類などのアメリカの贅沢品を買い、地元の店にそれらの品を売るのだ。売っているところを見つからないように母さんは、店内で商品を見ているふりをしながら、近くに客がいなくなるのをずっと待っていなければならなかった。

母さんはよくそうやって、夜遅くまで仕事をした。僕は母さんがつかまって、また離れ離れになったらどうしようと心配でならなかった。母さんが働きに行った日の夜はほとんどいつも、僕は泣き疲れて眠った。

帰りが遅くなるとわかっているときには、母さんは僕をサムとゼシアのアパートに行かせることもあった。歩いていくには遠すぎたので、母さんに手伝ってもらい、通りがかりの車をヒッチハイクした。何度もそうした。母さんのことを心配しながら一人で家にいるよりも、親戚といるほうが僕はずっとよかったのだ。

「今日は一日、出かけなくちゃならないの。すごく遅くなるかもしれないわ」。母さんは、一九四八年の春のある朝、僕にそう言った。僕は八歳になっていた。その日、ミュンヘンは明るく晴れ渡り、僕は母さんと一緒に過ごせないことにがっかりした。

僕は不機嫌な顔で、ぐずった。「それなら、ルースの家に遊びに行ってもいい?」

「そう言おうと思っていたところ。いいわよ。一日みんなといて、泊まってきたらいいわ。明日の朝早く迎えに行くわ。授業が始まる前にね」

僕は大急ぎで、こういうときのために準備して戸棚にしまってある一泊用のリュックサックを取りに行った。あとは歯ブラシを入れさえすれば準備は万全だ。

母さんは車を呼び止めるために、下まで一緒に来てくれた。

「失礼します《エントシュルディゲン》、ミュラー夫人」。ポーチを通りながら母さんが言った。

夫人はいつものように、うなずいて見ているだけだった。

アグネス通りの僕たちのアパート近辺は車通りが多かったので、僕を乗せてくれる車を見つけるのに時間はそうかからなかった。ジープの一種のようなオープントップの車が道の脇に寄って停まった。

「乗りますか?」。運転席の人当たりのいいドイツ人がたずねた。母さんと同じぐらいの年齢で、これといった特徴のない顔立ちだった。茶色い髪に茶色い目。中央に切れ目のある細い口ひげは当時の流行だった。母さんは乗せてくれる車がすぐに見つかって、うれしそうだった。母さんには行くところがいろいろあった。

「楽しんでいらっしゃいね!」。母さんは僕を車の助手席のそばに立たせ、乗り込む手助けをしてくれた。

「今日はこの子一人なんです。息子のマイケルです。この子のおじとおばの家まで行くところです」。母さんはサムとゼシアの家の場所を説明し、そこまで僕を送り届けてもらっても差し支えないかとたずねた。

「いいですよ」と男が言った。「ユダヤ人《ユーデ》ですか?」と彼がたずねた。悪意があるというよりも物珍しそうだった。

「ええ、ユダヤ人です」と母さんは申し訳なさそうなそぶりはまったく見せずに言った。「かまいませんよね?」

「もちろん」。男は僕に向かって、にこっと笑った。「ちゃんと……マイケル君でしたっけ? 送り届けますよ。ご心配なく。今日はドライブにはもってこいです。寄り道させてもらえて、ありがたいですよ」

本当にいい天気だった。車はミュンヘンのでこぼこ道を、路面のくぼみに当たったり建設工事をよけたりして進んだ。そして、僕の見覚えのない方向に向かい始めた。

「母さんが行き方を言いませんでしたか?」。少し心配になって僕はたずねた。誰もが本能として持っている体内の警報器が不意に鳴りだした。「道が違うみたいです」。僕の言い方は控えめすぎた。

男は僕の言葉を無視して運転し続けた。僕は、車から飛び降りて全速力で逃げようかと思った。

後ろにはトレーラーのようなものがついていたので、そこに飛び移って、端から飛び降りることはできただろう。けれども、僕はそうしなかった。

やっと男が口をきいた。「年はいくつだい?」

僕は答えなかった。

男はゆっくりブレーキを踏んで、人気《ひとけ》のないあたりに用心深く車を停めた。僕は恐ろしさに体がすくんだ――僕の直感は「逃げろ!」と命じたのに、体はその声に従わなかった。男はあたりを見回して、誰も道を歩いていないのを確かめた。真っ昼間だったが、人っ子一人いなかった。男の手が僕のほうに伸びた。

ほんの何分か前に母としゃべっていたときはとてもほがらかで親切そうに見えた男が、僕に暴力をふるい始めた。僕は悲鳴を上げたり泣きわめいたりはしなかった。僕はただ、自分の無力を思い知らされていた。この出来事の詳細は、僕がやっと自分の話をすることにした今でも、語ろうとは思わない。僕がとにかくその場を逃れられたのは、本当に幸運だった。男の手を逃れるや、僕は車のドアの取っ手に飛びつき、それを力いっぱい引き下げてドアを開け放った。地面に顔から転げ落ち、頭がくらくらしたけれど、そこにひっくり返っているひまなどなかった。僕はすぐに立ち上がった。オープントップの車のドアは大きく開いたままだった。男は追いかけてこなかった。けれども、僕は走れなくなるまで全速力で走り続けた。車は、とっくにいなくなっていた。

僕は少し立ち止まって、自分のいる場所を確認し、息を整えた。車はそれほど遠くまでは来ていなかった——見覚えのない閑静《かんせい》な通りへと曲がってきただけだ。アグネス通り六四番地に戻る道はなんとかわかる。僕は母さんの胸に飛び込んで、慰めてほしくてたまらなかった。もちろん、母さんが家にいないのはわかっていた。母さんが戻るまで一晩じゅう、部屋で明かりをつけて待っていようと思った。

けれど、アパートに近づくうちに、思い出した。鉤十字の首飾りをした家主のミュラー夫人がいることを——。あんな首飾り、大嫌いだ！　いつものように通り道をふさいでいるミュラー夫人のそばを、僕はすり足で通り抜けようとした。

夫人がやさしく僕を呼び止めた。「ここに来て座らない？　一緒にお母さんを待ちましょう。お母さんは仕事のときは始終、出入りしているからね。きっと、もうすぐ戻ってくるわ」

ポーチに座っていた夫人は少し体をずらして、隣に場所を広く空けてくれた。僕はそこに腰を下ろし、おそらく何時間もミュラー夫人と座っていた。アパートに戻ってきたとき、僕は泣いていたにちがいない。そして、ポーチに座っているあいだも途切れ途切れに泣いていた。僕は自分の身に起きたことを考えまいとした。知れば母さんは深く傷つき、動転するだろう。けれど、そのあとできっと母さんは、「これもいつかは過ぎていく《ガム・ゼ・ヤ・ヴォール》」、明日はまた新しい日が始まると言うだろう。つらい出来事もいつかは過ぎていく——。そのとおりだと僕も心の中で理解していた。実際、悪の存在に出会ったその日、僕は人のやさしさに出会ったのだから。

ミュラー夫人は僕の肩を抱き、何も言わずに、僕が夫人の肩に頭をもたせかけて泣くにまかせた。僕の頭からほんの数センチのところに鉤十字の首飾りが下がっていた。夫人はその場を数回しか立たなかった。それも、自分の部屋から僕にお菓子を持ってくるか、レモネードのお代わりを注いでくるためだった。

ようやく戻ってきた母さんは、夫人と一緒にポーチにいる僕を見て唖然《あぜん》とした。母さんは僕を胸に引き寄せ、ミュラー夫人にわけをたずねた。

夫人はただ、こう言った。「マイケルは今日、とってもいやなことがあったの。シャワーでも浴びてから、どうぞ、台所にいらっしゃいな。お二人に何か夕飯を用意しますから」

二階の部屋で、僕は母さんに僕の身に起きたことを話した。案の定、母さんは悲しみに打ちのめされると同時に怒り狂った。けれども、警察に行っても無駄だと母さんは言った。おそらく男はとうの昔にいなくなっている。犯人を特定するすべも犯罪を立証するすべもない。ただ、僕はもう二度と通りがかりの車には乗るまいと思った。

その日以降変わったのは、それだけではない。僕たちは前よりも用心深くなることを学んだ。いっぽうで、人は見かけどおりとはかぎらないことも学んだ。時には見かけよりも悪い人間だったり、見かけよりもずっといい人間だったりする。そして時に人は、感情が葛藤《かっとう》していたりもする。

その出来事以来ミュラー夫人は、僕が夜いつも一人でいることがないように、僕とたびたび一緒にいてくれたり、自分の部屋に入れてくれたりした。夫人のもう大人になった娘さんは、家にあるベヒシュタインの古いアップライトピアノで僕にピアノを教えてくれた。夫人が僕を学校まで歩いて送ってくれたり、僕たちに食事を作ってくれたりすることもあった。そればかりか、夫人と母さんはよく、夫人の台所でお茶を飲みながら話したり笑ったりしていた。

僕は母さんに、なぜそんなに学校の勉強が大切だとしつこく言うのか、自分の仕事や勉強がなぜそんなに大事なのか、二度とたずねなかった。アメリカ行きを実現できるように、僕たちはやるべきことをやった。僕はヘブライ語(僕がつくづく難しいと思った言語)を苦もなく話すことはどうしてもできなかったが、理解は十分にできたので、すぐに学課で満点を取れるようになった。

一九四八年の終わりごろにはおばやおじの大半もミュンヘンに移り、みなアメリカ移住のビザが下りるのを待っていた。デイヴィッドおじさんとモニエクおじさんは、住まいも商売もチェンストホヴァにそのままにしてきた。二人はアメリカへの入国許可を待つあいだ、ミュンヘンでまた商売を始めた。ズボロフスキー家の生存者《サバイバー》たち、つまりクリスティーナ＝ルースのいとこでジャルキでの隣人にあたる人々も、ドイツに移っていた。ムレクおじさんもミュンヘンに到着した。

僕たちは祝祭日を順繰りにたがいのアパートで祝った。そういうときに母さんはいつもわが家のキドゥーシュのカップの包みを開けた。

ミュラー夫人を安息日のごちそうに誘ったこともある。だが夫人は辞退した。夫人にとっては、それは越えられない橋だったのだろう。けれども、母さんは夫人を親しい友人の一人と考えていたし、夫人も気持ちの面で可能なかぎりのことは、僕たちと分かち合ってくれた。台所も使わせてくれたし会話もともにした。でも、人前に僕たちと出かけてくつろいでいる夫人の姿は、記憶していない。夫人はあいかわらず鉤十字の首飾りをしていたけれど、家賃の集金や訪問で僕たちの部屋のドアをノックする前に、首飾りをブラウスの下にしまっていた。

時おり夫人は、僕たちの留守中に届いた小包を持ってきてくれた。いちばんわくわくした郵便物は、対欧送金組合（CARE《ケア》）という組織からのものだった。こういった組織に少額を寄付したところで無意味だと思う人がいたら、僕が証人になろう。母さんと僕はケアからの箱を開けたとき、居間じゅうを踊り回らんばかりだった――チョコレートやサクランボ風味の飴玉が入った瓶やハーブティーのティーバッグを掲げながら。今考えてみると、あれほどうれしかったのは贈り物そのもののせいだったのだろうか、それとも、僕たちがしてきた苦労を気にかけてくれる人がいると知ったせいだったのだろうか？

けれども何より待ちわびていたのは、渡航書類の入った包みだった。自由の身になってから六年という長い年月、僕たちは、アメリカ合衆国へ僕らを招待してくれる一枚の紙きれをしんぼう強く待っていた。その間、勉強もし、働きもした。学校で友だちもできた。ヘブライ語も（多少は）覚えた。いじめっ子にとりあわないことも学んだ。食べて成長して、濃いとび色の縮れた髪がふさふさ生えた、丈夫で健康な子どもにもなっていた。

母さんは腕利きの帽子職人になり、その才能を女性のコルセットの縫製にまで広げていた。家計のやりくりのため、闇市場で商品を売りに、あいかわらず深夜に出かけることもあった。

一九五一年の冬のある午後、ミュラー夫人が、僕たちの留守のあいだに小包が届いたと言った。その特大の封筒には、ビザ関連の書類一式とニューヨークまでの乗船券が入っていた。僕たちは、ドイツの港湾都市ブレーマーハーフェンから、ジェネラル・M・B・スチュアート号というアメリカの船で出発することになった。軍のその輸送船は、最終的に一二九三人の難民を憧れの国へ運ぶことになる。母さんは書類を空高く掲げ、天を仰ぎ見た。それから書類の束を口元に寄せ、キスをした。

めったに愛情あふれる仕草をしないミュラー夫人が駆け寄って母さんを強く抱きしめ、僕たち二人におめでとうと言った。夫人は、僕らがいなくなるのをさみしがった。当初は疑いの目で見ていたユダヤ人の僕たちを、夫人はいつか好きになってくれていた。

「さてと、坊や。いよいよね」。母さんはそう言って、うれし涙をこぼした。紅を塗った頰には涙の白い筋がついた。「こういうときにこそ何か歌いたいはずなのに、興奮しすぎて、歌詞も何も思い浮かびやしないわ！」

アメリカに行けると知ったその瞬間は、今でも、僕の人生のもっとも幸せな瞬間の一つだ。一九五一年一月三一日――アウシュヴィッツから解放されて六年後、そしてゲットーで生まれてから一一年後に――僕の第二の人生がまさに始まろうとしていた。

# 33 ユダヤの成人式

「起きてよ、マミシュ！」。僕は母さんのベッドのそばに立って言った。母さんは支度にえんえんと時間がかかるのだ。僕は遅れるわけにはいかなかった。

その日は一九五三年五月一六日、僕のバル・ミツヴァーの日、つまり、一三歳の男子の成人を祝うユダヤ教の儀式の日だ。時計はまだ朝の五時一〇分だったけれど、トーラーの一部を朗読するのがとても心配だったので、シナゴーグに早く行っていようと決めていた。もう一度ラビ[*17]と練習をしたかったのだ。

母さんは掛け布団を引っ張り上げ、目も開けずに僕に言った。「ねえ、マイケル、礼拝式まで四時間もあるわ。シナゴーグは、あと三時間は開かないわよ。ベッドに戻りなさいな、坊や」

僕は母さんをあと少し寝かせておくことにした。「わかったよ、マミシュ」と僕は言った。「でも、明日から僕はもう坊やじゃないからね。今日の終わりには、大人だよ。だから、もうちょっと僕を信用してくれなきゃだめなんだからね」

半分は冗談、半分は本気だった。母さんの支度にかかる時間は、いくら多く言っても大げさにはならないと思う。母さんが化粧をするようすを見たら、ファン・ゴッホの傑作を描いているのかと思うだろう。けれども、母さんは今までたくさん苦労してきたのだから、朝のくつろぎのひとときぐらい、持って当然だったと思う。

母さんがうとうとしているあいだ、僕は、マンハッタンのマディソン街九八丁目にある、小さいけれど清潔な二部屋のアパートで、自分の朝食を作った。台所はとても狭くて、二人並ぶのがやっとだったが、その朝は、狭いスペースを独り占めした。

糊《のり》のきいたボタンダウンの白いシャツに汁を飛ばさないように気をつけながら、熟した柔らかいオレンジの皮をむいた。こんろの上で目玉焼き（僕のお気に入りだ）を二つ焼こうかと思ったけれど、危なっかしすぎるように思えた。この日のための真新しいスーツに卵の黄身がしたたり落ちでもしたら、たまらない！

目玉焼きをあきらめ、くし形に切ったオレンジを持って居間のソファのへりに腰掛け、窓から外を見た。驚くほどたくさんの人たちが土曜の朝に早起きして仕事に向かっていく。僕らの住まいはアッパー・イースト・サイドのブルーカラーが多く住む地区にある。そこはマイノリティが集まる大きなコミュニティで、僕たちはその地区でもマイノリティのほうだった。近所の人たちは大半がプエルトリコ人で、土曜の朝五時から職場に向かう仕事熱心な人々は、ダンスホールやバーから帰ってくる遊びに熱心な若者たちに会釈してすれ違った。僕たちはなじんでいるとは言えなかったけれども、そこが僕たちの住む町だった。

ジェネラル・M・B・スチュアート号で大西洋を渡ってから、ちょうど二年あまりが過ぎていた。あれは、できれば忘れたい船旅だった。母さんと僕は、のろのろ進む船の下甲板《げかんぱん》の一つにある小さな船室を、ほかの数人の乗客と共有していた。途中で僕は、自分が船酔いすることを知った。そして、なんと七日間、ずっと吐きどおしだった。

ニューヨークの入国検査所に着いたときには衰弱しきっていて、税関の列で順番を待つあいだ、母さんに支えてもらわねばならないほどだった。見た目も実際の具合と同じぐらいひどかった。僕らの番が来たとき税関職員が母さんに、僕の具合が悪いので入国はできず、ヨーロッパに戻ってもらうことになると言った。米国政府は病気を海外から持ち込まれたくないのだ。

母さんは必死になって頼んだが、交渉はうまくいっているようには見えなかった。

僕はミュンヘンで一年以上も夜、英語を勉強していたので、最善の発音で二人の会話に割って入った。そのときに言った言葉は一字一句、今でもはっきり覚えている。「あのう、僕はとっても健康です。本当です。船に酔っただけなんです。波がすごく荒かったので」

税関の職員は、初めはびっくりしたようだった。それから、にこにこしながら僕に言った。「英語が上手だね。アメリカ合衆国へようこそ」。そして、書類にスタンプを押してくれた。こうして僕と母さんは、住むべき町に着いた。

とはいっても、そう簡単にはいかなかった。住むべき町には着いたものの、住むべき家はない。おじ夫婦のデイヴィッドとグティアが、自宅の食堂にマットレスを敷くから、必要なだけいてかまわないと言ってくれた。けれども、僕の具合があまりに悪かったので、最初はユダヤ移民支援協会（ＨＩＡＳ）の世話になった。ＨＩＡＳは、母さんと僕がマンハッタンのロウアー・イースト・サイドのオーチャード通りに近い施設に泊まるのを許可してくれた。その施設で僕は、ひどい脱水症状から回復して元気を取り戻した。医師が経過を注意深く見守ってくれた。その施設には一週間、あるいは二週間いただろうか。ＨＩＡＳは日に三度の食事と新しい服も提供してくれた。その組織がなかったら、異国の地での僕らの第一歩はもっと悲惨なものになっていただろう。

僕の体調が回復し、母さんがニューヨークの地理に慣れたころ、デイヴィッドおじさんの家の食堂に引っ越した。おじさんはオーク製のどっしりしたテーブルを居間に移動させ、マットレス一枚と、服や洗面用具を入れる段ボール箱二つを置くスペースを作ってくれた。

母さんはオラおばさんが経営する「アグネス・マローン」という店でコルセットを作る仕事を始めた。戦時中、日本に逃れていたオラはヨニッシュ家のきょうだいの中でいちばん早くアメリカにたどり着いた。そこからは山あり谷ありで、当初はＨＩＡＳなどの組織の助けをおおいに借りた。けれどもついに、オラはアメリカで起業家として大成功をおさめた。母さんの給料は週三〇ドルだったが、時々ベビーシッターの仕事を引き受けて収入の足しにしながら、文字どおり身を粉にして働いた。そして夜、家に帰ってくると、食卓があった場所にマットレスを置いただけの粗末な寝床で僕と並んで眠りについた。

僕らを居候させてくれたデイヴィッドおじさんの親切はありがたかったけれど、母さんの稼いだお金でとうとう九八丁目にアパートが借りられることになったとき、どれほど心が躍ったかは言うまでもないだろう。引っ越してからも学校を替えずにすむよう、僕はおじさんの住所をその後も使い続けた。僕の通っていた第六公立学校はデイヴィッドおじさんの家の近くにあり、ニューヨークでも有数の優秀な公立学校だった。そういうわけで、多少のことはごまかしてでも、母さんは僕に最高の学校教育を受けさせたかったのだ。

第六公立学校に入学して二年がたっても、僕にはまだ、バル・ミツヴァーの日に正式に招待する友だちは、ただの一人もいなかった。決して意地悪をされていたわけではない。でも僕は、みんなの目に自分が見えていないように感じていた。同級生はみな僕のことを、言葉に奇妙なアクセントがあって、前腕に奇妙な入れ墨のある風変わりな子どもだと思っていたにちがいない。どんなに隠そうとしていても、その番号は同級生たちの目に触れずにいなかった。暑い日に思わず左の袖を押し上げれば、Ｂ－１１４８という数字があらわになった。場違いのように感じるのはつらかったけれど、それをあまり気にしてはいられなかった。そんな時間はなかったのだ。

僕は放課後、アパートからほんの二ブロック離れたマディソン街九六丁目のフェルドマン薬局で、処方薬の配達の仕事をするようになった。薬剤師長のヴィクター・オリヴァーは僕にとって、父親のような存在になった。調剤の仕方や、病気を治療し命を救う上で化学がどんな働きをするかについて、オリヴァーは何でも教えてくれた。手当は一時間につき五〇セントだった。僕は一年近く貯金して、母さんにとって初めての白黒テレビを買ってあげた。もちろん、僕自身もテレビが見られることに大興奮だったけれど――。

こうしてわずかに残った時間で僕は、バル・ミツヴァーになるため、ラビについてトーラーの勉強をした。

式にはみんなが出席してくれることになっていた。母さんの兄弟が次々に到着し、パーク・アヴェニュー・シナゴーグの入り口で一人一人、一人前の男性として僕に握手してくれた。

モニエクとデイヴィッドはアメリカでもまた革商売を始めていて、仕事はおおいにうまくいっていた。残念ながらムレクはそこに加わらなかったものの、彼はブルックリンで独自に革商売を始め、やはり成功をおさめた。

オラおばさんはシナゴーグに到着すると、僕を両腕で強く抱きしめた。柑橘系の香水の香りが僕を包んだ。オラおばさんの夫のアレクサンダーは、僕の手を握って上下に勢いよく振った。輸出業を営むアレクサンダーおじさんは夏のあいだ会社で僕に、船積み用の品物を梱包《こんぽう》する仕事をさせてくれた。おじさんは僕の大切な日には、必ず駆けつけてくれた。

ヒルダおばさんはキューバから祝福の手紙を送ってきた。ヒルダは再婚相手のホセ・ロビンスキーとキューバで暮らしていた。夫は、ホロコーストの一〇年前にベラルーシ〔当時は白ロシア〕でのユダヤ人迫害を逃れてキューバに来た。ヒルダはキューバでアメリカ移住のビザが下りるのを待っているあいだに、ホセと出会って恋に落ちた。僕たちはみな、いつかおばもニューヨークに来るのを願っていたけれど、ヒルダはキューバでの暮らしを愛していた。

クリスティーナ＝ルースは自分の結婚式であるかのように着飾って、パーク・アヴェニュー・

シナゴーグにあらわれた。彼女は折に触れて着飾るのがとにかく大好きだ。今では呼び名はルースだけで通っていた。妹も一緒にいた。サムとゼシアにはもう一人子どもが生まれていたのだ。戦後にミュンヘンで生まれ、祖母と同じ名前をつけてもらったエスターだ。四人がシナゴーグの入り口に着いたとき、サムとゼシアはエスターの手をしばし放し、僕に近寄ると背中を軽くたたいて、「おめでとう《マゼル・タフ》、マイケル！」と言ってくれた。

ヴィクター・オリヴァーの姿もあった。僕に薬効学や分子診断を教えるために時間を費やしてくれた薬剤師の彼は、僕がトーラーを朗読するのを聴くためにも時間を割いてくれた。

一生忘れられないのは、名前のわからない参列者の誰かが、僕の手を上下に振って握手したあとで、僕の手のひらに封筒を載せてくれたことだ。式のあとで僕はそれを開けた。手紙はなかった。入っていたのは、二五ドル！　薬局での手当が一時間につき五〇セントだったことはお話ししたと思う。僕はその贈り物に思わず息をのんだ。見知らぬ人のやさしさを、僕は一生忘れないだろう。

母さんはと言えば、案の定、僕のバル・ミツヴァーの儀式に遅刻した。僕が不安でいっぱいなのを知っていたゼシアおばさんが、八時一五分にアパートに僕らを迎えに来たときも、母さんはまだおめかしの最中だった。

母さんがもうすぐ来るとわかってはいたものの、ラビから「これ以上は待てない、式を始めます」と言われて、恥ずかしながら僕は泣いてしまった。ちょうどティッシュで涙をふいてビーマーと呼ばれるシナゴーグの演壇に上がったとき、部屋の後方の木製の大きな扉が勢いよく開いて、母さんが最前列に走り寄った。

「ごめんなさい《アントシュルディグト》！」。母さんは口の動きだけで僕にイディッシュ語であやまった。言うまでもなく母さんの化粧は、何というか、やりすぎに見えたし――それに、鮮やかな蜂蜜色のワンピースを着て、ありったけのよそゆきの宝石類をつけていた。その中には特別な結婚指輪もあった。その指輪がしゃべれたなら、話はいろいろあったにちがいない。

母さんは席から僕に投げキスをした。母さんに対する腹立たしさは、すっかり消えた。

式の途中でラビは、僕がその朝シナゴーグに持ってきた銀の小さなキドゥーシュのカップを掲げた。ワインの注がれたカップを手に、ラビは高らかに祈りを唱えた。カップの側面には小さなへこみが一つあったけれど、参列者の中の一族全員にとっては、非の打ちどころのないカップに見えた。

式が終わると、にぎやかな大家族はお祝いの食事のために、僕たちの住まいの小さな居間に詰めかけた。祝祭日や宗教上の行事の一つ一つは、家族全員にとって勝利のように感じられた。そしてこの日は、あらゆる人が切に願い、あらゆる生存者がかみしめるあの感情――絶望とは正反対の、喜びという感情にあふれていた。

「マイケル、私の坊や」。僕を居間の静かな片隅に連れ出して、母さんが言った。

「僕はもう坊やじゃないよ」。僕は念を押した。

母さんはうなずいてから、にこっと笑って言った。「じゃあ、坊やでないなら、もうプレゼントっていう年じゃないのね、マイケルさん？」

僕は笑って、もちろんそんなことはないよと答えた。

母さんからのプレゼントは金時計だった。そんな高価なものは、それまで持ったことがなかった。僕たちがアメリカに来るずっと前から、母さんはこのためにお金をためていた。僕のバル・ミツヴァーの記念にすてきな贈り物をするのが母さんの夢だったのだ。

「裏を見て」と母さんが言った。

金時計を裏返した僕は、驚きと興奮でぽかんと口が開いてしまった。裏には太字で、こう刻まれていた。「これもいつかは過ぎていく《ガム・ゼ・ヤ・ヴォール》」

「万が一またつらいときがあったらね――二度とないことを願っているけれど――この時計を裏返して思い出してね。それもいつかは過ぎ去るということを」

母さんはそう言って部屋の中央に戻ると、みんなの輪に加わった。いつものように小さな声で何かの歌を口ずさみながら――。

かつてジャルキの地中に埋められていた、ボーンスタイン家のキドゥーシュ・カップ。©Michael Bornstein

# マイケル・ボーンスタインによるあとがき

本書におさめた逸話の多くは、娘と私の調査によって、あるいは私の家族を知る生存者《サバイバー》への取材によって収集されたものだ。それらは私たちにとって――私自身にとってさえも――驚きの内容だった。

父イズラエル・ボーンスタインは、オープン・ゲットーとなったジャルキのユダヤ人評議会議長として、何百人もの命を救い、影響力のある立場をできるかぎり利用してゲットーの状況をはるかに耐えやすいものにしたと言われている。

残念なことに、父は自分の息子――私の兄のサミュエル――や自分自身の命を救うことはできなかった。二人とも一九四四年九月にアウシュヴィッツで殺害された。ソ連軍がアウシュヴィッツを解放するわずか四か月前だった。私は二人のことを覚えていない。覚えていられたらよかったのだが――。したがって私の思い描く父と兄の姿は、母をはじめとする家族から聞いた話や、ほかの多くの人たちとの数えきれない会話がもとになっている。

いとこのルースは今、フロリダに住んでいる。幼いころの心の傷――二度にわたって母親の胸から引き離された心の傷は、決して消えることがなかった。修道院の孤児院にいる自分を両親が引き取りにきた日のことを、ルースは今でも覚えている。母親のゼシアがヘブライ語で歌を歌ってくれたときのことや、自分には本当の家族がいるという、思いがけない事実がわかり始めたときのことも覚えているという。ルースは三人の子どもに恵まれ、その子たちもすでに大人になった。戦後生まれの妹のエスターとも相変わらず仲が良い。

おばのヒルダは国を出た数年後に、キューバで出会ったホセ・ロビンスキーと結婚し、エスティという女の子をもうけた。ヒルダはポーランドのときと同様に、政治的軋轢《あつれき》の徴候を意に介さず、キューバが安全でなくなったのちも長いあいだ同国にとどまっていた。だが彼女は結局、キューバから逃れるのに成功した。キューバ革命の二年後、スーツケース二つにそれぞれ衣服と写真を詰め、娘を連れてマイアミに渡り、その一か月後に「重病なのですぐに来てほしい」とキューバにいる夫に電報を打った。ホセはキューバを出国する許可を得た。その後、彼がキューバに戻ることはなかった。娘のエスティは結婚し、ヒルダはアンディとアリソンという二人のかわいい孫に恵まれた。ジャルキ出身の最初の夫のことは、自分の娘にさえ何一つ話さなかった。エスティは母親が亡くなったあとで初めて、母親が戦前に結婚していたことを知った。ヒルダは娘のエスティによくこう言ったそうだ。「前だけを向いていなさい。いつも前だけを」。これがおばの生涯のモットーだった。

マイアミでヒルダは、サウスビーチに女性用衣料品店を開店した。私の子どもたちがまだ小さかったころ、店をみんなでたずねると、ヒルダはいつも、スカーフやヘッドバンドやアクセサリーなど娘たちの欲しがるものをどれでも持たせてくれた。ヒルダは一九九八年に亡くなった。亡くなった年齢を記したいのだが、彼女は年齢をごまかすので有名だった。私は調査の過程で、収容されたゲットーや死の収容所でもヒルダが年齢を多少若く偽っていたことを示す書類を発見した。計算して正確な誕生日を割り出すことはおそらく可能だが、私がそれをここに記したら、天国にいるおばの一人をひどく怒らせることになってしまうだろう。

おじたちはアメリカでも革商売をして、ロウアー・マンハッタンとブルックリンで大成功をおさめた。今はおじもおばも全員亡くなっているが、みんなは私にとって、人はどのようにしてゼロから立ち直れるかという手本になった。おじのモニエクは妻と二人の子どもをホロコーストで失ったが、ヒルダ同様、ふたたび愛する人に巡り会い、再婚した。

おばのオラはヨニッシュ家で唯一、戦時中にポーランドを逃れ、有名な外交官の杉原千畝によって日本への亡命を認められた。彼女もやはりその後、夫と娘のシルヴィアとともにアメリカに渡った。今、シルヴィアと私は大の親友同士だ。私たちを結んでいるのは、家庭環境の独特さだ。家族のきずながいかに繊細で貴重なものかを、私たちほど理解している人間はなかなかいないだろう。

母のソフィーは一九八八年に八六歳で亡くなった。アルツハイマー病と診断されていたが、不思議なことに、患者からさまざまなものを奪うこの病気が母から記憶と尊厳を奪っても、子どものころに歌ってくれたゲットーの歌のメロディーと歌詞は奪われなかった。養護施設のベッドでも、母はその歌を歌うのが大好きで、よく小声でささやくように歌っていた。「断じて言うな。これが最後の旅だとは。これが最後の道だとは」

母は、アメリカに渡った約七年後に再婚した。ヒルダがホセのキューバ人の友人と母を引き合わせた。相手はハイムという名の、親切な人だった。母は彼と暮らすためにキューバに移住したが、後年アメリカに戻り、サウス・フロリダのヒルダの家に程近い場所に落ち着いた。母とヒルダは最後までいちばんの親友だった。

ただヒルダとは異なり、母はたえず父と兄のことを話していた。二人を失った悲しみが心の底から癒えることは決してなかったが、母は自分の人生の良い面に気持ちを向けようとつとめた。そして、持てるすべてで息子の私を愛してくれた。

私自身はと言えば、もう、発音のおかしなおどおどした少年ではない。アメリカでの子ども時代には友だちがいなかったと書いた。それは本当だ。けれどちょうど昨年、第六公立学校の同窓会実行委員から思いがけない電話があった。クラス会に来ないかという連絡だった。なぜ出席しようと決めたのかはよくわからないが、とにかく私は出席した。不思議にも、同級生と初めて会ってから六五年がたった今、私は、みんなにとけ込むことができた。

それだけではなく、とにかく誰もが私のことを覚えていたのは驚きだった。そのときに会った元同級生の女性が、クラス会のあとで私の娘のデビーに、本書（原題は *Survivors Club: The True Story of a Very Young Prisoner of Auschwitz*）を読むのを楽しみにしているというEメールを送ってくれた。英語が少ししか話せず、腕に「奇妙な番号」のある男の子のことを彼女はずっと覚えていたという。そして、こう続けた。「今思い出しても残念なことに、彼の同級生をそばに呼んで、彼がどういうつらい思いをしてきたかを話してくれた先生がいた記憶がないのです……そうしてもらえれば、絶対に私たちは理解できただろうし、おそらくもっと思いやりをもって彼を迎えただろうと思います」

そうであったらと私も心から思う。けれども、その同級生をはじめ、多くの同級生たちがクラス会で温かく私を歓迎してくれたことに感謝している。遅すぎるということは決してないのだ。

私は成長し、研究者を志した。フォーダム大学の一年生のときに母が再婚してキューバに移住し、また住む家がなくなってしまったが、そのカトリック系大学の修道女たちが診療所で寝泊まりするのを許可してくれた。またしても診療所は私にとって天の助けになったのだ！

フェルドマン薬局の薬剤師ヴィクター・オリヴァーは、私の人生に消えることのない大きな足跡を残した。彼がその昔いろいろ教えてくれたおかげで、学問や化学に心から興味をかき立てられた。大学卒業後、私はアイオワ大学で薬学と分析化学の博士号を取得した。

だが、アイオワ大学における私の最高の収穫は、ジュディ・コーハンという若い女性と出会ったことだ。のちに彼女は私の妻となり最愛の人となる。彼女とブラインド・デート〔友人の紹介などを通じて、知らない相手とデートをすること〕をしたことは、運が私に味方をした人生二度目の出来事になった。

ジュディと私は、ローリー、スコット、デビー、リサという四人の子どもを育て、サッカーの試合やら誕生パーティーやらで忙しい、幸せそのものの日々を過ごした。

一九八〇年代半ばのある晩、ジュディと私は友人たちと『The Chosen』（日本では未公開）という映画を見に行った。それは一九四五年のブルックリンが舞台の映画で、主人公の二人が、アウシュヴィッツから子どもたちが解放されるようすを伝えるニュース映画を見るシーンがあった。そのニュースの画面には解放時に実際に撮影されたフィルムが使われていた。映画館の座席に座ってスクリーンを見ていた私は仰天した。ソ連兵たちが撮影したものを編集したそのフィルムに、私の顔が写っていたのだ。それまで私は、アウシュヴィッツでの自分が写っているフィルムや写真は一度も見たことがなかった。

その後も私は、自分の子ども時代の話はあまり口にしなかった。よく子どもたちから質問されはしたが、幸か不幸か子ども時代の記憶はわずかしかなかった。それに私はできるだけ、前向きな事柄に気持ちを向けたいと思っている。おばのヒルダと同様に、私は楽観的なのだ。子どもたちにも、良いことについてだけ見聞きしてほしかった。

四人の子どもたちは大人になり、それぞれすばらしい相手と結婚した。彼らのおかげでジュディと私はたくさんのかわいい孫に恵まれ、今は総勢一一人で、なお増えつつある。またしても私たちの日々はサッカーの試合やら誕生パーティーやらで忙しく、言葉にあらわせないほどの喜びに満ちている。

子どもたちの結婚式や孫たちの割礼《かつれい》や命名の折に、私たちは感謝と祝いの気持ちを込めて、かけがえのないキドゥーシュの銀のカップを掲げてきた。その家宝は一度はジャルキの両親の家の裏庭に埋められたが、今や、どれほど試練があろうと決して破られることのない信仰の象徴になっている。ホロコースト後の二世代で、一人の生存者に四人の子どもと一一人の孫がいる。ほかの生存者や避難民たちからは、さらに何十万人もの子孫が生まれている。ヒトラーは宗教を一掃するに至らなかった。現在、私たちの一体感は今までよりも一層強い。

先ごろ、私は長年にわたる薬学研究の仕事を退いた。孫たちのバレエの発表会と、学校での安息日のおつとめを参観する合間に、私は北東部の学校で定期的に話をするようになった。八歳の幼い子から一八歳になる子まで、みんなに私の子ども時代について語っている。私は彼らに自分の入れ墨を見せる――彼らがそれを決して忘れないことを願いながら。

## 人物紹介

※人名の日本語表記は原書のオーディオブックの発音に依拠した。

**ドーラ・ボーンスタイン**：イズラエル・ボーンスタインの母。マイケルの祖母。マイケルからは「ボベシ（用語集を参照）」「ドーラおばあちゃん」などと呼ばれる。ホロコーストのあいだ、終始孫のマイケルとともに過ごし、戦後は二人でポーランドのジャルキに帰還した。

**イズラエル・ボーンスタイン**：マイケルの父。ジャルキのユダヤ人評議会議長をつとめ、ホロコーストのあいだ一族の多数の命を救い、多くのユダヤ人の置かれた状況を改善した。妻のソフィーと次男のマイケルはアウシュヴィッツから生還したが、イズラエル本人と長男のサミュエルはアウシュヴィッツで亡くなった。

**マイケル・ボーンスタイン**：ドイツ軍の侵攻から八か月後の一九四〇年五月二日、すでにオープン・ゲットーになっていたポーランドのジャルキに生まれる。一九四五年のアウシュヴィッツ解放時は四歳だった。戦後、残った家族とともにアメリカに移住。アメリカの大学で博士号を取得し、製薬の研究者として働く。現在は各地の学校で講演を行い、ホロコーストの経験を子どもたちに伝えている。

**サミュエル・ボーンスタイン**：マイケルの兄。アウシュヴィッツで一九四四年に殺害される。ユダヤの男子の成人（バル・ミツヴァー）にあたる一三歳になる前に死亡。マイケルの孫娘マディーは二〇一六年六月一八日に女子の成人式（バト・ミツヴァー）を迎えたとき、ビーマー（演壇）の座をあえて空席にした。マディーは一度も会うことのなかった大おじのサミュエルにビーマーの座を与え、成人の喜びをともに分かち合った。

**ソフィー・ヨニッシュ・ボーンスタイン**：イズラエルの妻。サミュエルとマイケルの母。子どもたちからは「マミシュ（用語集を参照）」と呼ばれる。ホロコーストのあいだ息子のマイケルを守り、自身も生き延びた。戦後は帽子やコルセットの職人として身を立て、マイケルとともにアメリカに移住した。

**エスター・ヨニッシュ**：ソフィーの母。マイケルの祖母。「いつも前向きに生きること」を娘のソフィーに教えた。ジャルキのゲットーが一掃されたとき、トレブリンカ強制収容所に送られ、そこで死亡した。夫のモルデカイとのあいだに、オラ、ソフィー、ヒルダ、モニエク、サム、デイヴィッド、ムレクの七人の子どもがいた。

**ヒルダ・ヨニッシュ**：ソフィーの妹。最初の夫であるユーゼフ・ヴィゴスキは戦争が始まる前に、アメリカに逃亡した。ワルシャワに残されたヒルダは銀行で働いていたが、複数の強制収容所に送られ、のちにはブーヘンヴァルト収容所に移送された。戦後はキューバに移住し、ホセ・ロビンスキーと再婚。一人娘のエスティをもうける。キューバ革命ののちは一家でアメリカに移住した。

**ルース（クリスティーナ）・ヨニッシュ**：ゼシア・ヨニッシュとサム・ヨニッシュの娘。マイケルのいとこ。一九三九年八月一日生まれ。両親が潜伏生活に入ったとき知人の家に預けられ、クリスティーナと改名された。その後、里親からカトリックの孤児院の前に置き去りにされ、カトリックの修道女によって育てられた。戦後、実の親との再会を果たした。

**モルデカイ・ヨニッシュ**：エスターの夫。オラ、ソフィー、ヒルダ、モニエク、サム、デイヴィッド、ムレクの七人の父親。サミュエルとマイケルの祖父。トレブリンカ強制収容所に移送される途中で死亡した。

**オラ・ヨニッシュ・ハフトカ**：ソフィーの姉。第二次世界大戦中、夫のアレクサンダーと娘のシルヴィアとともに日本に亡命。それを手助けしたのは、日本の外交官杉原千畝だった。一家は最終的にアメリカに移住する。ソフィーはマイケルを連れてニューヨークに渡ったとき、オラの経営する店「アグネス・マローン」で働いた。

**デイヴィッド・ヨニッシュ**：マイケルの母方のおじ。妻はグティア。マイケルとソフィーは戦後アメリカに移住したとき、夫妻の家に居候させてもらった。

**イーライ・ズボロフスキー**：ルース（クリスティーナ）のいとこ。ジャルキではマイケルの家の近所に暮らしていた。母親やきょうだいとともに潜伏生活を送り、戦争を生き延びた。戦後は、ドイツの難民キャンプで知り合ったダイアナと結婚し、夫婦でアメリカに渡る。一九六四年にはアメリカで初めてのヨム・ハショアー（ホロコースト記念日）の行事を企画し、ニューヨークのイェシーヴァー大学で、世界で初めてのホロコースト研究講座を開設した。ユダヤ人とポーランド人の和解のために尽力し、ヨハネ・パウロ二世をはじめとする指導者たちにも対面。イスラエルのヤド・ヴァシェム・ホロコースト記念館の国際協会および全米協会の議長にも就任した。弁護士であると同時に事業家でもあり、一家の父であり、祖父でもあった。二〇一二年に八六歳で他界。

**モシェ・ズボロフスキー**：ルースのおじ。ジャルキのゲットーの子どもたちが戦時中も勉強を続けられるよう、私財を投じた。ジャルキに残った最後のユダヤ人が収容所に送られる前に、川に飛び込んで逃亡を図ったが、死亡。イーライとマーヴィンを含む三人の子どもと妻は戦争を生き延びた。イーライとマーヴィンは、本書に貴重な情報を提供してくれた。第7章で言及されている、労働を休んで投獄され、ユダヤ人評議会の基金とイズラエル・ボーンスタインによって救われた少年がマーヴィンである。

## 用語集

**＊1　アウシュヴィッツ：**ナチスが造った最大の強制収容所であり、第二次世界大戦中にここで一〇〇万を超える囚人が死亡した。ポーランドのオシフィエンチムの町の近くに位置する。

**＊2　ソ連（ソヴィエト連邦）：**共産主義のロシアとその影響下にあるいくつかの共和国の連合からなる国家。一九二二年から一九九一年まで存続した。

**＊3　ゲットー：**マイノリティ集団が、多くの場合半強制的に地域から切り離されて生活をした、孤立した空間をさす。

**＊4　イディッシュ語：**中欧および東欧の多くのヨーロッパ系ユダヤ人によって話されている言葉。ヘブライ語と中世ドイツ語の混成語。

**＊5　ズロチ：**ポーランドの通貨。

**＊6　シナゴーグ：**ユダヤ教の礼拝のために用いられる建物。

**＊7　トーラー：**ユダヤの律法を概説した、ユダヤ教におけるもっとも神聖な書物。

＊8　**配給**：戦時中、食料不足に対応するため、一人当たりの食べ物の量を固定する制度。

＊9　**連合軍**：第二次世界大戦中、ドイツ、イタリア、日本からなる枢軸国軍と戦った、複数の国家の連合軍。アメリカ、イギリス、ソ連をはじめとする国家から構成される。

＊10　**コーシャ**：「清潔」「純潔」を意味し、ユダヤ教の戒律にのっとった食べ物に関する規定。

＊11　**ゲシュタポ**：秘密国家警察（Geheime Staatspolizei《ゲハイメ・シュターツポリツァイ》）の略称。ナチス・ドイツの警察勢力。ドイツ軍の侵略したジャルキのような地域でも活動した。

＊12　**マミシュ**：イディッシュ語で「ママ」を意味する愛称。

＊13　**SS**：親衛隊（Schutzstaffel）の略語。ナチ党の使命を強力に推進した準軍事的組織。

＊14　**ボベシ**：イディッシュ語で「おばあちゃん」を意味する言葉。

＊15　**反ユダヤ主義**：ユダヤ人に対する敵意や差別を意味する。

＊16　**鉤十字**：ナチス政権のシンボルとして使われた、鉤型の十字。

＊17　**ラビ**：ユダヤ教の宗教的指導者。

## 情報源について

マイケル自身の当時の記憶のほかに本書の重要な情報源となったのは、まず、母親ソフィー・ボーンスタインが家族や一族の人間に語った物語だ。ジャルキでの強制供出。ナチスによる暴行や強奪。アウシュヴィッツでわが子の命を守るために行った努力。戦後、ジャルキでマイケルと再会し、幼い息子がアウシュヴィッツで生き続けたと知ったときの驚き。故郷のわが家がよそ者に占拠され、わが子が鶏小屋で暮らしていると知ったときの衝撃などを、ソフィーは家族に語り継いだ。ソフィーは、マイケルの命を守ってくれたことについて、義理の母への感謝を終生忘れなかった。

ソフィーの妹ヒルダ・ヨニッシュ・ロビンスキーによる回想もまた、非常に貴重な情報源になった。ヒルダは一九九一年八月二八日に、家族のために音声記録も作成している。ヒルダはそれらの中で、戦争中ジャルキのゲットーに戻ったときの思い出やワルシャワからの逃亡について語り、マイダネクとスカルジスコの強制収容所での生活について語り、ブーヘンヴァルト収容所での解放について語った。だがヒルダによれば、生涯でもっとも驚きに満ちた瞬間のいくつかは、ジャルキへの帰還のときに訪れたという。第21章で述べられる、馬車の御者との特別な会話はその一つだ。

ジャルキのとある生存者は、一九四二年から一九四五年まで秘密の地下室で潜伏生活を送り、強制移送をまぬかれた。この男性の個人的な日記を見せてくれた家族の方々に心より感謝する。ジャルキのゲットーでのユダヤ人の状況について、そしてイズラエル・ボーンスタインがユダヤ人評議会議長としてどんな役割を果たしたかについて、この日記は多大な情報をもたらしてくれた。〝血の月曜日〟と開戦から数日間で起きた虐殺について私たちが知っていたぼんやりとした情報は、この日記のおかげで非常に明確なものになった。

ジャルキの生存者の一人であるマーヴィン・ズボロフスキーは、マイケルの母親の実家であるヨニッシュ家について自身の家族のように熟知していた。生き字引のようなマーヴィンは、マイケルの両親が戦時中どんなことをしたかについて数多くの情報を分け与えてくれた。自分はイズラエル・ボーンスタインに命を救われた一人だとマーヴィンは話した。第7章で言及されているように、ゲットー一掃の前のジャルキで、当時一〇代のマーヴィンは一日労働を休んだために死刑を宣告された。だが、イズラエル・ボーンスタインがナチスの将校を買収したおかげで、マーヴィンは無事解放され、死刑を免れた。戦後マイケルの一族が少しずつジャルキに戻ってきたとき、マーヴィンもまた町にいた。

南カリフォルニア大学のショアー財団がホロコースト生還者の証言収集と記録を行ったとき、マーヴィン・ズボロフスキーもプロジェクトに協力し、証言を提供した。マーヴィンへのインタビューは主に本人の家族に関する内容だったが、そこには、ドイツ軍の侵攻およびジャルキのゲットー一掃についての重要な背景情報がいくつも含まれていた。このインタビューはユーチューブで閲覧が可能だ。youtube.com/watch?v=7Zd9Eh-5m6Y を参照。

イーライ・ズボロフスキーは戦争が始まったときはまだ一〇代だった。それから数十年後、ホロコーストの前・中・後についてのイーライの回想が『イーライ・ズボロフスキー リーダーシップの生涯：地下から産業界へ、そしてホロコースト記念へ（*A Life of Leadership–Eli Zborowski: From the Underground to Industry to Holocaust Remembrance*）』(Rochel and George Berman: Jersy City, N.J.: KTAV Publishing, 2011) という本で発表された。そこにはジャルキにおける抑圧の実態が克明に描かれている。私たち筆者が一族に伝わる昔話を確認する上で、この本はおおいに頼りになった。

マルガリット・エデルソンには、やはりジャルキの生存者であるヤーコプ・フィッシャーがヘブライ語で書いた回想録の翻訳を助けてもらった。エデルソンに深く感謝する。フィッシャーも、マイケルの父親イズラエルのことをよく知っており、イズラエルとナチスの特定の将校との渡り合いについて詳細な文章を残していた。フィッシャーの回顧録にはそのほかに、ユダヤ人評議会の（ナチス将校への）贈賄計画についての多大な情報および裏づけ情報、そしてジャルキの〝血の月曜日〟に何が起きたかについての非常に詳細な情報が記されていた。フィッシャーの文章は、一九五九年に出版された『ジャルキの破壊（*Kehilat Żarki: Ayara be-Hayeha U-Ve-hilyona*）』の中におさめられている。同書を編纂《へんさん》したのはジャルキの生存者で当時テルアヴィヴに住んでいたイツァーク・ラドルである。テキストは、yizkor.nypl.org/index.php?id=1328で閲覧可能だ。

ポーランドの首都ワルシャワのユダヤ人家系家族遺産センターには、驚くべきことにイズラエル・ボーンスタインの署名入りの手紙がいくつか残されていた。手紙は一九四〇年に書かれており、ジャルキのゲットーへの支援を要請する内容だった。

ピョンキの労働収容所での生活について、マイケル自身が記憶しておらず、また母親の回想にも欠けていた背景事情を補ってくれたのは、以下の情報源だ。ワシントンDCのアメリカ合衆国ホロコースト記念博物館に所蔵されているピョンキからの生存者サム&レギーナ・シュピーゲルのビデオ証言（*Looking Back* by Mania Salinger: Northville, Mich.: Ferne, 2006)、および一九四六年五月二二日にスウェーデンのトレレボリで記録され、ルンド大学ポーランド研究機関に所蔵されたピョンキの生存者（名前は不明）の証言だ。

ルース・ヨニッシュ・ハートがいかに生き延びたかについては、イーライ・ズボロフスキーおよびマーヴィン・ズボロフスキーの個人的な日記に詳細な記述があった。また、ルース本人やルースの母親のゼシア、そしてルースの妹のエスター・ヨニッシュ・フリントによって語り継がれてきた物語からも細かい情報を補った。ルースのサバイバルにまつわる稀有な物語を本書におさめることができて、とてもうれしく思う。

アウシュヴィッツ内部の生活の背景情報を補う上では、次に挙げる情報源がたいへん役に立った。ガス室送りをまぬかれたマイケルのような子どもたちがどんな生活を送っていたかについての詳しい情報も、そこに含まれている。マイケル本人は収容所でどんなものを食べていたか、バラックがどんなふうだったかを明確に記憶しておらず、正確な描写をする上で、これらの情報を重用した。


- Dlugoborski, Waclaw, and Franciszek Piper, editors. *Auschwitz 1940–1945: Central Issues in the History of the Camp*, Volume 2. Translated by William Brand. (Auschwitz, Poland: Auschwitz-Birkenau State Museum, 2000).
- Langer, Emily, and Ellen Belcher. "Sisters Live to Tell Their Holocaust Story," a lengthy article in the *Washington Post*, April 7, 2013.
- Megargee, Geoffrey P., and Martin Dean, editors. *The United States Holocaust Memorial Museum Encyclopedia of Camps and Ghettos, 1933–1945, Volume II: Ghettos in German-Occupied Eastern Europe* (Bloomington, Ind.: Indiana University Press, 2012).
- Mozes Kor, Eva, and Lisa Rojany Buccieri. *Surviving the Angel of Death: The True Story of a*

*Mengele Twin in Auschwitz* (Terre Haute, Ind.: Tanglewood, 2009).

- Spector, Shmuel, and Geoffrey Wigoder, editors. *The Encyclopedia of Jewish Life Before and During the Holocaust*. Three volumes. (New York: New York University Press, 2001).

# 謝辞

本書は、私たち父娘の作品ではあるが、正しく言えば、家族全員の努力の賜物でもある。マイケルの妻ジュディ・ボーンスタインは幾晩も、深夜の三時までオンライン上で情報検索に没頭した。彼女のリサーチ技術と不屈の意志の力、そして妻や母親としての愛情や助言は比類なきものだった。マイケルの娘ローリー・ボーンスタイン・ウルフは、娘や姉妹としての義務をはるかに超えて、この本の最後のページが書き上げられるまで終始私たちを励まし続けてくれた。デビーの夫スティーヴ・ホリンスタートは毎日、弁護士としての長時間の勤務を終えたあと、夕食もそこそこに三人の忙しい子どもにスポーツの指導をし、それでも夜、デビーから編集上の意見や批評を求められれば、決してそれをはねつけることはなかった。リサ・ボーンスタイン・コーンとスコット・ボーンスタインは、このプロジェクトが始まった最初の日から私たちを応援してくれた。マーヴィン・ズボロフスキーはわが家の遠縁にあたるが、私たちにとってずっと家族のような存在だった。マーヴィンはジャルキの生存者のうち現在なお存命の数少ない一人であり、私たちへの情報提供のために膨大な時間を費やしてくれた。勇気とやさしさと心の広さを兼ね備えたマーヴィンへの感謝と深い尊敬は、どんな言葉でも言い尽くせない。親族であるシルヴィア・スモラー、エスター・フリント、エスティ・ピケンズは、写真と豊かな知識を私たちに提供してくれた。人生においてこのような家族と巡り会えたのは、本当に幸運だと思う。

作品出版のためのエージェントが見つかった経緯にも、不思議なことに、ある意味家族が絡んでいた。エージェントになったアイリーン・グッドマンに多大な恩義があるのはもちろんだが、私たちはまず、彼女の夫であるアレックス・カマロフに感謝を捧げなければならない。二〇一五年の暮れ、妻であるアイリーンの机に山積みにされた書類をより分けていたアレックスは、私たちの提出したサンプル原稿にふと目をとめた。そしてそれを読み終えたあと、アイリーンに「今やっている仕事を、何であれストップすべきだ。こっちのほうが絶対に重要だから」と進言したそうだ。私たちの話に何か特別なものを見いだしてくれたアレックスに、筆者二人は終生感謝を忘れない。

こうしてアイリーン・グッドマンは私たちに全原稿の送付を依頼し、それらを読み終えるより早く、電話をかけてきた。彼女は単刀直入に話をした。原稿によっては永久に世に出ないこともあるが、この作品は何があっても必ず出版者を見つけるつもりだと。アイリーンは情熱的で、才《さい》気煥発《きかんぱつ》で、思いやりがあり、さまざまな気遣いをしてくれた。彼女の不断の努力に、心から感謝する。

編集を担当してくれたファラー・シュトラウス・ジルー社のウェスリー・アダムスにも、大きな感謝の言葉を捧げたい。赤の他人といっていい誰かに家族の大切な思い出を託すのは不安なものだ。だが、ウェスリーはただ編集作業をしただけでなく、アイリーンから原稿を送られた瞬間から、この作品のために奮闘してくれた。彼は私たちに、もっとリサーチをして中身を掘り下げ、もっとスマートに書くよう要求した。この本にとって、ウェスリーという編集者を得たことは、そしてマクミラン社の児童書部門とオーディオ部門の他の編集者らにかかわってもらえたのは、たいへん幸運だった。ファラー・シュトラウス・ジルー社の青少年・児童書部門編集部長のジョイ・ペスキン、編集長のカーラ・レガノルド、編集者のジャネット・レナード、編集助手のメガン・アベート、そしてマリエル・ドーソン、モリー・ブルイレット、ルーシー・デル・プリオーリー、モーガン・デュービン、キャスリン・リトル、ジェレミー・ロスからなる営業・広報チームという最強のスタッフを得て、この本は世に出ることができた。

本職の編集者の手に渡る前に、いわば非公式の編集者の役目を果たしてくれた友人たちにも感謝の言葉を捧げたい。私たちが執筆に奮闘しているころ、彼らは貴重な時間を使って草稿に目を通し、フィードバックを与えてくれた。サラ・ウォールド、アリソン・ニューマン、スー・ハーマンズ、エド・デッカー、ロナ・シェクマン、ロナ・ウルフ、ラビ・サンディ・サッソーおよびバーバラ・シュープに感謝する。そのほかに、マルガリット・エデルソンは長い時間をかけてヘブライ語の重要な書類を翻訳し、当時の背景事情を解き明かす手助けをしてくれた。マルガリットはまた、この企画そのものを一貫して支援してくれた。この本を書くというそもそものスタート地点に私たちを立たせてくれたのは、ベテラン作家のサラ・ムリノウスキーだ。彼女は私たちの執筆活動を励まし、出版界の仲間に私たちを紹介してくれた。

私たちに書類を提供し、貴重な調査をしてくれたイスラエルのヤド・ヴァシェムの支援に、深い感謝を表明したい。アメリカ合衆国ホロコースト記念博物館にも、写真の提供についてお礼を申し上げる。ただし、本書の見解や意見、そして写真をいかなる文脈で使用するかは、ホロコースト記念博物館の見解や方針を必ずしも反映していない。また、本書の見解や意見に博物館側の推奨があるわけでもない。

最後にマイケルからは、妻ジュディ・ボーンスタインの無限の忍耐に特に感謝の言葉を贈りたい。講演のときにはいつも同行して、パワーポイントの動作確認やワイファイの接続などの準備を引き受けてくれた。ジュディがいろいろなことを調整し、つねに支えてくれるおかげで、万事はいつも良いほうに向かう。

デビーからは夫のスティーヴと、ジャック、ケイティ、エリーの三人の子どもたちに特別にお礼を言いたい。執筆作業が佳境のときは、パソコンの前で突っ伏しながらキーボードをたたき散らしていた私を、それでも愛してくれてどうもありがとう。そして最後に、私のことを信頼し、本書の執筆を手伝わせてくれた父親のマイケルに心からの感謝を捧げる。父親との協力で生まれたこの本はデビーにとって、職業人としてこれまで手がけた中でもっとも重要な作品になった。

# 訳者あとがき

二〇一七年暮れに日本で公開され話題を呼んだ映画『否定と肯定』は、「ナチスによる大量虐殺はなかった」と主張する歴史家アーヴィングと、彼のことを「史実を歪曲したホロコースト否定論者」と断じたユダヤ人歴史学者リップシュタットの対立を描く、実話にもとづいた法廷ドラマです。この映画の陰の要《かなめ》と言えるのが、ホロコーストの生存者《サバイバー》の存在でしょう。とりわけ衝撃的なのが、ホロコースト否定論者のアーヴィングが生存者らを「この入れ墨で、いくら稼いできたのか」と愚弄《ぐろう》する場面です。

本書の著者、マイケル・ボーンスタイン氏がこの本を書くきっかけになったのが、まさにこうしたホロコースト否定論者の言説でした。四歳でアウシュヴィッツから生還したボーンスタイン氏は解放時（厳密には解放から数日後）の姿をソ連兵から記録映像におさめられていました。彼自身、映像の存在を長いあいだ知らずにいたそうですが、この写真が後年、こともあろうに「ホロコーストはなかった」と主張する輩のウェブサイトに悪用されていたのです。深い憤りを感じた彼は、ジャーナリストである娘のデビーさんの助けを借りて自身の体験を文字に綴る決意をします。解放から七〇年近い沈黙を経ての、大きな決心でした。このときのデビーさんの言葉がたいへん印象的です。「誰かがホロコーストについての嘘を語るなら、その一〇〇倍もの声で真実を語ればいいのだ」

ボーンスタイン氏は一九四〇年、すでにドイツ占領下になっていたポーランドのゲットーで生まれ、四歳でアウシュヴィッツ強制収容所に送られました。解放時には四歳八か月。アウシュヴィッツで生き残っていた子どもの中では最年少の一人でした。

当時四歳という幼さゆえ、記憶には当然不確かな部分もあり、それが、ボーンスタイン氏が自身の体験を公に語りたがらなかった理由の一つでもあるのですが、本を書く決意をしたマイケルさんとデビーさん親子は当時起きた出来事を可能なかぎり正確に記すため、二年にわたって多くの人々に取材を行い、文字や音声によるさまざまな記録にあたりました。調査を進めるうち、マイケルさんの父親がゲットーで具体的に果たしていた役割や、故郷のジャルキで起きていた虐殺の実態など、マイケルさん自身も知らなかったさまざまな事実が明らかになり、物語はより正確で、厚みのあるものになっていきました。この本にはボーンスタイン氏の生まれる前の年、つまりドイツがポーランドに侵攻した一九三九年から、彼がユダヤの男性の成人にあたる一三歳になるまでの出来事がおさめられています。

四歳というと、日本なら幼稚園の年少。身長は一〇〇センチ足らず。まだまだ親の庇護《ひご》がなければ生きられない年ごろです。そんな幼い子どもたちまでもが否応なく収容所に送られ、大半は即座に殺されたという事実にまずは戦慄を覚えます。そうした過酷な状況の中、さまざまな偶然に助けられ、生きて収容所を出ることのできたボーンスタイン氏は間違いなく幸運ではありましたが、物語はそこでハッピーエンドにはなりません。生き残り、故郷の町に無事帰ることのできた彼が、その後さまざまな苦難に見舞われるのは、本書の後半をお読みいただければわかるとおりです。けれど、氏のご両親は――残念ながらお父さんはアウシュヴィッツで命を落としてしまいますが――どんな逆境でも「前向きに生きること」を忘れず、その時々で最善と思われる道を選び取りながら、未来を切り開いていきます。暗く悲しい始まり方をするこの物語は、だから、希望の物語でもあり、家族のきずなの物語でもあると言えるでしょう。

現在七七歳のボーンスタイン氏は、ホロコーストを直接知る最後の世代の一人であり、その意味でも本書はたいへん貴重な記録と言えます。ご自身だけでなく比較的多くの親族がそれぞれの方法でホロコーストを生き延び、記録や証言を残していたからこそ完成したこの本を、ボーンスタイン氏は、孫の世代にあたる現代の子どもたちにぜひ読んでもらいたいという気持ちから、主に青少年向けの作品として著しました。しかし発売後には、子どもにかぎらず幅広い年齢層に読者を得て、権威あるニューヨークタイムズのベストセラーリストにもランクインを果たしました。さまざまなメディアで大きく取り上げられた結果、件《くだん》の映像に一緒に写っていた何人かの生存者が名乗りを上げ、彼らとの再会も実現したそうです。ボーンスタイン氏は現在、アメリカの各地で子どもや大人に向けて講演活動を行っています。

*

英語のほかにドイツ語の翻訳も行う私は必然的に、ホロコーストに関連する作品を——翻訳出版されなかったものも含めて——多く手がけ、ホロコーストについてさまざまな立場や角度から書かれた文章を読んだり翻訳したりしてきました。今回偶然ではありますが、本作とほぼ同時期に、まったく逆の立場から書かれた作品を翻訳することになりました。ヒトラーの右腕と言われた宣伝大臣ヨーゼフ・ゲッベルスの秘書をつとめた女性が、やはり七〇年の沈黙を経て語った回顧録で（『ゲッベルスと私』紀伊國屋書店、二〇一八年六月刊予定）、本書で語られるのとほぼ同じ時期にナチス・ドイツの首都ベルリンで、一人の女性が体験したことが綴られています。いわば、加害者の側と被害者の側のそれぞれの物語を同時に翻訳していたわけで、両者のあまりの隔たりに呆然とさせられたのはもちろん、翻訳中はさまざまな複雑な気持ちを味わいました。ですが、両作品に共通して言えるのは、戦争が普通の人の人生を大きく狂わせてしまう恐ろしさであり、当時を知る人のこうした貴重な証言を日本語にできたことを、翻訳者としてたいへんうれしく思います。

ホロコーストは日本人から見れば、遠い国で起きた狂気のような出来事に過ぎないかもしれませんが、それは人間全般の愚かさの表徴であり、そうした愚かさがどんな結果を引き起こすかを忘れないためにも、私たちはこうした記録文学を読み継いでいかなければならないのではないでしょうか。

なお、本文中に登場する人名・地名などの固有名詞の発音は、ユダヤ系やポーランド系も含め、すべてアメリカで原書とともに発売されたオーディオブックに依拠しています。

最後に、このすばらしい本をご紹介くださり、翻訳の機会を与えてくださったＮＨＫ出版の松島倫明さんと、編集を担当してくださった加納展子さん、的確なご指摘をくださった校正者の酒井清一さんに、この場を借りてお礼を申し上げます。そしていつものように訳者を支えてくれた家族にも、感謝の言葉を贈ります。

二〇一八年三月

森内　薫

著者

**マイケル・ボーンスタイン**

Michael Bornstein

1940年5月、ドイツ占領下のポーランドに生まれる。両親はともにユダヤ人で子ども時代にホロコーストを体験する。アウシュヴィッツから生還した6年後にアメリカに移住。フォーダム大学を卒業、アイオワ大学で博士号取得。40年以上にわたり薬学の研究と発展に従事したのち引退。現在はニューヨーク市およびニュージャージー州にて妻と暮らし、しばしば学校や他の機関でホロコースト体験について講演を行っている。

**デビー・ボーンスタイン・ホリンスタート**

Debbie Bornstein Holinstat

マイケル・ボーンスタインの娘。ニュージャージー州在住で、NBCテレビとMSNBCテレビの番組プロデューサーを務める。本書のために父と2年にわたり取材や調査を行い、父の執筆の手助けをした。

訳者

**森内 薫**

もりうち・かおる

翻訳家。上智大学外国語学部フランス語学科卒業。訳書にT・ヴェルメシュ『帰ってきたヒトラー』、M・ムーティエ『ドイツ国防軍兵士たちの100通の手紙』（以上、河出書房新社）、E・ブラックバーン、E・エペル『テロメア・エフェクト』（NHK出版）、D・J・ブラウン『ヒトラーのオリンピックに挑め』（早川書房）、H・マクドナルド『巡り逢う才能』（春秋社）などがある。



校正／酒井清一

編集協力／奥村育美

地図製作／平凡社地図出版

本文組版／天龍社

4歳の僕はこうして
アウシュヴィッツから生還した

2018年 4 月25日　第1刷発行
2021年12月25日　第6刷発行

著者／マイケル・ボーンスタイン、
　　　デビー・ボーンスタイン・ホリンスタート
訳者／森内 薫
発行者／土井成紀
発行所／NHK出版
　　　〒150-8081 東京都渋谷区宇田川町41-1
　　　TEL 0570-009-321（問い合わせ）
　　　　　0570-000-321（注文）
　　　ホームページ https://www.nhk-book.co.jp
　　　振替 00110-1-49701
印刷・製本／広済堂ネクスト


Printed in Japan ISBN978-4-14-081738-4 C0098